BLINDE STIMMEN
Roman

Tom Reamy

Impressum

Text:	© Copyright by Tom Reamy/ Successor of Tom Reamy/Apex-Verlag.
Lektorat:	Dr. Birgit Rehberg.
Übersetzung:	Aus dem Amerikanischen übersetzt von Christian Dörge und Hertha Zidek.
Original-Titel:	*Blind Voices*
Umschlag:	© Copyright by Christian Dörge
Verlage:	Apex-Verlag Winthirstraße 11 80639 München www.apex-verlag.de webmaster@apex-verlag.de
Druck:	epubli, ein Service der neopubli GmbH, Berlin

Printed in Germany

Inhaltsverzeichnis

Das Buch (Seite 4)

BLINDE STIMMEN (Seite 6)

Das Buch

Es ist Sommer. Ein Zirkus kommt in die Stadt. Hinter den fröhlichen bunten Wagen und Plakaten aber lauert verborgen eine uralte, böse Kreatur, deren übermenschliche Kräfte die ahnungslosen Bewohner zunächst in Bewunderung und dann in Angst und Schrecken versetzen...

Der Roman *Blinde Stimmen* von Tom Reamy (* 23. Januar 1935 in Woodson, Texas; † 4. November 1977 in Independence, Missouri) wurde im Nachlass des Autors gefunden und im Jahr 1978 posthum in einem »vollständigen, aber nicht endgültigen Entwurf« veröffentlicht und im selben Jahr für den Nebula-Award nominiert; 1979 folgte eine Nominierung für den Hugo-Award (in der Kategorie *Bester Roman*).

Der Apex-Verlag veröffentlicht diesen lange Zeit vergessenen Klassiker der SF-Literatur in der Reihe APEX SCIENCE-FICTION-KLASSIKER.

»Tom Reamy war uns ein großes Geschenk – und ein großer Verlust.« (Algis Budrys)

»Seit Bradbury hat kein Autor so ans dunkle Herz des amerikanischen Mittelwestens gerührt.« (Gregory Benford)

»Wie gut dieses Buch ist? Es ist atemberaubend gut!«
(Harlan Ellison)

»Der Roman ist eine eigentümliche und erfolgreiche Mischung aus Nostalgie und Terror, Spannung und Überraschung.«
(Roger Zelazny)

»Tragisch ist es, dass wir Tom Reamy gefunden haben, um ihn sogleich wieder zu verlieren.« (Gordon R. Dickson)

BLINDE STIMMEN

Erstes Kapitel

Es war die Zeit des Stillstands, eine Zeit zwischen Pflanzen und Ernten, und die Luft war schwer und vom Gesumm ihrer eigenen langsamen, warmen Musik erfüllt. Bernsteinfarbene Felder mit reifem Weizen dehnten sich, eben wie Rollschuhbahnen, bis an den flachen Horizont und warteten auf die Mähdrescher, die, gleich bunten Metallinsekten, von Texas bis zu den Dakotas krochen. Staubige, von Telefonmasten gesäumte Straßen knickten an den Parzellengrenzen wie mit dem Lineal gezogen im rechten Winkel ab und trennten den Weizen von den grünen Feldern mit jungem Mais.

Die Farmer standen am Rande ihrer Felder, brachen dicke Weizenähren ab, rollten die Körner zwischen ihren Fingern und schielten nach dem gleichförmigen blauen Himmel. Die Farmersfrauen waren mit dem Mittagsabwasch fertig und verschnauften sich, bevor sie wieder in ihre heißen Küchen zurückgingen, um einen langen Kochnachmittag zu beginnen; denn für das Abendessen fing alles wieder von vorn an. Sie saßen auf den Veranden im Schatten und versuchten, ein nicht vorhandenes Lüftchen aufzufangen. Sie schoben die Kragen ihrer Kleider auseinander und fächelten sich den Nacken mit Fächern aus Pappe, die auf der einen Seite mit einem bunten Bildchen vom blutenden Herzen Jesu und auf der anderen mit einer Reklame für Redwines Leichenhalle bedruckt waren.

Dann wandten die Farmer ihre Aufmerksamkeit vom Himmel der Straße zu. Ihre Frauen hörten auf zu fächeln und beugten sich in ihren Stühlen nach vorn. Die Kinder hielten in ihren Arbeiten und Spielen inne und beschatteten ihre Augen mit den Händen. Sie sahen sich an und grinsten und spürten in ihrer Brust eine Spannung, als hätten sie eine Uhrfeder darin.

An jenem lang vergangenen Sommernachmittag in Südkansas, als die warme Luft wie ein Gewicht reglos und erstickend auf dem Land lag, bewegten sich sechs von Pferden gezogene Zirkuswagen schwerfällig auf der staubigen Straße dahin.

Jeden der Wagen zog ein Zweiergespann, die Köpfe leicht hängend und die mit Eisen beschlagenen Hufe ein wenig nachziehend, bevor sie zum nächsten mühsamen Schritt gehoben wurden. Die sechs Fahrer dösten in der schweren, staubigen Luft vor sich hin; sie hielten die Zügel locker und ließen die Pferde ihr eigenes Tempo finden. Die Wagen knarrten und ächzten, wenn sie ins Schwanken kamen, und rüttelten und ratterten, wenn die hölzernen, eisenbereiften Räder in Löcher schlugen.

Die Wagen waren schon ein wenig schäbig; ihre einst leuchtenden Farben waren durch Sonne und Staub doppelt verblasst. Ihre Seitenwände versprachen in vergoldeten Schnörkeln und kitschigem Schnitzwerk Wunder und übernatürliche Ereignisse. Schüttelnd und rüttelnd und knarrend fuhr da eine Galerie von Wunderdingen, ein Panorama von Unglaublichkeiten.

Die Fahrer zogen die Zügel an, und der Wohnwagenzug kam quietschend zum Stehen, als er auf den schwarzen vorsintflutlichen Ford traf, der in einer Welle von Staub aus der entgegengesetzten Richtung kam. Das Auto fuhr von der Straße herunter und hielt in dem flachen Graben, in dem sich die roten, gelben, orangefarbenen, braunen, schwarzen und purpurnen Farbtöne von Kastillea, Schwarzauge und Steppenhexendistel mischten.

Der Mann, der aus dem Auto stieg, war geschniegelt und gebügelt in seinem dunkelgrauen Zweireiher-Nadelstreifen und perlgrauen Filzhut. Louis Ortiz war zweiunddreißig, auf südländische Weise schön und kultivierte sorgsam seine mehr eingebildete als wirkliche Ähnlichkeit mit Rodolfo Valentino. Ein Lächeln schwebte über seinen vollen Lippen, bereit, sich dort niederzulassen, aber seine Augen waren kalt wie Stahlkugeln.

Louis schaute in die glühenden Augen, die auf den Führerwagen gemalt waren, und sie erwiderten seinen Blick, grimmig, unter einer Stirn hervor, die von einem wie eine Speerspitze vom schwarzgelackten Haar hinunterstoßenden Witwendorn fast in zwei Teile gespalten war. Der Mund war dünn und hart und unnachgiebig. Louis' Blick wanderte zum zweiten Wagen und zu dem Bildnis, das darauf gemalt war. Es war das Bildnis eines blassen, schönen Knaben. Um seine weißen Locken war ein goldener Strahlenkranz gemalt, die weißgewandeten Arme waren erhoben, das Gesicht trug einen Ausdruck glückseliger Verzückung.

Fast ließ sich das Lächeln auf seinen Lippen nieder.

Er ging ans Ende des ersten Wagens und stützte seinen Fuß auf die Stufe, um mit einem weißen Taschentuch den Staub von seinem schwarzen Lacklederschuh zu wischen. Die Wagentür ging auf und ein Mann trat heraus: er war eine ältere Version seines Porträts. Sein Haar war weder glänzend noch schwarz, sein Gesicht nicht glatt und nicht fest, aber sein Mund war so hart wie auf dem Bild. Er trug ein Gewand aus schwarzem Atlas und Pantoffeln, wie ein orientalischer Alchimist. Er fuchtelte gereizt mit der Hand vor dem Gesicht herum, um den aufgewirbelten Staub zu vertreiben, und blickte Louis forschend an.

Louis schüttelte den Staub aus seinem Taschentuch, faltete es und steckte es in seine Brusttasche. »Es ist alles geregelt«, sagte er ohne eine Spur des romanischen Akzents, den sein Aussehen hätte vermuten lassen: »Die Plakate hängen in den Geschäften aus. Ich habe den freien Platz gemietet und vom Sheriff die Spielgenehmigung erhalten.«

Er sah zu dem älteren Mann hinauf und blinzelte in die Sonne, und das Lächeln ließ sich langsam nieder. »Da ist nur noch eines, was Schwierigkeiten machen könnte.«

Der andere Mann hob eine Augenbraue.

»Das Lichtspielhaus«, fuhr Louis fort, »zeigt heute Abend seinen ersten Tonfilm. Das ist Gesprächsthema Nummer eins in der Stadt.«

Der ältere Mann machte ein verdrossenes Gesicht. »Da kommt doch eine läppische Schererei nach der anderen. Es wäre eine erfreuliche Nachricht, wenn dieser Kinopalast abbrennen würde.«

»Es muss ja nicht gleich so drastisch sein.«

»Vielleicht hast du recht«, seufzte er. »Dieses widerliche Bauernpack könnte womöglich uns die Schuld zuschieben. Die Fahrt war äußerst aufreibend. Wir sollten wieder Kurs nach Osten nehmen, wo die Städte näher beieinander liegen.«

Louis' Mund zuckte leicht, und der andere Mann runzelte die Stirn. »Ich bin sicher, dir wird etwas einfallen, gerissen, wie du bist.«

Louis grinste und machte eine leichte Verbeugung mit dem Kopf.

»Wie weit ist es noch bis in diese Prärie-Metropole?«

»Hawley«, antwortete Louis. »Etwa zehn Meilen. Zuerst kommt ein kleiner Ort zwei Meilen von hier, er heißt Miller's Corners. Dort könnt ihr rasten und die Pferde tränken. Hawley ist dann noch acht Meilen weiter.«

Der Mann zuckte in massigem Gleichmut die Achseln. Louis ging, immer noch mit einem leichten Lächeln, zum Auto zurück. Der Mann stand in der Tür des Wohnwagens und sah zu, wie das Auto wendete, um dann mit Getucker und Geratter den Weg zurückzufahren, den es gekommen war. Er machte eine Grimasse angesichts der frischen Staubwolke, ging zurück nach drinnen und schloss die Tür. Die Wagen setzten sich in Bewegung.

Er öffnete eine Tür in der Trennwand, die den Wagen in zwei Hälften teilte, und blieb an den Türrahmen gelehnt stehen. Er betrachtete einen Augenblick lang den blassen, nackten Knaben, der in der Schlafkoje lag, und setzte sich dann auf den Rand neben ihn. Der Knabe sah seinem Bild sehr ähnlich, nur war er älter, und sein überanstrengtes Gesicht war nass. von Schweiß. Seine weißen Locken waren ohne Glanz, und das Kissen darunter war feucht. Die Augen bewegten sich nervös hinter geschlossenen Lidern.

Der Mann legte seine Hand auf den Leib des Knaben und beugte sich über ihn. »Angel«, sagte er zärtlich. »Mein schöner Angel.« Seine Hand strich am Körper des Knaben hinauf, bis sie leicht auf seiner Wange ruhte. »Sollen wir wieder anfangen? Es ist noch so viel zu tun.«

Die rubinfarbenen Augen des Knaben öffneten sich, aber sie starrten ins Leere.

Zweites Kapitel

Hawley im Staate Kansas döste unter der warmen Freitagssonne vor sich hin. Die Uhr im hohen Turm des weißen Gemeindehauses im Rokokostil schlug zweimal und scheuchte träge die Spatzen auf, die sich aber sogleich wieder niederließen. Auf dem Gemeindeplatz saßen im Schatten der Sykomoren alte Männer auf Bänken und erzählten sich halb vergessene oder halb erfundene Geschichten von besseren Zeiten, schnippelten an Stöckchen herum und verkündeten ihre unfehlbaren Meinungen zur Regierung, zu Präsident Hoover, den Kommunisten, den Anarchisten, den Katholiken, den Juden, der Börse und anderen Themen, von denen sie wenig oder gar nichts wussten. Sie nickten gewichtig mit den Köpfen und spuckten dunkelbraune Strahlen Tabaksaft auf den trockenen Boden und prophezeiten die Katastrophe in jeder nur denkbaren Form.

Zikaden zeterten in den Bäumen und brachten mit ihren Stimmen die Luft zum Zittern; aber der Ton war etwas so Normales, war so sehr Teil des Sommers, dass er kaum wahrgenommen wurde. Schlafsüchtige Hunde lagen auf dem hölzernen Gehsteig in Pfützen aus Schatten und japsten im Schlaf. Hawley hing in der Schwebe, so wie ein braunes Blatt auf der stillen Oberfläche eines warmen Teiches schwimmt.

Ein Lastauto kam um die Biegung am östlichen Stadtrand gefahren, wo das Straßenpflaster endete. Die im Sitzen eingenickten Männer unter den Sykomoren blickten auf. Das Lastauto fuhr durch die Stadt und hielt am Bahnhof. Eine Frau in Reisekleidern, die für die Hitze viel zu schwer waren, stieg aus. Sie setzte ihren Hut auf und steckte ihn fest und nahm dann ein Strohköfferchen von der Ladefläche des Autos. Sie sagte etwas zu dem Fahrer und ging in den Bahnhof hinein. Das Lastauto wendete und fuhr dann den Weg zurück, den es gekommen war.

Drei Mädchen kamen aus Miers Textilwarengeschäft und blinzelten in die Helligkeit. Sie winkten dem Mann im Lastauto zu. Alle drei Mädchen waren achtzehn Jahre alt. Rose und Evelyn waren in Hawley geboren; Francine nicht, aber ihr Vater, und so kam es praktisch aufs Gleiche heraus. Sie waren zusammen zur Schule gegangen, von der ersten bis zur letzten Klasse, hatten im Monat zuvor gemeinsam die Abschlussprüfung gemacht und wussten voneinander so gut wie jede intime Einzelheit. Sie hatten nicht viel gemeinsam außer Hawley, aber ihre Verschiedenheiten ergänzten sich gegenseitig, und sie waren die meiste Zeit ihres Lebens befreundet gewesen.

»Da geht Eula May schon wieder ihre Schwester in Kansas City besuchen«, sagte Rose, indem sie die Frau betrachtete, die friedlich auf der Bank am Bahnhof saß. »Bei Gott! Ihre Schwester ist schon am Verscheiden, so lange ich denken kann. Mr. Gardner wird sich an den Zugfahrkarten noch bankrott zahlen.«

Die anderen beiden Mädchen sagten nichts dazu. Als sie am Drugstore ankamen und hineingehen wollten, deutete Francine plötzlich mit dem Finger und platzte heraus: »Da! Schaut!« Evelyn und Rose blieben stehen und schauten durch die fliegendreckgesprenkelte Scheibe des Drugstores auf das Plakat, das Louis Ortiz an jenem Morgen dort angeschlagen hatte. Das Plakat wiederholte als Seidensiebdruck die Malerei auf dem ersten Zirkuswagen. Unten standen von Hand geschrieben die Zeiten, zu denen die Vorstellung in Hawley stattfinden würde.

Evelyn Bradley erschauerte vor den brennenden Augen, die ihr überallhin folgten, wohin sie sich auch wendete. Evelyn war schlank und braungebrannt; ihre Pagenfrisur umrahmte kastanienbraun ihr ovales Gesicht. Ihre Augen waren haselnussfarben und lächelten, aber ihr Gesicht hatte etwas Ernstes. Im Augenblick jedoch war der Schauer, der ihr beim Anblick des Plakats über den Rücken lief, eine seltsam lustvolle Empfindung.

»Als ob ich es nicht gewusst hätte!« fauchte Francine Latham allerliebst. Ihre Zahnspange rief ein feines Zischen hervor, wenn sie sprach. Dr. Latham war Witwer und wusste nicht so recht, wie er mit einer erwachsenen Tochter fertigwerden sollte. Weil es ihrem Vater gefiel, trug Francine ihr dunkles Haar immer noch wie ein Kind mit einer Schleife nach hinten gebunden, und es ging ihr fast bis zur Taille.

»Als ob ich es nicht gewusst hätte! Ein Tonfilm und eine Monsterschau, beides zur selben Zeit. Ich weiß nicht, wie ich mich jemals für eines davon entscheiden soll«, sagte sie ärgerlich.

»Schau dir eben heute Abend das eine und morgen Abend das andere an«, sagte Rose Willet mit aufreizender Logik. Rose war rund, rosig und hübsch. Sie trug ihr helles Haar kurz, in losen Wellen, eine Frisur, die viel zu altmodisch für sie war. Sie ließ ihren Sonnenschirm kreisen, dass die Spitzenborte sich hob, und wünschte, Evelyn und Francine würden ihre gesellschaftliche Stellung ernster nehmen. Als Töchter des Arztes und eines wohlhabenden

Farmers waren sie der passende Umgang für die jüngste Tochter des Richters, aber Francine war eine Petze, und Evelyn konnte jederzeit auf die Straße laufen und anfangen, mit einer Horde kleiner Jungen Baseball zu spielen. Man brauchte sie nur anzusehen, beide braungebrannt wie Feldarbeiter! Rose bewegte den Schirm, um einen Sonnenstrahl abzuhalten, der ihren wohlanständigen blassen Arm traf.

»Das kann ich nicht!«, sagte Francine weinerlich. »Ich habe nur einen Dollar.« Sie drehte sich nach dem Plakat um und wechselte schnell das Thema. »Haverstocks Wandernde Kuriosa- und Wunderschau. Was sind überhaupt *Kuriosa*?«

»Weiß ich nicht«, schnaubte Rose. »Schaut, wie sie das alte Knopfauge nennen: *Kurator der verlorengegangenen Geheimnisse der Alten*. Mann! Die halten uns wirklich für die letzten Bauern«, knurrte sie. »Angel, der Zauberknabe! Meerjungfrauen! Unsichtbare Frauen!« Mann!«

»Ein Dollar reicht doch, Francine«, sagte Evelyn mit einem leichten Lächeln. Sie kannte den Grund für Francines Dilemma sehr genau. »Der Film kostet einen Vierteldollar und die Monsterschau fünfzig Cents. Das macht erst fünfundsiebzig.«

»Ja, schon...« Francine schaute auf ihre Spangenschuhe und fingerte an der Krawatte ihrer Matrosenbluse herum.

»Erzähl mir bloß nicht, dass Billy schon wieder pleite ist«, sagte Rose mit gespielter Empörung und spitzte dazu die Lippen, damit sie aussahen, als hätte eine Biene hineingestochen.

Francine hob trotzig die Augen. »Wenn du mit Harold ausgehst, dann zahlt doch auch jeder für sich!«

»Aber ich muss nicht für ihn mitbezahlen«, erklärte Rose stöhnend den feinen Unterschied.

»Ich muss auch nicht immer für Billy bezahlen!«

»Ha!« Rose lachte verächtlich auf und drängte in den Drugstore hinein.

Bowens *Arzneimittel und Gemischtwaren* döste an jenem warmen Nachmittag mit der übrigen Stadt vor sich hin. Die Deckenventilatoren bewegten träge kreisend die Luft und verrührten die süßen Düfte von Schokolade- und

Vanilleeis aus dem Erfrischungsraum mit den angenehm stechenden Gerüchen von Kampfer und Wermut aus der Medikamentenabteilung.

Sonny Redwine, wie die drei Mädchen frisch nach dem Abitur, legte die Zeitschrift hin, in der er gelesen hatte, und wischte über die bereits makellose Marmortheke. Sonnys Vater und Onkel waren die Inhaber von Redwines Leichenhalle und hatten ihm dort für den Sommer eine Stelle angeboten; aber er hatte ohne allzu viel Nachdenken beschlossen, lieber Mr. Bowens Angebot anzunehmen und als Mixer in der Eisbar zu arbeiten, bis es im Herbst soweit war, aufs College zu gehen. Seine Arbeit machte ihm Spaß, und er war stolz auf den blitzenden Schanktisch mit den Reihen von Sirup-Pumpen und den zwei Zapfhähnen für Mineralwasser mit und ohne Kohlensäure, die wie die Köpfe von grazilen, langhalsigen Vögeln aus dem mittleren Teil hervorragten. Und er bekam oft seine Freunde zu sehen; praktisch jeder kam mindestens einmal in der Woche vorbei.

Er grinste die Mädchen an. »Tag, die Damen. Was darf es sein?«

»Einmal Kirschphosphat«, sagte Rose.

»Einmal Kirschphosphat«, wiederholte Francine.

»Kannst drei machen«, sagte Evelyn und lächelte.

Sonny machte die Getränke mit Bravour; er kostete es aus, dass die Blicke der Mädchen auf ihm ruhten. Er wurde langsam sehr gut, wenn man ihn fragte. Er hatte fast eine Woche lang nichts verschüttet.

Francine saß in tiefe Gedanken versunken auf ihrem Hocker und wand sich träge von einer Seite auf die andere. »Ich glaube, wir gehen ins Majestic. Da bleibt mir noch Geld für etwas Puffmais. Außerdem spielt Ronald Coleman.«

Mr. Bowen ging hinter den Schanktisch und mixte sich ein Brom-Soda, indem er die schäumende Flüssigkeit von einem Glas ins andere und wieder zurückschüttete. »Hallo Rose, Francine, Evie!«, begrüßte er sie. »Was habt ihr Mädchen vor, heute Nachmittag? Habt ihr das Plakat im Fenster schon gesehen?«

»Ja!«, sagte Evelyn lachend. »Das hat ja den ganzen Wirbel ausgelöst.«

»So?« Mr. Bowen hob die Augenbrauen.

»Wir versuchen Francine zu helfen, sich zu entscheiden, ob sie lieber in den Film oder zum Tingeltangel gehen will«, sagte Rose mit einem hinterhältigen Grinsen.

Mr. Bowen lächelte nachsichtig. »Ja, das will natürlich gründlich durchdacht sein.« Er trank schnell sein Brom-Soda aus, zog ein Gesicht und schüttelte sich.

Sonny stellte die rosa Getränke vor die Mädchen hin und bearbeitete die Theke mit größerer Sorgfältigkeit als nötig gewesen wäre, während Mr. Bowen zu seinen Rezepten zurückkehrte.

»Ich habe mich schon entschieden«, sagte Francine und hob den Deckel des Strohhalmbehälters. »Ich habe euch doch gerade eben gesagt, dass ich beschlossen habe, mir den Film anzusehen.«

Sonny hörte direkt vor Evelyn mit dem Wischen auf. Er räusperte sich zweimal, wechselte viermal seinen Gesichtsausdruck und sagte: »Evie...« Seine Stimme brach. Er warf einen argwöhnischen Blick auf Rose und Francine.

»Ja, Sonny?«

»Uh... Würdest du heute Abend mit mir ins Kino gehen?«, platzte er heraus.

Rose und Francine sahen sich an und unterdrückten ein Kichern. Evelyn warf ihnen einen finsteren Blick zu, und Sonny wurde rot.

»Natürlich, Sonny. Ich würde mich freuen«, sagte Evelyn.

Sonny grinste erleichtert, nickte ihr zu und wischte wie verrückt auf der Theke herum. Er sah zu Rose und Francine hinauf, die immer noch grinsten. »Und es wird keine getrennte Kasse geben«, sagte er obenhin. »Ich spendiere es.« Er grinste Rose und Francine an und ging ans andere Ende der Theke. Evelyn beugte sich über ihr Kirschphosphat, um ihr Lächeln zu verbergen. Rose und Francine glotzten verblüfft auf Sonnys Rücken.

Die Drugstore-Tür flog krachend auf. Sie schlug gegen das Drahtgestell mit den Zeitschriften und entlockte ihm ein metallenes Klingeln. Phineas Bowen Junior, Alter zwölf Jahre, preschte herein. Mr. Bowen blickte auf und runzelte die Stirn. Finneys Haar war von der Sonne gebleicht, sein Körper schokoladebraun. Er trug nichts als ein Paar durchgescheuerte, staubige Cordbundhosen. Seine bloßen

Füße schlappten auf dem weißen Fliesenboden. Seine Augen funkelten und tanzten vor unterdrückter Lebenskraft. Ein Ende eines etwa meterlangen Zwirnsfadens war an seinen Finger gebunden, das andere an das Bein eines großen, metallisch grünen Junikäfers. Der surrte dröhnend in engen Kreisen um Finneys Kopf herum. Finney trat unter den rotierenden Deckenventilator und ließ den Schwall kühler Luft über sich hinstreichen. Die Luftbewegung bewirkte, dass der Junikäfer auf sein Haar niederging.

»He, Paps!«, sagte Finney mit seinem Singsang und fing an, das Insekt aus seinen Haaren herauszulösen. »He, Evie! He, Francine! He, Fetti!« Er ging an den Schanktisch und ließ den Junikäfer erneut starten.

Rose fuhr auf dem Hocker herum und fixierte ihn mit einem wilden, giftigen Blick. Der müde Junikäfer landete auf ihrem Arm. Sie kreischte auf und fuhr in die Höhe. Finney zog das Insekt schnell aus der Gefahrenzone. »Finney, du kleiner schieläugiger Affe!«, zischte sie.

»Phineas«, sagte Mr. Bowen vorwurfsvoll, »so redet man nicht - und du bist auch nicht besser, Rose.«

»Ach, Paps!« maulte Finney. »Mein Junikäfer hat ihr nichts getan. Ich wette, Evie hätte keinen Anfall gekriegt.«

Rose grinste. »Sie wissen doch, dass wir nur Spaß machen, Mr. Bowen.« Sie hüpfte vom Hocker herunter und zwängte Finney blitzschnell in eine Bärenumarmung. Er sträubte sich, konnte aber ihren Griff nicht sprengen. »Im tiefsten Herzen mögen wir uns sehr gern.« Unbemerkt von Mr. Bowen zwickte sie Finney kräftig in seinen nackten Rücken. Er jaulte auf und riss sich los.

»Wenn du in die Wunderschau gehst, Rosie«, sagte er hochmütig, »dann vergiss auf keinen Fall, dir die Medusa anzusehen.«

»Hör gefälligst auf, mich Rosie zu nennen!« schnappte sie und setzte sich wieder auf den Hocker. »Wir gehen gar nicht in die Monsterschau. Wir gehen ins Kino.«

Finney war entgeistert. Er starrte sie an und kletterte auf einen anderen Hocker - gut außerhalb ihrer Reichweite. »Seid ihr verrückt, oder was? Ihr wollt liebereinen dämlichen alten Film sehen als die Unsichtbare Frau?« Er stöhnte. »Mädchen!«

Roses Miene brachte ihren Abscheu zum Ausdruck. »Wenn ich mich recht erinnere, dann hast du einen vollen Monat von nichts anderem gequatscht, als dass du dir diesen dämlichen alten Film ansehen willst.«

»Aber das war doch vorher!«

»Außerdem kann man eine unsichtbare Frau nicht sehen«, sagte Rose, um ihm den Rest zu geben.

»Oh, doch, das kann man!« Finney versuchte, ihr eine Vorstellung davon zu geben, was für ein Zauber all diesen Dingen innewohnte. »Man kann sie sehen, wenn man weiß, wie man schauen muss. Du weißt nur nicht, wie man schauen muss, Rose.«

»Finney!«, rief Mr. Bowen und hielt eine kleine Papiertüte hoch. »Geh und bring die Medizin da der alten Miss Sullivan hinüber.«

Finney rutschte vom Hocker herunter. »Und Elektro, der Mann der Blitze! Er zieht den Blitz vom Himmel, allein indem er seine Arme schwenkt, und dann verschluckt er ihn, und er versengt nie auch nur ein Haar. Und die Medusa ist in Wirklichkeit von diesem Griechen gar nicht getötet worden.

Sie war die ganze Zeit am Leben und verwandelt immer noch Menschen in Stein. Und die Schlangengöttin, die sich eine Million Jahre lang unter einer ägyptischen Pyramide versteckt hat!«

Mr. Bowen reichte ihm die Tüte. »Bring sie ohne Umweg hin und trödle nicht herum! Und anschließend will dich deine Mutter zu Hause sehen.«

Finney war in Fahrt und ließ sich nicht bremsen. »Und die Kleine Meerjungfrau. Sie ist die letzte Meerjungfrau auf der Welt, aber das macht nichts, weil sie niemals sterben wird. Und der Minotaurus, der immer noch rast, weil sie ihm sein Labyrinth zerstört haben. Und Däumling Tim... und Henry-etta... und der Zauberknabe, der alles kann... und der Kurator, der schlau genug war, um all diese Wunderwesen zu finden, und auch schlau genug, um sie zu überreden, ihre Geheimnisse mit uns zu teilen! Ist das nicht einfach phantasmagorisch?! Endlich passiert was in dieser verkalkten Stadt!«

Er sprintete zur Tür hinaus, dass der Zeitschriftenständer wieder nur so schepperte. »Verdammich! Endlich passiert was!«, schrie er gellend, während er über den hölzernen Gehsteig trampelte und auf die Straße sprang.

»Finney!«, rief sein Vater. »Hab' ich nicht gesagt, du sollst...«Er redete nicht aus; er seufzte nur auf, schüttelte den -Kopf und sank hinter dem Apothekentisch in sich zusammen.

Sonny und die drei Mädchen starrten Finneys rennender Gestalt nach, wie sie in der Sonne zappelte.

Rose stöhnte auf. »Ich glaube, das Kind da hat auch noch das bisschen Verstand verloren, das man ihm einmal mit auf den Weg gegeben hat. Haben Sie irgendwelche Fälle von Wahnsinn in der Familie, Mr. Bowen?«

Mr. Bowen antwortete mit einem leichten Stirnrunzeln. Nur weil ihr Vater Bezirksrichter ist, dachte er, glaubt sie, dass sie alles sagen kann, was sie will.

»Ich glaube, ich weiß, wie ihm zumute ist«, sagte Evelyn nachdenklich. »Ich hatte selbst ein klein wenig das gleiche Gefühl. Wäre es nicht... phantasmagorisch...«, sagte sie lachend vor sich hin, »wenn sie wirklich wären? Wenn sie wirklich der Minotaurus wären und die Medusa und eine Meerjungfrau und eine Schlangengöttin, wenn der Zauberknabe wirklich ein Zauberknabe wäre? Wenn das alles nicht irgendein Trick wäre?«

Sie blickte gedankenverloren auf den Fußboden. Ihr Tagtraum zerfiel, als Francines Sodastrohhalm auf dem Boden ihres leeren Glases gurgelte.

»Ich glaube nicht, dass es mir sehr gefallen würde, wenn es wirklich die Medusa wäre«, sagte Francine. »Schreiben Sie's mit auf die Rechnung, Mr. Bowen.« Jetzt war die Stimmung endgültig zerstört. »Ich wollte, ich könnte auch im Kino anschreiben lassen, dann bräuchte ich nicht diese Entscheidungen zu treffen.« Sie seufzte.

Sie hörten den Zug pfeifen, wie er in den Bahnhof einfuhr. »Na ja, da fährt Eula May dahin«, sagte Rose.

»Ich hole dich gleich nach dem Abendessen ab, Evie«, sagte Sonny und lächelte.

»Das ist nicht nötig, Sonny. Ich kann dich am Majestic treffen.«

»Wenn ich dich nicht abhole...« - Er grinste. »...dann habe ich keinen Grund, meinen Vater zu bitten, mir das Auto zu geben.«

»Okay«, sagte sie lachend. »Es würde mich für dich freuen, wenn du mich in die Stadt fahren würdest.«

Drittes Kapitel

Jack Spain, ein zwölfjähriger Flachskopf und Phineas Bowens bester und engster Freund, saß ohne Sattel auf Quecksilber, einer Fuchsstute mit weißem Stirnfleck und von sanftem und geduldigem Wesen, die ihre Nachmittage gewöhnlich damit zubrachte, für Jacks Vater einen Pflug zu ziehen. Aber gepflügt war und Jacks kleine Arbeiten auf der Farm waren auch erledigt, und das mit einer Geschwindigkeit, die Jacks Vater überraschte - bis ihm der Zirkus einfiel, der in die Stadt kommen sollte. Da lächelte er und erinnerte sich und ließ Jack den alten Gaul für den Nachmittag.

Jack trug einen abgeschossenen Overall ohne Hemd und war ebenso braun wie Finney, obwohl er im Gegensatz zu Finney über und über voller Sommersprossen war. Er blinzelte unter der ausgefransten Krempe seines Strohhutes hervor auf die Straße, die vor ihm lag. Er konnte sie kommen sehen, flackernd im Glast der Nachmittagshitze, eingehüllt in Staub: sechs zauberumwitterte Zirkuswagen.

Jack stieß ein Freudengeheul aus und schwenkte seinen Hut. Er grub seine bloßen Fersen in die Flanken des Pferdes und sprang auf ihm wie ein Ball auf und nieder. Er schlug es mit seinem Hut und schnalzte wie verrückt mit der Zunge.

»Komm, Quecksilber, du altes Mistvieh! Beweg dich! Los! Du altes Mistvieh, Quecksilber, he!«

Quecksilber nahm ein letztes Maulvoll Büffelgras und drehte sich langsam um. Dann zottelte sie gemächlich in

Richtung Stadt und scherte sich nicht im Geringsten um das Energiebündel, das auf ihrem Rücken explodierte.

Viertes Kapitel

Evelyn, Rose und Francine schlenderten quer über den Gemeindeplatz und hörten auf das Zikaden-Geschrei aus den Sykomoren. Sie lächelten den alten Männern zu und blieben stehen, als sie Richter Willet die Stufen des Gemeindehauses herunterkommen sahen. Er tippte grüßend an seinen Hut und machte eine leichte Verbeugung.

»Miss Bradley, Miss Latham, Rose«, sagte er. »Wie geht's euch Mädchen heute Nachmittag?«

»Ausgezeichnet, Herr Richter«, sagte Evelyn. »Und wie geht es Ihnen?«

»Erfreulich, Miss Bradley, erfreulich.« Er rückte den Hut wieder zurecht. »Grüßt eure Leute von mir«, sagte er und marschierte davon.

»Ist euch schon aufgefallen«, fragte Francine, »dass der Richter niemals schwitzt, nicht einmal an einem heißen Tag wie heute?«

»Seine Schweißdrüsen würden es nicht wagen«, sagte Rose und verzog den Mund. Francine kicherte.

Sie gingen weiter in Richtung Majestic. RONALD COLEMAN IN *HENKER DRUMMOND* - IM EINZIGEN TONFILMTHEATER DIESSEITS VON DODGE CITY verkündete die Markise über dem Eingang. Die Mädchen gingen über die Straße und betrachteten die Plakate und versuchten sich vorzustellen, wie das sein würde, wenn man die Schauspieler sprechen hörte.

»Wer, findet ihr, ist hübscher«, träumte Rose und ließ ihren Sonnenschirm kreisen. »Ronald Coleman oder Wash Peacock?«

»Weiß ich nicht.« Evelyn zuckte die Achseln. »Es sind grundverschiedene Typen.«

Rose seufzte. »Ich kann mir einfach nicht vorstellen, dass Wash Peacock und Schwester heiraten sollen.«

»Grace Elizabeth? Und Wash?« Evelyn zog die Augenbrauen hoch. »Das hab ich gar nicht gewusst.«

»Ich dachte, alle wüssten es«, stöhnte Rose. »Kannst du es dir vorstellen? Schwester und Wash? Es ist wie die Schöne und die Bestie.«

»Also ich finde nicht, dass Wash eine Bestie ist«, protestierte Francine. »Er hat vielleicht nicht viel Persönlichkeit, aber ich halte ihn nicht für gemein oder so etwas.«

»Ich habe es andersherum gemeint«, seufzte Rose.

»Sie scheinen nicht viel gemeinsam zu haben«, sagte Evelyn zustimmend. »Warum haben sie dann beschlossen, zu heiraten?«

»Haben sie gar. nicht«, sagte Rose. »Papa wollte keine alte Jungfer in der Familie haben. Schwester ist sechsundzwanzig, müsst ihr wissen, und hat nie einen Verehrer gehabt. Also hat Papa mit Washs Vater ein Arrangement getroffen.«

»Und das war Grace Elizabeth recht?« Evelyn blickte finster. Es überkam sie plötzlich ein Gefühl der Niedergeschlagenheit. Der Gedanke an die sanfte, schüchterne, intelligente Grace Elizabeth an der Seite von Wash Peacock, der sie immer an einen großen, schönen, dummen Hengst erinnerte, war deprimierend. Aber sie konnte nichts daran ändern, und es würde ja vielleicht auch gut gehen. Die Tatsache, dass sie solche Gegensätze waren, konnte unter Umständen für beide ein Gewinn sein. Und Francine hatte Recht: Wash war kein gemeiner Kerl. Wenn er lieb mit Grace Elizabeth umging, dann lief vielleicht alles gut.

»Du bist doch nur eifersüchtig«, sagte Francine mit süßlichem Lächeln.

»Ich eifersüchtig?« schnaubte Rose, und ihr Sonnenschirm schwirrte. »Wash Peacock mag so ungefähr der gutaussehendste Mann im ganzen Bezirk sein, aber er ist auch der langweiligste. Wenn er Schwester besuchen kommt, sitzt er da wie ein Klotz. Und wenn er wirklich einmal redet, dann immer nur über die Farm: die Hirse will heuer nicht gedeihen, der Mais hat den Mehltau, der Hafer brachte nur vier Scheffel pro Morgen, die Egge ist kaputt. Es würde mich nicht überraschen, wenn er nicht einmal den Namen des Präsidenten der Vereinigten Staaten wüsste. Es reicht, um einen die Wände hochzujagen. Ich würde Wash nicht heiraten, selbst wenn ich eine Wette darüber abgeschlossen hätte.« Ein durchtriebenes Lächeln schlich über ihre Lippen, während sie mit dem Griff ihres Sonnenschirms spielte. »Natürlich hätte ich nichts dagegen, in der Hochzeitsnacht Schwesters Rolle zu übernehmen.«

Francine schnappte nach Luft und prustete, wobei sie sich die Hände vors Gesicht hielt, um ihren roten Kopf zu verstecken. »Rose Willet, du bist furchtbar!«

Rose verdrehte die Augen.

Plötzlich fluteten Jack Spains wilde Schreie durch die dicke Luft, schüttelten sie durch, ließen sie zittern und flimmern und rührten die Stadt auf wie den Bodensatz auf dem Grund eines warmen Teiches. Die Mädchen reckten die Hälse und eilten zurück auf die Hauptstraße. Die alten Männer im Schatten der Sykomoren schauten von ihrer Schnippelei auf und schlurften auf die Töne zu. Mr.

Bowen und Sonny traten aus dem Drugstore und spähten die Straße hinunter. Leute erschienen an Laden- und Haustüren und schirmten mit der Hand die Augen gegen das Sonnenlicht ab.

Ein schwarzes Ford-T-Modell pufftte aus der Gasse hervor, die an der Rückseite des Majestic vorbeiführte und klapperte an den Mädchen vorüber. Louis Ortiz lächelte und tippte an seinen Hut. Francine kicherte.

»Wer war denn das?«, fragte Evelyn und sah dem Auto nach.

»Weiß ich nicht«, sagte Rose und zog die Stirn in Denkerfalten. »Er muss wohl zu Haverstocks wanderndem Was-weiß-ich gehören.« Ihre Lippen spitzten sich zu einem Lächeln, und ihre Augen verengten sich mit Blick auf Francine. »Sah aber wirklich gut aus. Fandest du nicht auch, Francine?«

Francine wurde rot.

Jack Spain und Quecksilber tauchten um die Ecke herum auf, wo das Pflaster endete und die Bezirksstraße begann. Er hüpfte und brüllte und fuchtelte mit dem Hut, als würde das alte Pferd mit dem Wind um die Wette laufen, anstatt mit seinem normalen Pflügetrott daherzustapfen.

Die Leute verließen ihre Häuser und Läden und standen am Straßenrand Spalier und versuchten, um die Ecke herumzuschauen. Frauen, die bei der Hausarbeit unterbrochen waren, trockneten sich die Hände an den Geschirrtüchern ab und ertappten sich dabei, dass sie immer noch suppennasse Löffel in der Hand hielten. Sie schleppten halbgebadete Babies an und halbgestopfte Socken und strahlten vor Entzücken über die unverhoffte Unterbrechung ihrer täglichen Tretmühle.

Finney rannte zu Jack; seine bloßen Füße klatschten auf dem Pflaster. Dutzende von brüllenden, kreischenden Kindern krochen aus den Winkeln, Ritzen und Höhlen und strömten von allen Seiten zu Jack. Sie hüpften und hopsten und schrien aus einem Gefühl schierer physischer Befreiung heraus. Manche von ihnen wussten nicht einmal, um was es ging, aber sie ahnten, dass es etwas wirklich Gewaltiges sein musste.

Jack brachte das Pferd zum Stehen, warf ein Bein hoch und nach vorn und ließen sich vom Rücken heruntergleiten. Er und Finney sprachen aufgeregt miteinander, wobei sie zur Straßenbiegung zurückblickten.

Die Wagen kamen ganz unvermittelt um die Ecke. Finney und Jack rannten auf sie zu, einen Schwarm von kreischenden Kindern und bellenden Hunden hinter sich herziehend. Quecksilber wanderte in den Whittacker-Hof und begann, zart an den Petunien zu knabbern.

Die Mädchen schlenderten gewollt lässig auf die bemalten Wagen zu, so dass jeder sehen konnte, dass ihr Interesse unglaublich gering war.

Die Kinder und Hunde umringten die Wagen wie tobende Indianer. Die Handlanger, die die Gespanne lenkten, ignorierten sie mit hochmütiger Gleichgültigkeit und Langeweile.

Plötzlich klappte die Rückwand des letzten Wagens rasselnd nach unten, um ein Orchestrion zu enthüllen, das rot und golden in der Sonne glänzte. Dampf zischte aus den Ventilen. Es begann zu spielen, rau und triumphal, mit festlichem Geschmetter. Und niemand saß an seinen Tasten.

»Oooh!«, hauchte Francine, die Augen ganz rund, als der erste Wagen an ihnen vorbeifuhr. »Schaut euch diese schaurigen Augen an!« Die Augen schienen sich im Vorbeifahren an ihr festzusaugen. Sie schaute schnell weg.

»Dem möchte ich wirklich nicht im Dunkeln begegnen«, stimmte Rose zu. Sie wandte ihren Blick dem nächsten Wagen zu. »Ich weiß zwar nicht, ob er ein Zauberknabe ist, aber zauberhaft ist er!«

»Er ist noch schöner als Ronald Coleman«, sagte Francine ehrfurchtsvoll. »Schöner als Ronald Coleman und Wash Peacock zusammen.«

Evelyn betrachtete forschend das Bild von Angel, dem Zauberknaben und folgte ihm mit den Augen, während der Wagen vorbeizog.

»Ich weiß alles über den Minotaurus«, sagte Rose selbstgefällig. »Von dem lässt du besser die Finger, Francine.«

»Was quatscht du da?«, zischte Francine und versuchte, ihre Blicke von dem Bild eines muskelstrotzenden Mannes fernzuhalten, der nur mit einem kurzen Lendenschurz bekleidet war, und Haupt und Hufe eines Stieres hatte.

Rose zwinkerte in Richtung Evelyn und beugte sich zu Francine, um ihr etwas ins Ohr zu flüstern. Francines Augen wurden ständig größer, und ihr Mund formte ein kleines O. »Oh, Rose, du bist schlecht!« Sie wurde rot.

»Hab dich nicht so, Francine«, knurrte Rose.

»Man muss nur dann Angst haben, wenn man noch Jungfrau ist«, entschlüpfte es Evelyn wider Willen.

»Evelyn Bradley, du bist noch schlimmer als Rose!«

»Auch Jungen, wohlgemerkt«, sagte Rose und nickte weise.

»Na ja«, sagte Francine und errötete dabei so heftig, dass ihr die Ohren klangen, »wenn nur Jungfrauen Angst haben müssen, dann habt ihr beide wohl nichts zu befürchten, nehme ich an.«

»Jetzt hat sie uns«, lachte Evelyn.

»Ich verrate es niemals«, sagte Rose und versuchte, möglichst welterfahren auszusehen.

»Rose!«

»Francine!«

Evelyn lachte so sehr, dass sie schwankte.

»Diese Meerjungfrau ist wahrscheinlich irgend so ein armer, alter, toter Fisch in einem Einmachglas mit Alkohol«, erklärte Rose skeptisch.

»Aber auf dem Plakat hieß es, dass alle lebendig sind«, protestierte Francine.

»Oh, Francine!«, knurrte Rose.

Francine begann zu kichern.

»Was ist los mit dir?«, fragte Rose leicht verärgert.

»Ein Halb-Mann-halb-Frau-Wesen«, sprudelte sie heraus, »ich meine, er - sie - es müsste nicht...« Sie brach ganz und gar zusammen.

Rose knurrte nur und wandte den Kopf, um das Bild einer schönen Frau mit langen, silbernen Haaren zu betrachten. Sie ruhte wie in einem Nest in den Windungen eines kräftigen Reptilienschwanzes, dessen Schuppen unter ihrem Nabel in blasses Fleisch übergingen. »Eine Schlangengöttin! Eine Unsichtbare Frau!«, sagte sie beleidigt. »Für wie naiv halten die uns eigentlich? Medusa! Also wirklich. Wenn sie die Medusa hätten, wären sie längst alle in Stein verwandelt.«

»Was macht das denn aus, solange sie eine gute Vorstellung aufziehen?«, fragte Evelyn vernünftig. »Sie erwarten doch von niemandem, dass er es wirklich glaubt. Sie würden nicht viele Karten verkaufen, wenn sie mit jemandem Reklame machten, der nur behauptet, Medusa zu sein, oder?«

Der letzte Wagen fuhr vorbei. Finney überschrie den Lärm und hatte Mühe, nicht aus seiner Haut zu fahren. »Hab ich's euch nicht gesagt? Schaut euch diese alte Orgel an, die von allein spielt! Es ist wirklich eine phantasmagorische Wunderschau.«

Rose tat das alles mit einem Achselzucken ab. »Dein mechanisches Klavier spielt auch von allein, oder etwa nicht? Davon flippst du auch nicht aus!«

»Aber das hier ist etwas ganz anderes! Es ist wirklich etwas ganz anderes!« Finney und Jack rannten weiter, um die Wagen einzuholen.

»Ich schaue besser, dass ich nach Hause komme«, sagte Evelyn und blieb bei dem 1926er Buick ihres Vaters stehen, der vor Miers Textilwarengeschäft geparkt war. »Wir sehen uns heute Abend.«

»Grüß Harold von mir«, grinste Rose.

»Klar.« Evelyn grinste zurück und stieg in das Auto.

Als sie an dem unbebauten Grundstück am Westrand der Stadt vorbeikam, war die Wunderschau bereits dort eingefahren. Sie fuhr langsamer und beobachtete das geschäftige Treiben mit schwacher Neugier. Einige von den Handlangern, die meisten ohne Hemd, zogen Leinwand und Masten und Taue und Pflöcke von einem der Wagen. Andere spannten die Rösser aus und schirrten sie ab und schoben die Wagen in eine Reihe entlang der Vorderfront des Platzes. Ein anderer verscheuchte die Kinder, die ihnen zwischen den Füßen herumliefen. Das Orchestrion hatte aufgehört zu spielen, und die Rückwand des Wagens war wieder hochgeklappt. Evelyn sah den stattlichen, mexikanisch aussehenden Mann, der sie vorhin gegrüßt hatte, in einen der Wagen hineingehen. Dann war sie daran vorbei, und das Auto holperte über die Eisenbahnschienen und ratterte auf die Brücke über den Crooked Creek, wo das Pflaster endete und die Bezirksstraße begann.

Fünftes Kapitel

Haverstocks Wagen war durch eine Trennwand mit einer Verbindungstür in zwei Räume geteilt. Der nach außen führende Raum war ein Büro mit einer Koje an der einen Wand, in der er schlief. Louis war noch nie in dem anderen Raum gewesen, aber er wusste, dass Angel dort wohnte.

Haverstock blickte von den Papieren auf seinem Schreibtisch auf, als Louis eintrat. »Hast du dich um das Kino gekümmert?«

»Selbstverständlich. Ich...«

Haverstock winkte ab. »Verschone mich mit ermüdenden Details. Ich bin sicher, du hast dankenswerte Arbeit geleistet. Geh hin, wo immer man wegen so etwas hingeht, und sorge dafür, dass Futter für die Tiere geliefert wird. Dir ist alles bekannt, was erledigt werden muss, bevor wir heute Abend eröffnen.«

»Wird gemacht, Boss.« Louis grinste und ging.

Haverstock sah ihm einen Augenblick lang nach und fragte sich, ob er nicht einen Hauch von Sarkasmus in dem »Boss« entdeckt hatte. Louis war ein tüchtiger, erfinderischer Angestellter, aber er wurde manchmal ein bisschen zu groß für seine gut geschnittenen Hosen.

Sechstes Kapitel

Der graue 1929er Packard summte die Straße herauf und zog einen Kometenschweif von Staub hinter sich her, den die untergehende Sonne golden färbte. Die Weizenfelder rechts und links der Straße hatten die Farbe von brüniertem Kupfer und lagen völlig reglos in der warmen Stille. Sonny Redwine blinzelte in die Riesensonne, die direkt vor ihm auf der Straße zu hocken schien. Er pfiff ohne Melodie vor sich hin, aber der Ton wurde immer wieder durch das zufriedene Lächeln unterbrochen, das über seine Lippen huschte. Er fuhr langsamer und bog an dem Briefkasten mit der Aufschrift »Bradley, Sternenweg« in einen von Sonnenblumen gesäumten Weg ein und hielt dann vor dem Haus am Ende des Weges an.

Die Farm der Bradleys machte einen wohlhabenden Eindruck. Das Haus und die Scheune waren frisch gestrichen, und die Scheune hatte ein neues Dach aus Zinnblech. Die Nebengebäude waren allesamt ordentlich und in gutem Zustand, aber Sonny ging trotzdem so manches im Kopf herum: er hatte in den letzten paar Monaten viel beunruhigendes Gerede mitbekommen.

Er stieg aus dem Auto, räusperte sich mehrmals, zog sein Jackett hinten glatt und ging knirschend den Kiesweg hinauf. Die Haustür öffnete sich, als er die Stufen zur Veranda hinaufstieg.

»Komm herein, Sonny!«, sagte Otis Bradley. »Evelyn ist gleich fertig.« Otis war ein kurzgewachsener Mann in den späten Vierzigern, mit beginnender Glatze, braun und kräftig von der Feldarbeit. Er war im Unterhemd und in Pantoffeln und hatte seine Hosenträger herunterhängen.

»Danke, Mr. Bradley. Wie geht es Ihnen heute Abend?«

Otis lächelte ein wenig angesichts von Sonnys Nervosität und versuchte sich zu erinnern, ob er sich mit achtzehn auch so benommen hatte. Er war sich nicht sicher, aber wahrscheinlich schon. »Ausgezeichnet, Sonny. Und wie geht's dir?«

»Oh, danke, sehr gut«, sagte Sonny und schaute sich um. Das Zimmer war ordentlich, aber gemütlich, gut, aber nicht neu möbliert. Es sah ungefähr so aus wie sein Wohnzimmer zu Hause, bevor seine Mutter letztes Jahr alles neu gekauft hatte. Das einzige neue Stück bei den Bradleys war ein großer Atwater Kent Radioapparat, der leise Gospelmusik spielte.

Otis machte die Fliegengittertür wieder zu und kehrte zu seinem Sessel und seiner Zeitung zurück. »Das ist recht. Setz dich!« Er deutete auf einen zweiten Stuhl.

Sonny setzte sich, ein wenig zu schnell, und grinste dann.

»Ich dachte, es würde sich gegen Abend vielleicht etwas abkühlen«, sagte Otis, »aber es sieht nicht danach aus.« Sonny nickte und wünschte, er hätte sich kein Jackett angezogen. Otis beobachtete ihn mit der Frage im Hinterkopf, ob Evelyn und er es wohl ernst meinten. Soviel er wusste, waren sie noch nie zusammen ausgegangen, aber er war sich nicht sicher. Er vertraute Evelyn und überließ es seiner Frau, ein Auge auf ihre Freunde zu haben, von denen es eine ganze Anzahl zu geben schien. Es wäre keine schlechte Partie, dachte er. Sonny war ein nett aussehender Junge mit guten Manieren, der seines Wissens noch nie in irgendwelchen Schwierigkeiten gewesen war. Die Redwines waren angesehene Leute und schienen eine Menge Geld zu haben. Er schaute aus dem Fenster auf den Packard. Es wäre ganz und gar keine schlechte Partie, entschied er, wenn man bedachte, wie die Weizenpreise gefallen waren. Begraben werden mussten die Leute allemal, ob so oder so.

»Ihr Weizen scheint kurz vor der Ernte zu stehen«, sagte Sonny unvermittelt.

»Ja«, bestätigte Otis. »Der Agent für die Mähdrescher war übrigens vor ein paar Tagen hier, um einen Vertrag zu unterzeichnen. Sie sind jetzt etwa neunzig Meilen nördlich von

Amarillo. Dürften in ein paar Wochen hier sein.« Er fragte sich, ob es sich lohnte, ob der Weizen genug abwerfen würden, um die Mähdrescher zu bezahlen, ob er nicht Geld sparen würde, wenn er ihn einfach auf den Feldern verbrannte.

»Das Wetter ist so ziemlich genau richtig.«

»Wenn ihn der Hagel nicht niederschlägt wie vor sechs Jahren. Wenn das Wetter derart heiß wird und sich nichts mehr regt, so wie jetzt, dann weiß man nie, was passiert.«

Harold Bradley kam ins Zimmer und zog sich im Gehen seinen Collegepullover über. Harold war einundzwanzig und hatte gerade sein drittes Jahr College abgeschlossen. Er war größer als sein Vater, aber ebenso braungebrannt und kräftig. Er verbrachte seine Sommerferien immer in Hawley und half auf der Farm mit. Er behauptete, die körperliche Betätigung zu brauchen, um für seine Fußballmannschaft in Form zu bleiben.

»Hallo, Sonny«, grinste er.

»Oh. Tag, Harold.« Sonny stand auf und setzte sich wieder.

Harold schaute in den Spiegel über dem Kaminsims und drückte die hochstehende Haarlocke über seiner Stirn mit den Fingern fest. Er war sich im Zweifel, ob er noch etwas Pomade auflegen sollte.

Der Gospel-Song im Radio war zu Ende, und eine sanfte, einschmeichelnde Stimme kam durch den Äther: »Lassen Sie es nicht zu, dass Ihr Arzt Sie für zwei Dollar ins Jenseits befördert. Machen Sie Gebrauch von unserem Universalheilmittel. Ich kann Sie ebenso kurieren wie Mr. Clyde Atkinson in Fort Riley, Kansas... Liebe, treue Freunde! Die Schwelbrände der gefährlichsten Krankheiten sind vielleicht kurz vor dem Ausbruch. Kommen Sie, solange Sie noch können!«

Harold lachte. »Hörst du immer noch auf Dr. Brinkley mit seinem Ziegendrüsenextrakt? Wann fährst du nach Milford und lässt dir deinen Teil verpassen?«

Otis grinste. »Das ist es also, was man dir auf dem College beibringt! Deinem Vater Unverschämtheiten zu sagen! Ist es nicht etwas warm für den Pullover?«

Harold reckte immer noch grinsend den Kopf. »Klar. Aber Rose findet, es sieht scharf aus. Für diese Kleinstadtmädchen ist es eben aufregend, mit einem Collegemann auszugehen.« Er winkte und war zur Tür hinaus. »Bis später«, sagte er über die Schulter.

Otis schüttelte den Kopf. »Soll mir einer mal erklären, warum ihr Kinder nicht alle mit demselben Auto fahren könnt, wenn ihr alle an den selben Ort wollt.«

»Huh? Oh, ja.« Sonny richtete sich im Sessel auf und sprang dann auf die Füße, als Evelyn und Mrs. Bradley hereinkamen.

»Guten Tag, Sonny.« Bess Bradley lächelte, und ihr Anblick ließ ihn an frisches Brot denken, das auf dem Fensterbrett auskühlt. Sie war fast so groß wie ihr Mann, immer noch hübsch, mit einer Neigung zu gemütlicher Rundlichkeit und nicht mehr als einem Hauch von Grau in ihrem Haar. Sie und Evelyn sahen einander im Gesicht sehr ähnlich.

»Guten Tag, Mrs. Bradley«, sagte er und starrte Evelyn an. Sie stand da und lächelte ihn an, in einem grünen Kleid aus Crêpe de Chine, mit tiefhängender, lockerer Schärpe. Sie hatte ein Sträußchen aus weißen Zelluloidblumen an ihre Schulter gesteckt.

»Amüsiert euch gut«, unterbrach Bess seine Trance. »Und bleibt nicht zu lange aus.«

»Jawohl, Mrs. Bradley.« Sonny nickte und schob sich in Richtung Tür. Draußen auf der Veranda stieß er einen übertriebenen Seufzer der Erleichterung aus. Evelyn musste lachen.

Siebtes Kapitel

Obwohl es noch nicht ganz dunkel war, stand schon eine große Zahl Menschen am Majestic Schlange. Leopold Mier kam an, ließ seine Schlüssel klingeln und lächelte sein immerwährendes Lächeln. Er war ein kleiner Mann, der aussah, als sei er aus Mahagoni geschnitzt. Er war gekleidet wie immer - tagsüber in Miers Textilwarengeschäft und abends in Miers Majestic - in einen Anzug aus schwarzem Kammgarn mit hohem Zelluloidkragen und einer dekorativen Goldkette über dem Bäuchlein. Leopold Mier war ein zufriedener Mann, zufrieden mit seinem Leben, seiner Familie und seinen Unternehmen.

Er winkte den Leuten in der Schlange zu und lüpfte mit geübter Bewegung die goldene Kette. Eine große goldene Uhr fiel in seine Hand. Er ließ den ziselierten Deckel aufspringen. »Die Vorstellung beginnt in dreißig Minuten, Leute.«

»Wir wollten nur auf Nummer Sicher gehen, dass wir auch ja einen Platz ergattern«, lachte eine Frau.

Mr. Mier nickte. »Dürfte heute Abend ein ziemlicher Andrang werden.«

»Zu dumm, dass der Zirkus ausgerechnet an diesem Wochenende in die Stadt kommen musste.«

Mr. Mier seufzte und murmelte etwas von Kismet und hob dann die Hände. »Keine Aufregung«, sagte er. »Jeder, der Mr. Ronald Coleman sprechen hören möchte, wird auch Gelegenheit dazu bekommen, und wenn wir ihn notfalls dazu nächste Woche nochmals herbemühen müssen.« Die Leute in der Schlange lachten. »Und von jetzt an werden wir nur noch Tonfilme zeigen. Wenn euch Mr. Ronald Coleman entgeht, dann werdet ihr eben einen anderen sprechen hören.«

Er schloss die Tür auf und ging hinein. Einen Augenblick später gingen knackend die Lichter an, eines nach dem anderen, bis die Fassade des Theaters hell erleuchtet war. Die Leute in der Schlange klatschten.

Mr. Mier hantierte geschäftig herum, holte die Eintrittskarten und die Geldkassette aus dem Safe. Er blickte auf und sein Lächeln verbreitete sich zu einem freundlichen Grinsen, als Caroline Robinson eintrat.

»Guten Abend, Caroline!«

»Hallo, Mr. Mier! Sieht nach Andrang aus heute Abend.«

Er nickte befriedigt und reichte ihr die Eintrittskarten und die Geldkassette. »Das tut es. Das tut es. Nehmen Sie sich lieber gleich eine extra Rolle Karten. Morgen wird es hier ganz schön zugehen, wenn all die Leute vom Land in die Stadt kommen. Machen Sie auf, sobald Sie können. Es hat keinen Sinn, das Volk draußen stehen zu lassen.«

»Halten Sie mir einen Platz in der letzten Vorstellung frei«, sagte Caroline über die Schulter. »Ich mache die Kasse, wenn wir schließen.«

»Selbstverständlich, das geht in Ordnung. Aber jetzt beeilen Sie sich besser.«

Mrs. Mier kam herein mit dem Ausdruck von jemand, der beständig zu spät kommt. Sie lächelten und nickten ihr zu. Sie füllte Puffmais in den Automaten und obwohl sie langsam und sorgfältig arbeitete, sah es aus, als habe sie es wahnsinnig eilig.

Evan Whittaker kam herein; er hinkte auf seinem kranken Bein. Sein Knie war im Weltkrieg in Flandern von einer deutschen Kugel zertrümmert worden, und seither ließ sich sein Bein nicht mehr beugen. Er grinste Mr. Mier an. »Nun, das ist der große Abend.«

»Funktionieren alle diese neuen Apparate auch richtig?«

»Ich habe heute Nachmittag den ganzen Film durchlaufen lassen, und alles hat prima geklappt. Drücken Sie mir die Daumen!« Er drückte sich selbst die Daumen und hielt sie hoch und kletterte dann Stufe für Stufe die Treppe zum Projektionsraum hinauf.

Mr. Mier seufzte und teilte mit der Hand die schwarzen Samtvorhänge, um in den Zuschauerraum zu gehen. Er schlenderte den leicht abfallenden Zwischengang hinunter und blickte stolz in die Runde. Plötzlich zuckte seine Nase wie die einer Maus. Er blieb stehen. Ein Schatten von Besorgnis wanderte über sein Gesicht. Das kleine Lächeln verblasste und zog sich langsam nach unten wie schmelzendes Wachs. Er setzte sich wieder in Bewegung, ging ganz langsam und spähte in jede Sitzreihe hinein. Er ging vorn an der Leinwand vorbei und den anderen Gang hinauf. Plötzlich blieb er stehen, starrte. Ein kleines Quieken entfuhr seiner Kehle.

Das Stinktier trippelte unter den Sitzen herum, seine Krallen tapsten leise auf dem Fußboden. Bei einem Stückchen Puffmais blieb es stehen und kaute schmatzend daran herum. Dann wanderte es gemächlich zum nächsten. Mr. Mier quiekte nochmals, dieses Mal lauter. Das Stinktier hielt inne und sah ihn an.

Mr. Mier fuchtelte mit den Händen in kleinen stoßenden Bewegungen und quiekte bei jedem Stoß. Das Stinktier wandte sich ihm zu. Es hüpfte leicht auf steifen Beinen.

Mr. Mier wich zurück. Seine Kniekehlen stießen an eine Sessellehne, und der Sessel fiel polternd nach hinten. Das Stinktier neigte sich nach vorn und stellte sich auf die Vorderfüße, und sein Schwanz breitete sich aus wie ein zottiger Baldachin.

Achtes Kapitel

Sonny Redwine parkte den Packard seines Vaters auf dem Gemeindeplatz schräg gegenüber dem Majestic. Er hastete auf die andere Seite, um Evelyn die Tür aufzuhalten. Die Bequemlichkeit hatte doch über den Schick gesiegt, und er war jetzt in Hemdsärmeln. Evelyn hängte sich bei ihm ein, und sie gingen über die Straße.

Plötzlich kam Mr. Mier, ein Taschentuch unter die Nase gepresst, aus dem Theater gerannt. Mrs. Mier, in der Hand noch ein Päckchen Salz, folgte ihm auf dem Fuß. Evan Whittacker kam gleich hinterher. Caroline Robinson blickte sie aus dem Kassiererhäuschen heraus verständnislos an. Dann verzog sich ihre Nase, und sie kam herausgestrampelt, während sich die Kartenrolle langsam zum Boden hin aufrollte.

Ein Murmeln ging durch die Menschenmenge, dann wich sie zurück und zerstreute sich. Francine Latham und Billy Sullivan waren darunter; sie blieben stehen, als sie auf Sonny und Evelyn trafen, die sprachlos in der Mitte der Straße standen.

»Habt ihr's gehört?«, kreischte Francine. »Ein Stinktier ist hineingeraten. Jetzt kriege ich Ronald Coleman nicht zu sehen!«

»Die machen schon wieder auf - sobald sie den Gestank herausbekommen haben«, tröstete sie Billy, aber ein Lächeln umschlich dabei seinen Mund. Billy war neunzehn, ein Jahr älter als Francine, aber er sah ein Jahr jünger aus. Er war schmächtig und kaum größer als sie. Er arbeitete im Eiskeller seines Vaters, aber die Arbeit war ihm zuwider. Er hatte kein Verlangen, aufs College zu gehen und war deshalb wahrscheinlich festgefahren.

»Aber das kann Wochen dauern!«, jammerte Francine.

»Wenigstens brauchst du dich nicht mehr zu entscheiden.« Evelyn lächelte. »Scheint, dass es doch noch Haverstocks alte Wander-Wunderschau wird.«

»Dahin wollte ich sowieso zuerst«, gestand Billy.

Francine richtete sich zu voller Größe auf und fixierte ihn mit stählernem Blick. »Wenn eine Dame die Karten kaufen muss, dann kann die Dame auch bestimmen, wofür die Karten sind.«

Evelyn und Sonny lachten, und Billy zuckte hilflos die Achseln.

»Da sind Rose und Harold«, rief Francine, und ihr Zorn verrauchte. »Komm, Billy!« Sie packte ihn am Arm und schleppte ihn ab. Sonny und Evelyn kamen langsamer nach.

»Ist es dir recht, wenn wir in den Zirkus gehen?«, fragte Sonny. »Wir müssen nicht unbedingt mitgehen, wenn du nicht willst.«

»Also«, lachte Evelyn, »um die Wahrheit zu sagen, ich möchte lieber den Minotaurus sehen als Ronald Coleman. Ich hatte vor, morgen Abend hinzugehen.«

In die warme Stille des Abends hinein schmetterte plötzlich das Orchestrion. Die metallischen Töne fluteten durch die Luft, lockten die Leute aus ihren Häusern und zogen sie in aufgeregten Knäueln die Straße hinunter. Finney und Jack preschten vorbei; sie rannten, so schnell sie konnten, auf die Töne zu. Abendessen wurden hastig aufgegessen, Geschirr blieb ungespült stehen, Eier blieben uneingesammelt in den Nestern. Der Klang war Elektrizität; er rührte das Blut auf, rötete das Gesicht, war ein Hauch Jugend, der Saures versüßte, Runzliges glättete, Verkrustetes weich machte.

Sie liefen zusammen und starrten neugierig auf die bunt bemalten, aneinandergereihten Wagen. In der Mitte, mit drei Wagen zur Rechten und zur Linken, war ein Stand für die Eintrittskarten, daneben das von Geisterhand gespielte Orchestrion. Ein großes Zirkuszelt ragte hinter den Wagen auf. Über ihnen waren Drähte mit Glühlampen aufgezogen, deren Licht die Malereien ihrer Seitenwände aufleuchten ließ. Ein Transparent war quer über den Eingang zwischen zwei hohe Pfosten gespannt: HAVERSTOCKS WANDERNDE KURIOSA- UND WUNDERSCHAU stand darauf in goldenen und schwarzen Lettern. Fackeln säumten die Straße und sorgten für noch mehr Licht und Festlichkeit. Insekten kamen in Flocken wie ein Schneesturm. Nachtfalter und Grillen, Laubheuschrecken und Libellen, große braune Käfer, die wie Flugzeuge surrten und sich in den Haaren verfingen, glänzende, schwarze Käfer, die hinter riesigen Zangen über den Boden krabbelten, und noch drei Dutzend Arten von Viehzeug, dass nur als unklassifizierbar klassifiziert werden konnte.

Die Menschenmenge strömte zusammen und lachte und deutete und kaufte Karten und plauderte, soweit das über den Lärm des Orchestrions möglich war, und erschlug Insekten. Die Eintrittskarten wurden von einem luftigen Hochsitz herunter ausgegeben, von einer prallen Schönheit, die sich rapide dem Mittelalter näherte. Ihr Gesicht war sorgfältig, aber übertrieben geschminkt, was ihr das Aussehen einer alternden Bardame gab. Ihr orangerotes Haar war chaotisch frisiert, hier launenhaft gewellt, dort verblüffend gelockt, das ganze nachlässig aufgetürmt und wie im Begriff, über ihr zusammenzufallen.

Sie trug ein tief ausgeschnittenes Ballkleid aus Satin in einem giftigen Grün. Es hatte Schweißflecken unter den Armen und einen Schmutzrand am Ausschnitt. Sie nahm das Geld entgegen und überreichte Eintrittskarten mit bombastischen Gesten und lächelte, und kokettierte und zwinkerte den Männern zu. Alle paar Augenblicke griff sie sich in den Nacken und drückte vergeblich lose Haarsträhnen an ihren Platz.

Harold schaute die anderen an und verdrehte die Augen. Francine stieß Billy an und steckte ihm ihren Dollar zu. Er verstaute ihn schnell in seiner Tasche.

»Vergiss nicht, dich vom Minotaurus fernzuhalten, Francine.« Rose grinste.

Francine kicherte. »Ach, Rose! Du immer mit deinen Anspielungen!«

»Wovon redet ihr da?«, fragte Harold.

»Ach, von nichts«, sagte Rose affektiert.

Sie kauften ihre Karten und schoben sich mit der Menge in Richtung Zelteingang. »Mann!«, stöhnte Harold. »Wenn das mal fünfzig Cents wert ist!«

Sie gaben ihre Karten einem jungen Handlanger, dessen Muskeln unter seinen aufgekrempelten Hemdsärmeln Wellen warfen, während er die Karten abriss. Rose musterte ihn anerkennend und hob mit einem Blick auf Francine die Augenbrauen. Francine schaute auf den Boden. Die Augen des Mannes begegneten denen von Rose, und ein schwaches Lächeln flackerte auf seinen Lippen. Sie schleuderte ihm einen beleidigten Blick zu und duckte sich rasch unter den herabhängenden Zeltplanen hindurch.

Das Innere des Zeltes war angefüllt mit Bankreihen ohne Lehnen, die ungestrichen, aber von vielen Hinterteilen blankpoliert waren. Auf den Bänken verstreut lagen zahlreiche Pappfächer, die mit der Reklame von Redwines Leichenhalle bedruckt waren. Viele davon waren schon in Gebrauch. Sonny hob einen auf, befächelte sich und warf ihn auf die Bank zurück.

Ein Gang, der hinunter zur Mitte führte, teilte die Bänke in zwei Abteilungen. Über dem Gang verlief in Länge des Zeltes ein Draht, an dessen hinterem Ende sich ein Vorhang bauschte, so als ob das Publikum in zwei Teile geteilt werden sollte. In den oberen Regionen war ein halbes Dutzend nackter Glühbirnen in willkürlichem Muster aufgehängt. Im vorderen Teil gegenüber dem Eingang befand sich eine kleine Bühne, die sich etwa zwei Fuß über den zertrampelten Grasboden erhob. Ein Vorhang verlief entlang ihrer Rückseite, der mit metallenen Ringen an einem weiteren Draht befestigt war. Darüber hinaus wies das Zeltinnere keinerlei Besonderheiten auf.

Sie sahen einander zweifelnd an. Die Bänke waren nur etwa halb voll. Sie fanden schließlich in einer der vorderen Reihen Platz genug, um nebeneinander zu sitzen. Finney und Jack waren in der ersten Reihe und unterhielten sich aufgeregt. Evelyn und die anderen wirkten etwas bedrückt.

»Das soll eine Wunderschau sein?«, fragte Harold in die Luft hinein und schlug sich einen Käfer vom Ohr.

Die meisten von denen, die noch draußen waren, standen herum und versuchten sich zu entscheiden, ob sie hineingehen sollten oder nicht. Louis Ortiz trat auf eine Plattform hinter dem Orchestrion. Er lächelte und stellte sich in Positur und erlaubte den Frauen einen ausgiebigen

Blick auf seine weißen Zähne und seinen wohlproportionierten Körper. Dann hielt er die Arme hoch. Das Orchestrion verstummte. Louis schwenkte die Arme mit großer Geste, und das Gemurmel der kreisenden Menschenmenge erstarb.

»Meine Damen und Herren!«, sagte er und berauschte sich am vollen Klang seiner eigenen Stimme. Er verharrte einen Augenblick lang in einer dramatischen Pose mit erhobenen Armen und gespreizten Beinen. »Die Wunderschau beginnt in fünf Minuten. Holen Sie sich Ihre Karten für die erstaunlichsten Dinge, die Ihre Augen je gesehen haben, erstaunlicher als Ihr Geist sie je ersinnen könnte.

Däumling Tim, ein ausgewachsener Mann, aber nur zwölf Zoll hoch.

Die Kleine Meerjungfrau. Sie sitzt in ihrem Wassertank und träumt grüne Träume vom Meer.

Der Minotaurus, vom Hals abwärts ein Mensch, aber vom Hals aufwärts ein rasender Stier.

Die Medusa. Ihr ins Gesicht zu sehen, bedeutet Tod. Ein Blick, und Sie werden zu Stein. Aber keine Sorge! Sie werden sie nur in einem Spiegel sehen, was die Sache völlig gefahrlos macht - ebenso wie der griechische Held Perseus nur ihr Spiegelbild in seinem Schild erblickte und überlebte.

Die Unsichtbare Frau. Sie werden Ihren Augen nicht trauen. Sie werden nicht glauben, was Ihre Augen nicht sehen.

Elektro, der Mann der Blitze. Eine Million Volt ist für ihn nicht mehr als ein Glühwürmchen.

Henry-etta. Halb Mann, halb Frau. Einer der schockierendsten Fehler der Natur. Alle seine... ich meine, ihre...

nun, Sie wissen, was ich meine.« Louis grinste erotisch. »Alle Geheimnisse werden enthüllt - wenn Sie Manns genug sind, es zu ertragen. Und wir versprechen, die reizenden Damen nicht in Verlegenheit zu bringen.

Die Schlangengöttin. Ist sie Frau oder ist sie Schlange? Sie ist beides, meine Freunde, sie ist beides. Dieses uralte Geschöpf ist vielleicht eine Million Jahre alt, ein Überbleibsel einer vergessenen Rasse. Wer weiß?

Und am umwerfendsten von allen: Angel, der Zauberknabe. Wenn Sie schon Zauberer gesehen haben, vergessen Sie sie! Angel ist kein Zauberer. Er macht keine rosa Taschentücher aus blauen. Was Angel kann, lässt sich in Worten nicht beschreiben. Sie müssen es selber sehen. Es wird Sie schockieren und verblüffen. Vielleicht wird es Sie sogar erschrecken. Sie sind alle da drinnen. Sie sind alle lebendig. Und sie sind alle wirklich.«

Er schaute über die Schulter nach dem Handlanger, der die Karten einsammelte. Der Mann gab Louis ein Zeichen. »Es sind nur noch siebenunddreißig Plätze übrig«, fuhr er fort. »Also beeilen Sie sich! Wenn Sie in diese Vorstellung nicht mehr hineinkommen, findet in einer Stunde noch eine statt. Wenn Sie skeptisch sind, dann fragen Sie nur Ihre Freunde, wenn sie aus der ersten Vorstellung herauskommen.« Er lächelte und machte eine ausdrucksvolle Verbeugung. »Ich danke Ihnen für Ihre Aufmerksamkeit.«

Er sprang von der Plattform herunter und ging ins Zelt. Das Orchestrion begann noch einmal zu spielen. Die Bürger von Hawley kauften schnell Karten, und die noch zu vergebenden siebenunddreißig waren binnen Sekunden verkauft. Als die siebenunddreißigste Karte verkauft war, ließ die Frau mit den orangeroten Haaren an der Vorderseite der Bude ein Schild herunterplumpsen: »Nächste Vorstellung in einer Stunde.« Sie nahm die Geldkassette und die Kartenrolle und ging, ohne ein Wort oder einen Blick zurück und verschwand um die Ecke des Zeltes. Diejenigen, die nicht schnell genug zu ihr durchgedrungen waren, murrten enttäuscht.

Die Bänke hatten sich gefüllt. Die Leute redeten zwar untereinander, aber die Atmosphäre war in Erwartung des Kommenden spannungsgeladen. Louis ging den Gang hinauf, wobei er, wohldosiert, die Hüften schwingen ließ, und stieg auf die Bühne. Die Lichter gingen langsam aus und ließen ihn auf einer hell erleuchteten Insel zurück. Draußen hörte das Orchestrion mit einem asthmatischen Misston auf zu spielen. Louis hob die Arme, Ruhe gebietend, die er prompt erhielt.

»Guten Abend, meine Damen und Herren«, begann er mit einem weiß blitzenden Lächeln. »Willkommen bei Haverstocks wandernder Kuriosa- und Wunderschau, wo Sie Wunder erleben werden, wie Sie sich sie kaum vorgestellt haben. Aber ich will Ihnen nichts von Wundern erzählen - ich will sie Ihnen zeigen!«

Er machte eine schwungvolle Armbewegung zu den Vorhängen hinter ihm. Sie teilten sich, und ihre Metallringe rutschten klirrend über den Draht. Ein großes Puppenhaus stand auf einem Tisch. Zwei Männer rollten den Tisch nach vorn an den Bühnenrand. Das Publikum wartete atemlos.

Finney wandte sich flüsternd zu Jack: »Das muss Däumling Tim sein.«

»Ich warte auf die Schlangengöttin«, antwortete Jack und rutschte nervös hin und her.

»Meine Damen und Herren!«, brüllte Louis. »Däumling Tim, der kleinste Mann der Welt!«

Einen Augenblick lang geschah nichts; dann ging die Tür des Puppenhauses auf, und Däumling Tim trat heraus. Ein Keuchen lief durch das Publikum. Er war zwölf Zoll hoch, wie versprochen, aber die winzige Figur war seltsam missgestaltet. Er war bucklig und hatte ein krumm gewachsenes Bein. Sein Gesicht war wie Wachs kurz vor dem Schmelzen. Die Menge beugte sich angestrengt nach vorn. Sie hatten gewusst, dass er nur zwölf Zoll groß sein sollte, aber sie hatten sich nicht wirklich klar gemacht, wie klein das tatsächlich war. Manche in den rückwärtigen Reihen standen auf, um besser sehen zu können.

Finney packte Jacks Arm, und beide starrten, Augen und Münder weit aufgerissen. Die Menge begann zu murmeln.

»Wie machen die das?«, zischte Rose verblüfft.

»Wahrscheinlich mit Spiegeln... oder etwas Ähnlichem«, antwortete Harold und hätte gerne seinen Pullover ausgezogen.

»Bitte, behalten Sie Platz, meine Damen und Herren«, mahnte Louis. »Sie werden alle Gelegenheit haben, Tim ganz aus der Nähe zu sehen.« Er wandte sich zu dem winzigen Mann. »Tim, würdest du für diese netten Leute singen und tanzen? Sie sind hierhergekommen, um dich zu sehen, und es wäre sehr unfreundlich, sie zu enttäuschen.«

Tim sah zu Louis empor. »Ja«, sagte er mit einem Flüsterstimmchen, das kaum zu hören war.

Ein weiteres Keuchen antwortete aus dem Publikum. Finney und Jack umklammerten sich gegenseitig in einer kaum noch zu unterdrückenden Erregung.

»Verdammich!« quiekte Finney.

Rose starrte und legte ihre Hand auf Harolds Arm. »Ist der Kerl auch noch Bauchredner?«

Louis erhobene Hand bat um Ruhe. »Okay, Tim. All diese netten Leute warten.«

Die Luft im Zelt vibrierte von Stille. Tim begann zu singen. Seine Stimme war winzig, aber sie war klar und wohlklingend, und das Lied, das er sang, war langsam und traurig. Dann tanzte er, langsam, unbeholfen und grotesk, unfähig, die Bewegungen seines verwachsenen Körpers richtig zu koordinieren.

Evelyns Miene verdüsterte sich, und sie schaute weg.

Einen Augenblick später beugte sich Louis vor und legte seine Hand mit der Handfläche nach oben auf den Tisch. Tim hörte auf zu tanzen und stieg, immer noch singend, in Louis' Hand hinein. Louis hob ihn hoch.

Die Lichter im Zelt wurden hell. Louis stieg von der Bühne und ging langsam den Gang hinunter zum rückwärtigen Teil des Zeltes. Er drehte sich um und blieb stehen und hielt den singenden Mann vor sich. Jeder Kopf war herumgedreht, und jedes Auge war auf seine Hand gerichtet. Obwohl Tims Stimme sehr leise war, war es im Zeltinneren so still geworden, dass er für alle deutlich zu hören war. Louis ging langsam zur Bühne zurück.

Er erklomm die Bühne und legte seine Hand auf den Tisch. Tim stieg heraus, als das Lied zu Ende war, und verbeugte sich vor den schweigenden Gesichtern. Das Schweigen dauerte noch einen Augenblick lang an und wurde dann abrupt durch frenetisches Klatschen von Finney und Jack unterbrochen. Die anderen fielen zögernd ein. Sie lachten nervös. Dann kamen Beifallsrufe und Gelächter auf und man patschte kräftig in die Hände.

Tim verbeugte sich nochmals, dann wandte er sich um und ging in das Puppenhaus. Ein paar Gehilfen kamen heraus und schoben den Tisch ans Ende der Bühne, und die Vorhänge schlossen sich hinter ihnen. Louis hob seine Arme und grinste, und die Lichter wurden wieder dunkel. Er wartete eine Weile, bis der Lärm abgeflaut war.

»Danke, meine Damen und Herren«, fuhr Louis fort. »Es gibt auf der Welt viele Todeswerkzeuge, mit denen Verbrecher und Mörder hingerichtet werden. In Frankreich verwendet man die Guillotine. In den heidnischen Ländern des Ostens gibt es dafür Methoden, die zu schrecklich sind, um sie vor einem guten amerikanischen, christlichen Publikum zu beschreiben. In unserem Land werden mehrere Mittel angewendet. In manchen Staaten werden Mörder gehängt, in anderen werden sie erschossen. Die Gaskammer wird gebraucht und...«, die Vorhänge öffneten sich klirrend, »...der elektrische Stuhl, von dem es kein Entrinnen gibt!«

»Es erholen sich auch nicht allzu viele von der Guillotine«, sagte Rose bissig.

Louis ging langsam hinter den schweren, hölzernen Stuhl, der jetzt in einem Lichtkegel auf der Bühne stand. Er legte seine Hand auf die Lehne und machte eine dramatische Pause. Das Publikum beugte sich vor.

»Es gibt kein Entrinnen - außer für einen einzigen Mann!«

Louis drehte sich um, und sein Arm schwang in Richtung Vorhang. Ein Mann trat heraus. Er war barfuß und ohne Hemd, aber über seinen Kopf war eine schwarze

Kapuze gezogen. Er stand da mit gespreizten Beinen und vorgereckter Brust. Er wandte sein verhülltes Gesicht den besetzten Bankreihen zu.

»Elektro, der Mann der Blitze!« Louis Stimme hallte mächtig durch das Zelt. Elektro ging langsam zu dem Stuhl. Ihm folgten die zwei Männer, die das Puppenhaus hereingeschoben hatten. Er setzte sich, steif, in einer Haltung von Furchtlosigkeit, einem Schimmer von Schweiß auf der Brust. Die beiden Männer schnallten ihm schwere Riemen um Arme, Beine und Brust und verließen die Bühne. Louis ging wieder nach vorn. »Meine Damen und Herren, wenn Elektro jemals in einem Staat hingerichtet wird, der den elektrischen Stuhl verwendet, dann wird es dort ein paar recht dumme Gesichter geben.«

Er grinste und erntete vom Publikum leichtes Lachen. »Dieser elektrische Stuhl, meine Damen und Herren, ist einer, der tatsächlich gebraucht worden ist, um in einem der großen Staatsgefängnisse unseres Landes Hunderte von Verbrechern hinzurichten. Der Stromstoß, der durch Elektros Körper fahren wird, wenn ich an diesem Hebel ziehe...« Er legte seine Hand auf einen großen Messerschalter, der auf eine Stange an der Seite des Stuhls montiert war. »...wird genau der gleiche sein, wie er in jedem Staatsgefängnis angewandt wird.«

Das Publikum wetzte erwartungsvoll auf den Bänken hin und her.

»Bist du bereit, Elektro?«

Der schwarz verhüllte Kopf nickte. Louis schloss seine Finger langsam um den Schaltergriff, wartete eine Weile, um noch den letzten Tropfen Spannung zu melken, und warf den Schalter herum. Der Stuhl summte und krachte.

Elektros Körper zuckte und wand sich in Krämpfen. Louis drehte den Schalter zurück, und der Mann auf dem Stuhl sank kraftlos nach hinten.

»Alles in Ordnung, Elektro?«

Der Kopf unter der Kapuze nickte wieder. Das Publikum ließ, fast unhörbar, angehaltenen Atem frei.

»Bist du bereit, Elektro?«

Die Kapuze deutete ein Nicken an, und Louis zog wieder am Schalter. Das elektrische Summen und Krachen begann von neuem. Elektro zitterte. Louis fasste hinter den Stuhl und holte eine Eisenstange mit einem Gummigriff hervor. Er hielt die Stange über seinen Kopf, um sie dem Publikum zu zeigen.

»Wie Sie sehen können, hat diese Stange einen Griff aus Gummi, weil ich, im Gegensatz zu Elektro, gegen Strom nicht immun bin.«

Er hielt die Stange an ihrem Griff, streckte den Arm und berührte die Seitenlehne des Stuhls. Ein Funkenschauer sprühte an der Kontaktstelle auf und füllte die Luft mit Ozongeruch. Das Publikum zog hörbar die Luft ein. Er berührte den Stuhl immer wieder, an vielen verschiedenen Stellen und erzeugte jedes Mal eine Kaskade von Funken.

Jack lehnte sich zur Seite und flüsterte mit Finney. »Ich glaube, das ist ein Trick.«

Finney nickte. »Ja, aber ein sehr guter.«

Louis legte die Eisenstange weg und drehte den Schalter um. Elektro fiel wieder in den Stuhl zurück; seine Brust hob und senkte sich heftig. Ein Schweißtropfen rollte über seinen Leib.

»Alles in Ordnung, Elektro?«

Der verhüllte Kopf kippte leicht nach vorn. Louis wandte sich mit einem großartigen Lächeln zum Publikum und breitete die Arme aus, um den Applaus entgegenzunehmen. Die zwei Gehilfen kamen von beiden Seiten und schnallten den Mann im elektrischen Stuhl los. Elektro stand auf, verbeugte sich zu dem Applaus und schritt von der Bühne, während der elektrische Stuhl hinter den Vorhang geschoben wurde.

»Ich hoffe, der Rest ist nicht so ein fauler Zauber wie das«, stöhnte Harold.

»Däumling Tim war kein fauler Zauber«, erwiderte Evelyn entschieden.

Harold murrte. »Elektro, der Mann der Blitze, dafür auf jeden Fall.«

Hinter dem Vorhang hörte man erneut ein Schlurfen und Scharren. Louis ging an den Bühnenrand und nahm eine ernste Pose an. Der Applaus verebbte bald zu Stille.

»Viele Jahre vor dem Fall Trojas«, deklamierte Louis feierlich, »lebten drei böse Schwestern, Gorgonen genannt. Sie hatten Schlangen statt Haare auf dem Kopf, und jeder, der sie ansah, wurde augenblicklich in Stein verwandelt.«

Hinter ihm ging langsam der Vorhang auf. Zwei hölzerne Tafeln, etwa so groß wie die Türen, überreichlich verziert mit schon verblassenden Farben und abblätterndem Gold, standen leicht versetzt nebeneinander.

»Die griechische Mythologie erzählt uns, dass eine von diesen Schwestern, mit dem Namen Medusa, von Perseus getötet wurde, und das mit Hilfe von Zaubersandalen, die dem Träger das Fliegen ermöglichten, und einer Tarnkappe, die ihn unsichtbar machte. Vielleicht ist diese Geschichte wahr, vielleicht auch nicht. Vielleicht ist die Gorgo, die Sie gleich sehen werden, nicht Medusa, sondern eine ihrer Schwestern. Ich weiß es nicht, denn sie will nicht sprechen.«

Louis ging auf die Tafeln zu. Jack packte Finneys Arm. »Hast du gehört, Finney? Er hat gesagt, es ist vielleicht gar nicht Medusa.«

»Das macht nichts. Es macht nichts, wenn es stattdessen eine von ihren Schwestern ist.«

Louis legte seine Hand auf die hintere Tafel und drehte sie langsam herum. Es gab ein helles Aufblitzen, als die Lichter den Spiegel auf der Rückseite trafen. Als die Tafel ruhig stand, konnten sie das Spiegelbild einer Frau sehen, die hinter der vorderen Tafel stand. Das Publikum raunte anerkennend.

Das Spiegelbild der Frau starrte sie mit wildem Blick an. Sie trug ein dunkles Gewand, das von ihren Schultern gerade bis zum Boden fiel. Ihre Arme lagen starr am Körper an. Auf ihrem Kopf war anstelle der Haare ein sich windender Knäuel fußlanger, grüner Schlangen. Sie krümmten und wanden sich in heftigem Aufruhr, so als versuchten sie, den Fesseln des Frauenschädels zu entkommen.

Finney und Jack starrten wie gelähmt.

Francine fuhr zusammen. »Aah! Diese Schlangen sehen echt aus!« Sie schauderte und drückte ihre Fingerknöchel gegen den Mund.

»Die Frau muss spinnen, dass sie denen erlaubt, echte Schlangen auf ihren Kopf zu tun«, sagte Rose.

Louis betrachtete das Publikum forschend und drehte die spanische Wand in ihre ursprüngliche Lage zurück. Er schritt zum vorderen Bühnenrand, während sich der Vorhang schloss. Der Applaus war höflich.

Harold sah seine Schwester an. »Na? Die Medusa war genauso ein Schmu wie Elektro, aber ich will gern zugeben, dass das schon ein besonderer Gag war, statt Gummischlangen echte zu verwenden!«

Francine schauderte noch einmal und machte ein kleines Geräusch durch die Nase.

Louis hielt seine Hände hoch. »Wir bleiben bei der griechischen Mythologie für den nächsten Teil der Wunderschau.«

Rose machte ihren Arm lang und stieß Francine an. »Jetzt kommt er, Francine. Sieh dich vor.«

Francine versteckte ihren roten Kopf hinter ihren Händen. »Oh, Rose, du bist so schlecht!«

»Der griechische Gott Poseidon«, erklärte Louis mit dem Ton eines Gelehrten, »schenkte Minos, dem König von Kreta, einen wunderbar schönen Stier, damit Minos ihn ihm als Opfer darbringe. Aber Minos ertrug es nicht, das schöne Tier zu töten und behielt es stattdessen für sich. Um ihn für seinen Verrat zu bestrafen, bewirkte Poseidon, dass Pasiphae, Minos' Frau, in wahnsinniger Liebe zu dem Stier entbrannte. Seien Sie nicht schockiert, meine Damen.« Louis lächelte tröstend. »Dies geschah viele tausend Jahre vor dem Christentum. Der Sohn von Pasiphae und dem Stier war ein Ungeheuer, halb Stier und halb Mensch - der Minotaurus!«

Die Vorhänge fegten klirrend auseinander. Schockiertes, missbilligendes Schnaufen kam von einigen aus dem Publikum, ein Donnergrollen von erregten Kommentaren von anderen und verlegenes Gekicher von einigen der Mädchen, angesichts der schieren Männlichkeit, die vor ihnen stand.

Die Ähnlichkeit des Minotaurus mit dem Bild auf dem Wohnwagen war nur oberflächlich. Er war ein hochgewachsener Mann mit mächtigen Muskeln, nur mit einem Lendentuch bekleidet. Er hatte keinen Stierkopf, sondern langes, buschiges Haar, und Hörner sprossen auf beiden Seiten des Kopfes hervor. Sein Gesicht war ein wenig in die Länge gezogen und erinnerte nur andeutungsweise an die Züge eines Rindes.

Er schritt nach vorn. Seine Muskeln wellten sich wie bronzefarbener Satin. Seine gespaltenen Hufe trampelten laut auf der hölzernen Bühne. Von den Knien abwärts waren seine Beine mit zottigem, braunem Haar bewachsen, genau wie die eines Stieres.

Rose sah zu Francine hinüber und grinste. Francine wurde von Wellen echter Schamröte überrollt.

Finney und Jack stierten ihn an. »Er ist es«, hauchte Finney. »Er ist es wirklich und wahrhaftig.«

»Verdammich!«, murmelte Jack.

»König Minos ließ ein wunderbares Labyrinth unter seinem Palast bauen und brachte den Minotaurus dorthin, damit er für immer dort leben sollte. Jedes Jahr wurden sieben Jünglinge und sieben Jungfrauen in das Labyrinth geschickt. Was dort mit ihnen geschah, wissen wir nicht; denn keiner oder keine ist jemals zurückgekehrt. Die Sage erzählt, dass der griechische Held Theseus den Minotaurus in dem Labyrinth erschlug, aber dafür stand einzig und allein das Wort des Theseus - Zeugen gab es nicht.

Wie Sie leibhaftig vor sich sehen, neigte Theseus zu Übertreibungen.« Er lächelte über seinen kleinen Scherz. »Sie alle wissen von der fabelhaften Kraft des Minotaurus.«

Ein Gehilfe brachte zwei Stühle mit geraden Lehnen auf die Bühne. Er stellte sie rechts und links neben den Minotaurus, der ihn nicht beachtete und gelassen dastand, so als ginge ihn die ganze Angelegenheit nichts an.

»Haverstocks wandernde Kuriosa- und Wunderschau wird Ihnen nun diese Kraft demonstrieren. Ich brauche zwei Freiwillige aus dem Publikum...«

Finney und Jack sprangen sofort auf.

»Danke, Jungs.« Louis grinste. »Aber ich brauche jemand mit etwas mehr Fleisch auf den Knochen.«

Finney und Jack ließen sich schlaff vor Enttäuschung auf die Bank zurückfallen.

Louis überflog das Publikum. Die Leute schauten nach rechts und nach links und warteten, dass sich jemand melden würde. Louis deutete plötzlich auf einen Mann, der in einer der mittleren Reihen saß. »Sie, mein Herr. Wie ist Ihr Name?«

Der Mann schaute sich befangen um. »Uh... Jakey Dunlap«, sagte er und lachte verlegen.

»Was sind Sie von Beruf, Mr. Dunlap?«, fragte Louis.

»Oh, ich verkaufe im Futtermittelgeschäft.« Jakey taute auf; es war doch schön, im Mittelpunkt der Aufmerksamkeit zu stehen.

»Und wieviel wiegen Sie, Mr. Dunlap?«

»Oh, so etwa zweihundertvierzig Pfund, ein paar drüber oder drunter.«

»Vielen Dank, mein Herr. Ist jemand im Publikum, der mehr wiegt?«

»Hier!« plärrte eine Stimme aus dem Hintergrund des Zeltes.

»Oh, nein!«, stöhnte Sonny dramatisch und griff sich mit den Händen an den Kopf.

»Mein Name ist Baby Sis Redwine, und ich wiege zweihunderteinundvierzig Pfund«, brüllte die Stimme. Jeder drehte sich herum, um zu schauen. Es gab Gelächter und vereinzelten Applaus.

Louis war momentan verdattert. Bisher hatte sich noch nie eine Frau gemeldet, und er war etwas überrumpelt; aber es dauerte nur ein paar Sekunden, bis er sich wieder gefangen hatte. »Diese Demonstration dürfte ein wenig zu... anstrengend für eine Dame sein«, sagte er glatt und ließ seine Zähne blitzen.

»Ach, zur Hölle!«, sagte Sis Redwine. »Im Saufen, Schießen und Fluchen nehm' ich's hier mit jedem auf. Und ein behaarter Kerl in Unterhosen macht mir schon gar keine Angst!« Die Menge wieherte vor Vergnügen. Sis war ein beliebtes Original in Hawley und Sonnys Cousine ersten Grades. Manche behaupteten, sie sei nicht ganz richtig im Kopf, aber ihr gehörten die Schmiede und die Tankstelle, und sie konnte keiner Fliege etwas zuleide tun. Sie war vierunddreißig Jahre alt und das Schoßkind der Redwines, die allerdings manchmal recht gequält lächelten, wenn sie ihre Eskapaden gar zu weit trieb.

Louis verneigte sich lächelnd. »Ich beuge mich Ihren Wünschen, meine Dame. Wollen Sie und der Herr bitte auf die Bühne kommen? Sie sind vollkommen sicher. Es besteht keine Gefahr.«

Jakey und Sis verließen ihre Plätze und grinsten in die Menge. Sis war kleiner als Jakey und fast so breit wie hoch. Ihr aufgedunsener Körper wogte von weichem Fett. Jakey hatte beträchtlich Speck, aber er war hart und mit solidem

Muskelgewebe unterlegt. Trotzdem ragte der Minotaurus neben ihm auf wie ein Turm, und die gemeißelten Umrisse seiner Muskeln und sein schlankerer Wuchs ließen Jakey als Fettkoloss dastehen.

»Gib's ihnen, Sis!«, brüllte jemand.

Sis und Jakey erhoben kritisch ihre Augen zum Minotaurus und rückten instinktiv von ihm ab. Der Minotaurus blickte sie aus seinen großen, sanften Rinderaugen ohne Interesse an.

»Wollen Sie bitte auf diesen beiden Stühlen Platz nehmen?«, fragte Louis höflich.

Jakey und Sis sahen sich an und grinsten, dann schnitt Sis dem Minotaurus eine angriffslustige Grimasse und wandte sich Beifall heischend zum Publikum. Das Publikum reagierte mit dem erwarteten Gelächter. Sie setzten sich etwas unsicher auf die Stühle. Der Minotaurus ging zwischen Ihnen in die Hocke, streckte seine massiven Arme zu voller Länge und umfasste ein Bein von jedem Stuhl. Nachdem er nach einigem Hin- und Herrücken die richtige Stellung gefunden hatte, stand er langsam auf. Die Muskeln seiner Arme und Schultern wölbten sich; er hielt die Stühle auf Armeslänge.

Überrascht schnappten Sis und Jakey nach Luft und griffen haltsuchend nach den Stühlen und lachten dann über ihre eigene Nervosität. Das Publikum lachte mit und applaudierte mächtig. Der Minotaurus ging wieder in die Hocke und ließ die Stühle langsam auf die Bühne herunter. Dann stand er auf. Schweiß glänzte auf seiner Brust und seinen Schultern.

Jakey und Sis grinsten verwirrt und beeilten sich, zu ihren Plätzen zurückzukommen. Mit breitem Lächeln hielt

Louis seine Arme hoch. »Danke, Mr. Dunlap und Miss Redwine. Wenn jemand von Ihnen glaubt, dass das, was Sie soeben gesehen haben„ ein Trick ist, dann lade ich Sie ein, es zu versuchen, wenn Sie heute Abend nach Hause kommen - mit leeren Stühlen! Ist jemand im Publikum, der sich den Minotaurus genauer anschauen möchte?«

Finney sprang auf die Füße wie ein Teufel aus der Schachtel. Der Minotaurus ging an den vorderen Rand der Bühne, während die Lichter hell wurden. Er wandte sich Finney zu, stieg dann von der Bühne herunter und ging zu ihm hin. Er neigte sich vor, dass sein Kopf mit Finneys auf gleicher Höhe war, und blickte ihn aus braunen, klaren, freundlichen Augen an. Finney streckte unsicher seine Hand aus und berührte leicht eines von den Hörnern. Er ließ seinen Finger bis zur Spitze gleiten und dann zurück zu dem von Haaren umgebenen Ansatz. Er zog seine Hand schnell zurück und grinste, weil alles so wunderbar war. Der Minotaurus lächelte und strich mit seiner großen, harten Hand sachte über Finneys Haar. Finneys Arm prickelte von Gänsehaut. Der Minotaurus richtete sich auf und ging zum vorderen Teil des Zwischenganges. Finney setzte sich langsam hin. Jack packte seinen Arm.

»Noch jemand?«, fragte Louis.

Der Minotaurus ging bedächtig den Gang hinunter und blickte mit einem leichten Lächeln um sich. Das Publikum beobachtete ihn lautlos und nervös.

Harold stand auf, als der Minotaurus die Bank erreicht hatte, auf der er saß. »Ja, ich, bitte«, sagte er.

»Harold!«, zischte Rose.

Der Minotaurus blieb stehen, trat auf ihn zu und neigte sich leicht zu ihm hin. Harold war vom Gang aus gerechnet der vierte. Er streckte über Rose, Billy und Francine hinweg die Hand aus und umfasste eines von den Hörnern. Er zog daran mit mäßiger Kraft, dann befühlte er den Ansatz, wobei er das Haar beiseite strich, um die Anschlussstelle zu prüfen. Der Minotaurus, offenbar daran gewöhnt, dass man sich solche Freiheiten erlaubte, ließ ihn gewähren.

Das Bein des Minotaurus berührte Francines Knie. Sie zuckte mit einem leisen Schnaufen zurück. Die Berührung war wie ein elektrischer Schlag; sie goss Öl in das Feuer, das bereits ihren Körper einhüllte. Der Blick des Minotaurus wanderte von Harold zu ihr, bis er ihr in die Augen sah. Francine schaute schnell weg, floh vor seinen Augen, drückte mit Gewalt ihren Kopf nach unten.

Nun richtete sich ihr Blick auf den sich vorwölbenden Stoff des Lendentuches des Minotaurus, das nur einen Fuß weit von ihrem Gesicht entfernt war. Sie konnte die Düfte seines Körpers einatmen und die feinen, glänzenden Härchen auf seinem Bauch sehen. Ihre Kehle schnürte sich zusammen und ihr Gesicht begann zu prickeln. Sie zwang sich, die Augen zu schließen, aber ihre Lider schienen aus Glas zu sein. Tränen drangen aus ihren zusammengepressten Augen und rollten ihre Wangen hinab.

Der Minotaurus betrachtete sie, immer noch lächelnd. Harold beendete seine Untersuchung. »Uh... vielen Dank«, sagte er kleinlaut und setzte sich. Der Minotaurus trat einen Schritt zurück und ging weiter in Richtung Zeltwand.

Billy beugte sich an Rose vorbei. »Na?«, fragte er gespannt.

Harold zuckte die Achseln. »Eine tolle Arbeit des Maskenbildners. Ich könnte nicht sagen, wie sie befestigt worden sind. Sie rührten sich kein bisschen, als ich an ihnen zog. Wenn ich es nicht besser wüsste, würde ich meinen, sie seien echt.« Er schaute einen Augenblick nachdenklich vor sich hin. »Ich wünschte, ich könnte die Hufe untersuchen.«

Billy wandte sich zurück zu Francine und sah ihre geschlossenen Augen und ihr gequältes Gesicht. »Was ist los mit dir?«, fragte er halb besorgt, halb belustigt.

Die anderen wandten sich ihr zu, um sie anzusehen. Keiner von ihnen hatte ihre Reaktion bemerkt. Sie hatten sich auf Harold und den Minotaurus konzentriert. Francine wischte schnell die Nässe von ihrem Gesicht und schniefte. »Nichts«, sagte sie ruhig. »Nichts ist los.«

Billy gab ihr sein Taschentuch und sie tupfte sich damit die Augen.

»Ist dir schlecht?«, fragte Harold. »Möchtest du gehen?«

»Nein«, sagte Francine angespannt und schüttelte krampfhaft den Kopf. »Mir ist nicht schlecht. Ich möchte nicht gehen. Ich habe gesagt, es ist nichts los.« Sie gab Billy sein Taschentuch zurück und wollte niemanden ansehen. Rose beobachtete sie. Über ihre Lippen huschte der Geist eines Lächelns, und in ihren Augen war ein schelmisches Blitzen.

Die Lichter gingen aus, und um sie herum brandete Applaus auf und lenkte die Aufmerksamkeit auf die Bühne, wo der Minotaurus sich verbeugte, während die Vorhänge zusammenrutschten und ihn den Blicken entzogen. Es war wieder ein Knirschen zu hören; etwas Schweres wurde hinter dem Vorhang bewegt.

Louis trat vor. »Danke, meine Damen und Herren.« Er wartete, bis vollkommene Stille herrschte.

»Es gibt viele seltsame Geschichten über das Meer und die wundersamen Geschöpfe, die darin wohnen. Eines der merkwürdigsten unter diesen Meereswesen ist die Meerjungfrau - halb Frau und halb Fisch. Sind sie ein Versehen der Natur? Eines ihrer Experimente, die fehlgeschlagen sind? Oder sind sie eines ihrer Geheimnisse? Meine Damen und Herren, treffen Sie Ihre eigene Entscheidung.«

Er machte eine große Geste; der Vorhang öffnete sich und gab den Blick auf einen großen, wassergefüllten Glasbehälter frei. Ein leichtes Rascheln strich durch das Zelt, als das Publikum sich angestrengt nach vorn beugte, um besser sehen zu können.

Das Geschöpf schwamm in dem Behälter, der Körper trieb mit der Bewegung des Wassers langsam im Kreis. Sie war ein Fisch von der Taille abwärts, aber oberhalb kaum ein Mensch. Ihr Körper war grünlich grau und lederartig. Ihre kleinen Brüste glichen Blasen, aus denen die Luft entwichen ist. Ihre Arme waren klein und ihre Finger waren kurze Stümpfe mit Schwimmhäuten. Ihr Kopf war kahl und schuppig, ihr Mund sehr klein mit hornigen Lippen, ihre Augen waren rund und lidlos wie die eines Fisches. Ihre Ohren waren winzige Löcher. Sie sah aus, als sei sie halb verendet.

Rose lehnte sich über Harold, wobei sie sich mit einer Hand an seinem Schenkel abstützte, und flüsterte zu Evelyn: »Was habe ich dir gesagt? Sie ist nichts als ein alter, toter Fisch.«

Dann kam Leben in die Kleine Meerjungfrau. Sie schwamm eine enge Runde und ließ anmutig ihre Schwanzflossen spielen. Sie hielt inne und legte ihre Hände an die Glaswand und betrachtete die Menschen aus Augen wie Perlmuttknöpfe. Das Schnaufen und Murmeln wandelte sich allmählich zu Applaus.

»Das arme, schreckliche Ding«, sagte Evelyn.

»Da ist sie, meine Damen und Herren: die Kleine Meerjungfrau«, rief Louis. »Welche Geheimnisse birgt sie? Worüber denkt sie nach? Wir werden es nie erfahren, denn sie redet nicht.«

Der Vorhang schloss sich und der Applaus verebbte.

»Wie haben die das gemacht, Hai?«, fragte Rose.

Harold zuckte die Achseln. »Ich bin mir nicht sicher. Wahrscheinlich ist es jemand in einem Kostüm.«

»Meine Damen und Herren, unser nächster Gast ist bereits hier. Sie steht schon die letzten fünf Minuten direkt neben mir.« Er schaute sich verstohlen um und lachte dann. »Zumindest glaube ich, dass sie neben mir steht. Bist du hier, unsichtbare Frau?«

»Ja, ich bin hier«, antwortete eine melodische Frauenstimme, die aus der Luft neben Louis zu kommen schien. Gelächter rieselte aus dem Publikum.

»Findest du nicht, dass es eine gute Idee wäre, wenn du dich jetzt anziehen würdest, damit die Leute sehen können, wo du bist?«, fragte Louis und lachte mit dem Publikum.

»Oh, zu Befehl!«, schmollte die Stimme. »Aber es ist ein so schrecklich warmer Tag gewesen, und das Zelt ist so stickig. Es ist so schön kühl und bequem ohne Kleider.« Das Publikum lachte noch mehr.

»Bitte!«, flehte Louis mit gespielter Entrüstung, und es gelang ihm, noch einen lüsternen Unterton beizumischen. »Du wirst diese netten Leute schockieren. Es sind Kinder im Publikum.«

»Aber ich habe nichts anzuziehen!« beklagte sich die Stimme.

»Dem werde ich Abhilfe schaffen«, sagte Louis gönnerhaft.

Ein Gehilfe kam durch die Vorhänge. Er verzog keine Miene in seinem hübschen Gesicht. Er hatte ein rotes Kleid über dem Arm und hielt Handschuhe, einen Hut und ein Paar Schuhe in der anderen Hand.

»Tun es die Sachen?«, fragte Louis mit einer leichten Verbeugung zu der leeren Luft.

»Oh, die sind ja prachtvoll!« gurrte die körperlose Stimme.

Das Kleid hob sich plötzlich von dem Arm des Mannes, wand sich durch die Luft und rutschte nach unten, so als hätte es sich jemand über den Kopf gezogen. Es kam wieder zur Ruhe und stand da, als sei es auf einem wohlproportionierten Frauenkörper. Das Publikum schrie Beifall und lachte, als das Kleid sich umdrehte und mit schwingendem Rock nach vorn beugte.

»Würdest du mich bitte zuhaken?«, fragte die Stimme süß. Der Applaus wurde donnernd. Finney und Jack konnten kaum an sich halten. Louis griff hinüber nach dem Kleid, das ihm den Rücken zukehrte, und schloss Haken und Ösen.

»Danke«, sagte die Stimme liebenswürdig.

Die Handschuhe gingen in die Luft und stülpten sich über unsichtbare Hände. Die Schuhe wurden über unsichtbare Füße gestreift, der Hut setzte sich auf einen unsichtbaren Kopf. Die Handschuhe lüpften leicht den Saum des Rockes und die unsichtbare Frau machte einen leichten Knicks. Sie drehte sich um und tänzelte sich in den Hüften wiegend zum hinteren Teil der Bühne. Ein Handschuh teilte den Vorhang, und das Kleid verschwand mit einem leichten Wirbel durch die Öffnung.

»Mann!« Harold schüttelte den Kopf, während er applaudierte. »Das muss man ihnen lassen: sie sind wirklich gut. Natürlich«, fügte er herablassend hinzu, »wird es entweder mit Drähten oder mit Spiegeln gemacht.«

»Ich bin stolz auf dich, Harold«, sagte Evelyn geheuchelt ehrfurchtsvoll. »Es ist erstaunlich, was drei Jahre College ausmachen.«

»Wie meinst du das?«, fragte er und schaute sie mit zusammengezogenen Brauen an. »Du glaubst doch nicht etwa, dass dieses ganze Zeug wirklich ist, oder?«

»Es ist genauso leicht, an eine unsichtbare Frau zu glauben, wie daran, dass sie das alles mit Drähten machen könnten.«

»Okay.« Er zuckte die Achseln. »Ich erkläre dir, wie es geht, wenn wir nach Hause kommen.«

»Danke - Hai«, sagte sie und lächelte süß. Er sah sie mit einem argwöhnischen Stirnrunzeln an.

Louis beendete den Applaus. »Danke, meine Damen und Herren. Sie haben heute Abend erstaunliche Dinge gesehen, aber das, was Sie als nächstes sehen werden, ist vielleicht das Seltsamste von allem. Seltsamer als der Minotaurus, seltsamer als Däumling Tim, seltsamer als die kleine Meerjungfrau, ja, seltsamer noch als die Medusa.«

Jack packte Finneys Arm und starrte mit runden Augen auf die geschlossenen Vorhänge. »Es ist die Schlangengöttin - es ist endlich die Schlangengöttin.«

»Es hat viele Sagen über eine Rasse von Schlangenmenschen gegeben, die vor dem Heraufdämmern der Zivilisation die Erde bevölkerten. Sagen über die verschwundenen Kontinente Mu und Lemuria, wo die Schlangenmenschen lebten. Wie können wir an der Wahrheit dieser Sagen zweifeln, wenn wir den lebendigen Beweis direkt vor unseren Augen haben?« Er machte eine dramatische Geste und trat an die Seite der Bühne. »Die Schlangengöttin!«

Die Vorhänge gingen rauschend auf und enthüllten ein niedriges Podest, auf dem die riesigen Windungen eines Schlangenleibes ruhten, Windungen so dick wie der Schenkel des Minotaurus. Auf diesem Nest thronte der Torso einer Frau. Silbernes Haar wuchs aus ihrem Kopf wie der Federschopf eines Dschungelvogels. Ihre Haut war weiß und mit hellbraunen Flecken gesprenkelt. Ihr Gesicht hatte den verschreckten Ausdruck einer Schwachsinnigen.

Ihre kleinen Hände ruhten auf dem gewundenen Schlangenleib. Sie blickte mit raschen, ruckartigen Bewegungen ihres Halses nervös um sich. Ein ledernes Halsband umschloss ihren Hals. Eine Kette, die an dem Halsband befestigt war, fiel quer über die Windungen. Ein Gehilfe hielt das andere Ende.

Das Publikum holte in einem kollektiven Atemzug Luft und lehnte sich angespannt nach vorn.

»Seien Sie unbesorgt, meine Damen und Herren«, sagte Louis schnell. Er lächelte und hielt die Arme hoch. »Die Schlangengöttin ist nicht gefährlich. Sie ist mindestens eine Million Jahre alt und senil. Das Halsband und die Kette sollen lediglich verhüten, dass sie entweicht und zu Schaden kommt.«

Harold machte ein sauer-ungläubiges Gesicht.

Finney sah Jack besorgt an. »Wie gefällt sie dir? Ist sie all das, was du dir gewünscht hast?«, flüsterte er.

»Verdammich!«, antwortete Jack leise, und seine glänzenden Augen wichen nicht von dem Wesen auf der Bühne.

»Los, komm!«, sagte Louis zu der Schlangenfrau. »Lass die Leute dich etwas genauer ansehen!«

Der Handlanger ruckte lässig an der Kette und ging zum vorderen Teil der Bühne. Der bleiche Torso erhob sich langsam auf seinem Schlangenleib. Die Windungen bewegten sich und schimmerten matt unter den Lichtern. Die Schlangenfrau glitt von dem Podium hinab und wand sich über die Bühne, ihren Körper hinter sich aufrollend. Das Publikum geriet in nervöse Bewegung, das Gemurmel schwoll an.

Der Mann führte sie von der Bühne herunter, während die Lichter im Zelt hell wurden. Der Reptilkörper wallte über den Rand, bis er sich, zwanzig Fuß lang, den Zwischengang hinunterdehnte. Die Leute sprangen auf die Füße und versuchten, mehr zu sehen, waren sich aber nur gegenseitig im Weg. Diejenigen, die am Rand saßen, wichen zurück und stießen gegen die anderen, die sich nach vorn reckten. Der Gehilfe hielt die Kette mit geübter Hand und ließ nicht zu, dass sie einer der beiden Seiten zu nahe kam, aber ihren gleitenden Leib konnte er nicht lenken. Eine Frau kreischte auf, als die Göttin die Bank streifte, auf der sie saß, und kicherte dann verlegen.

Die Schlangenfrau machte am Ende des Zeltes kehrt und schlang ihren Körper um sich, dann wand sie sich zur Bühne zurück. Sie hielt ihre kleinen Arme leicht nach außen, wie um ihr Gleichgewicht zu halten. Ihre Augen schossen von einer Seite des Gangs zur anderen; sie schien es eilig zu haben, zu ihrem Podest zurückzugelangen.

»Was von beiden ist es, Harold? Drähte oder Spiegel?«, fragte Evelyn mit einem schiefen Lächeln. Harold warf ihr einen ärgerlichen Blick zu und nahm Roses Hand, während sie sich an ihn kuschelte.

Francine beobachtete fast ohne Reaktion, wie der schuppige Leib der Schlangenfrau an ihren Füßen vorbeiglitt. Sie hatte das Gefühl, dass sie am besten so weitermachen sollte wie die anderen; es war ganz einfach irgend so ein Trick, und sie konnte sich nicht darüber aufregen. Sie fühlte sich benommen und wünschte sich nach Hause.

Billy streifte Francine hin und wieder mit einem besorgten Blick, sagte aber nichts.

Louis hatte einige Mühe, das Publikum zu beruhigen, während die Schlangengöttin auf dem Podium ihre Windungen um sich herumdrapierte. Aber sie kamen schließlich zur Ruhe, als die Lichter ausgingen und die Vorhänge sich schlossen.

»Danke, meine Damen und Herren«, sagte Louis über das verstummte Gemurmel hinweg. »Ich möchte nun den Mann vorstellen, der die Wunderschau möglich gemacht hat, den Mann, der all diese Merkwürdigkeiten aus Natur und Sage zu Ihrer Unterhaltung und Erbauung zusammengebracht hat. Meine Damen und Herren, darf ich vorstellen: der Kurator.«

Haverstock trat zwischen den Vorhängen hervor, in wallende, schwarze Gewänder gehüllt. Er trat auf den vorderen Teil der Bühne, ohne einen Blick für Louis, der, sich duckend, durch die Vorhänge verschwand. Es gab erwartungsvollen Applaus.

»Ich habe mich schon gefragt, wann der auftauchen wird«, sagte Harold aus dem Mundwinkel heraus.

»Sieht seinem Bild nicht sehr ähnlich, nicht wahr«, flüsterte Sonny.

»Er sieht ihm zu ähnlich, um mir zuzusagen«, sagte Rose.

»Ich bin kein Zauberer«, begann Haverstock. »Ich mache keine Kartentricks, säge keine Damen auseinander und ziehe keine Papierblumen aus meinem Ärmel.«

Er sprach in beiläufigem Ton, setzte keinen von Louis theatralischen Effekten ein. Er schien überzeugt, dass seine Vorführung für sich selber sprechen würde, ohne irgendwelchen Klimbim.

»Ich bin auch kein Gedankenleser«, fuhr er fort. »Ich identifiziere keine Schlüssel oder Taschenuhren, die ein Assistent versteckt hat. Ich bediene mich keiner Taschenspielertricks, noch sonst irgendeines Schwindels. Ich bin hier, um Ihnen die Kräfte der Alten zu enthüllen, jener Rasse, die vor dem Menschen die Erde regiert hat. Die Alten waren Herr über die Elemente, aber sie gingen unter, weil sie ihre Kräfte in unkluger Weise gebrauchten. In einer Sintflut, die ganze Kontinente auf den Meeresgrund versenkte, gingen sie unter, ohne eine Spur ihrer großen Werke zu hinterlassen. Ich, und ich allein, habe einen kleinen Bruchteil ihrer unglaublichen Kräfte wiederentdeckt.

Bevor wir weitergehen, möchte ich Ihnen meinen Assistenten vorstellen. Angel, der Zauberknabe.«

Das Zeltinnere wurde plötzlich und vollständig dunkel. Ein nervöses Rascheln lief durch die Zuschauer, als sie hörten, wie die Vorhänge sich teilten.

Ein einzelnes Licht entsprang plötzlich über der Bühne nahe der Zeltspitze. Ein Gesicht schwebte dort, blass und schön, von leicht widerspenstigem, weißem Haar gekrönt.

Das Licht breitete sich allmählich aus, bis die ganze Gestalt beleuchtet war, welche sechs Fuß über der Bühne schwebte.

Angel trug ein Gewand, das dem Haverstocks ähnelte, nur war es weiß. Er schwebte aufrecht, mit ausgebreiteten Armen, das Gesicht ruhig und sanft.

Er fing an, sich zu bewegen. Er schwebte hinaus über die Gesichter mit den geweiteten Augen, von seinen Gewändern umflossen, wie ein Astralleib in Zeitlupe, wie ein Geisterschiff, das auf Mondstrahlen segelt. Das Licht blieb bei ihm, so als strahle er es selber aus. Die erschrockenen Gesichter schauten zu ihm hinauf, von seinem warmen Schein erleuchtet.

Er erreichte den Hintergrund des Zeltes und machte eine Drehung, in einem phantastischen Spiel wirbelnder Gewänder. Er kehrte zur Bühne zurück und drehte sich wieder und war nun dem Publikum zugewandt. Dann ging er langsam auf die Bühne nieder. Das Publikum applaudierte rasend. Angels Schein verblich in dem Maße, wie die Bühnenlichter hell wurden. Er schaute ohne Ausdruck ins Publikum, während Haverstock Ruhe gebietend die Hände hob.

»Die Alten erkannten nur vier Elemente: Luft, Erde, Feuer und Wasser. Sie hatten sie alle ganz und gar in ihrer Gewalt.

Heute Abend will ich Ihnen diese Kräfte demonstrieren.« Er senkte streng die Brauen. »Ich muss Sie allerdings darauf aufmerksam machen, dass Sie während dieser Vorführung auf Ihren Plätzen bleiben müssen. Was Sie sehen werden, mag Sie erschrecken, vielleicht sogar entsetzen. Es werden Erscheinungen und Materialisationen in der Luft über Ihren Köpfen und im Boden unter Ihren Füßen stattfinden; aber es besteht keine Gefahr, solange sie auf Ihren Plätzen bleiben und nicht in Panik geraten.«

Finney und Jack zitterten vor Erwartung und sahen sich in wonnevollem Gruseln an.

Harold verdrehte die Augen. »Oh, Mann!«, stöhnte er.

»Und denken Sie daran«, mahnte Haverstock, »was immer Sie sehen, was immer Sie hören, es besteht keine Gefahr, solange Sie sitzen bleiben. Ich kann anderenfalls keine Verantwortung für Ihre Sicherheit übernehmen. Verlassen Sie nicht Ihre Plätze!«

Er zog einen Stab aus seinen Gewändern, während das Publikum dasaß und kaum zu atmen wagte. Er hielt ihn über seinen Kopf, und das Zelt war wieder in tiefstes Dunkel getaucht.

»Feuer!«, brüllte Haverstock.

Die Spitze des Stabes brach in Flammen aus, die die Bühne erleuchteten und in den weit aufgerissenen Augen der Zuschauer einen rubinroten Widerschein erzeugten. Angel stand, wo er zuvor gestanden hatte, ruhig, mit herabhängenden Armen und halb geschlossenen Augen, und sein Kopf bewegte sich leicht hin und her. Haverstock führte den Stab nach unten und berührte mit dem flammenden Ende Angels Gewänder.

Angel ging in Flammen auf, als seien seine Gewänder mit Benzin getränkt gewesen. Das Publikum schrie auf und sprang auf die Füße. Evelyn schnappte nach Luft und griff sich unwillkürlich an die Kehle. Haverstock erhob eine warnende Hand.

Das Feuer hatte Angel völlig vertilgt. Keine Spur war von ihm geblieben, nur eine offene Flamme, die, von nichts gespeist, brannte. .Dann schrumpfte die Flamme, zog sich in sich zurück, und aus dem Feuer wurde ein Ball von Licht, ein Klumpen Sonne von knapp einem Meter Durchmesser, der sich über der Bühne erhob und in der Luft um sich selber drehte. Haverstock stand darunter, die Arme ausgestreckt, den Kopf zurückgeworfen, den Blick starr und intensiv auf die Kugel gerichtet.

Plötzlich züngelten federartige Flammenfetzen auf beiden Seiten des Feuerballs hervor. Die flackernden Fortsätze verschmolzen miteinander, formten sich aus, wurden zu Flügeln aus Feuer. Der Feuerball veränderte seine Lage, bildete sich um, schrumpfte weiter zusammen und nahm Gestalt an.

Der feurige Schwan schlug mit seinen Flügeln aus flammenden Federn und schwang sich hinauf über das Publikum. Er erreichte die Rückwand des Zeltes, breitete die Flügel, drehte eine Schleife, wendete anmutig und kehrte zur Bühne zurück. Er wiederholte das Manöver, flog den Raum aus und ließ dabei vereinzelte kleine Flammen hinter sich, die in der Luft erloschen.

Die Zuschauer verfolgten ihn mit geröteten Gesichtern, Köpfe und Körper drehend. Sie kauerten auf ihren Plätzen und atmeten kaum.

»Wasser!«, rief Haverstock.

Die Luft in der Mitte des Zeltes verdunkelte sich. Nebelschwaden erschienen aus dem Nichts, strebten mit großer Geschwindigkeit dem Mittelpunkt des Dunkels zu und wurden dann in den Wirbel aufgewühlter Luft hineingezogen. Der Feuervogel drehte weiter seine Kreise; er zog jetzt, durch die feuchte Luft fliegend, Federn aus Dampf hinter sich her. Das Dunkel wurde licht, verwandelte sich in einen Nebelstrudel. Die Zeltwände bauschten sich nach innen, obwohl kein Wind wehte. Der Nebel wurde rasch dichter und formte sich zu runder Gestalt.

Ein Ball aus klarem Wasser, sechs Fuß im Durchmesser, schwebte jetzt in der Höhe. Die Oberfläche warf kleine Wellen und zitterte, so als versuche sie sich aufzulösen. Die Zeltwände kamen zur Ruhe, und die wirbelnden Turbulenzen in der Luft legten sich.

Die Menschen schauten gebannt, reckten die Hälse, zu tief erschüttert, um einen Laut von sich zu geben.

Der Feuerschwan tauchte plötzlich in die Kugel hinein. Dampf zischte auf und schwoll und verdunkelte einen Augenblick lang den Wasserball. Als der Dampf sich verflüchtigte, war Angel im Inneren, nackt und unversehrt. Er lag zusammengerollt im Mittelpunkt der Wasserkugel; man sah ihn wie durch ein nebelbeschlagenes Fenster, und sein blasser, blanker Körper schimmerte, obwohl keine Lichter brannten. Die Luft selbst schien erleuchtet.

Dann entfaltete sich sein Körper, und er schwamm in der Wasserkugel herum. Er führte anmutige Drehungen und Schwünge aus, und die fließenden, traumverlorenen Bewegungen straften die Begrenztheit des Raumes, in dem er schwebte, Lügen.

Evelyn schaute wie in einen Traum versunken, überwältigt von der Schönheit dessen, was sie sah. Erst als sie nicht mehr sehen konnte, wurde sie gewahr, dass sich ihre Augen mit Tränen gefüllt hatten.

»Erde!«, rief Haverstock, aber es ist zu bezweifeln, dass ihn jemand hörte.

Die harte, festgetretene Erde, die den Boden des Zeltes bildete, erzitterte. Die Menschen nahmen ihre Blicke von der Wasserkugel und schauten auf den Boden; sie hielten den Atem an in Erwartung des nächsten Anschlages auf ihre Sinne. Die Erde bewegte sich wieder und sie schrien auf. Sie hörten ein Grollen, ein Mahlen, ein Reißen. Sie waren wie erstarrt, wagten nicht, sich zu rühren. Dann kam ein neuer Laut, ein scharfes Krachen wie von Gewehrfeuer, und ein Spalt tat sich in der Mitte des Gangs auf und legte rohe Erde und Steine frei. Er begann bei der Bühne als bloßer Riss, weitete sich dann zu etwa einem Fuß Breite und schrumpfte dann auf das Zeltende zu wieder zu einem Riss zusammen. Lose Erde und kleine Steine brachen von den Seiten ab und fielen mit leisem Geklapper nach unten. Die Menschen wichen zurück, weg von dem Schlund in Miniatur.

Dann war ein Geräusch über ihnen, ein gewaltiger Seufzer von plötzlich tosenden Wassermassen. Die Kugel platzte wie ein angestochener wassergefüllter Ballon, und das Wasser strömte in den Spalt hinein. Einen Augenblick lang war das Publikum durch einen schimmernden Vorhang geteilt. Dann, als das Wasser aufgehört hatte zu fallen, schloss sich unter Rumpeln und erneutem Beben der Boden, und nichts deutete mehr darauf hin, dass dort der Spalt gewesen war.

Ein Dampf erfüllte das Zelt und alle Augen wanderten nach oben. Angel schwebte dort, wo die Wasserkugel gewesen war. Sein nackter Körper strahlte weiter von seinem eigenen Licht, das immer noch ein Dunstschleier dämpfte.

»Luft!«, schrie Haverstock.

Der Dunst um Angel herum wurde schwerer. Sein Körper wurde dünn, unscharf, nebelhaft, verschwommen, bis er schließlich nicht mehr zu unterscheiden war. Der Dunst verdunkelte sich, wurde dichter Nebel, der sich allmählich ausbreitete, bis er die ganze Zeltspitze füllte. Er wurde immer noch dunkler und verdichtete sich zu einer Sturmwolke. Man hörte ein schwaches Donnergrollen, und ein Wetterleuchten spielte an der Oberfläche des Dunkels. Der Donner wurde lauter und brach durch das Zelt. Die Blitze nahmen an Intensität zu, bis sie die Luft versengten.

Alle Augen waren bei den elektrischen Erscheinungen. Niemand sah, wie ein Handlanger auf die Bühne kam und ein Gewand brachte. Er stellte sich neben Haverstock und hielt es in Bereitschaft. Haverstock starrte angespannt auf die Wolke, in tiefer Konzentration.

Plötzlich schoss ein Blitzstrahl aus der Wolke heraus. Er knisterte durch die Luft und traf die Bühne mit einem erderschütternden Krachen. Die Köpfe schwangen zu Haverstock herum.

Angel stand auf der Bühne und band die Schärpe des Gewandes um seine Taille. Der Handlanger ging wieder hinaus, ohne ein Zeichen von Interesse, und die Sturmwolke löste sich fast augenblicklich auf.

Angel verbeugte sich vor dem schweigenden Publikum. Ein Flüstern raschelte über die Bänke. Ein Stammeln erschütterte die Luft. Lachen entrang sich zusammengepressten Kehlen. Der Applaus wurde ohrenbetäubend. Bravorufe und Pfiffe steigerten sich zur Atmosphäre eines Tollhauses. Angel verbeugte sich wieder, sein Gesicht war gefasst und ausdruckslos. Dann wandte er sich um und schritt durch die Vorhänge. Haverstock verbeugte sich leicht und folgte ihm.

Louis tauchte auf und hielt die Hände hoch, um Ruhe zu schaffen, aber es dauerte lange, bis es ihm gelang.

»Die letzte Nummer auf dem Programm ist Henry-etta, halb Mann, halb Frau«, sagte er, als habe er das Interesse an der ganzen Sache verloren. »Wegen des heiklen biologischen Charakters dieser Vorführung, müssen wir darauf bestehen, dass alle Kinder unter achtzehn Jahren den Zuschauerraum verlassen. Auch Damen, die vielleicht Anstoß nehmen könnten, bitten wir dringend, ebenfalls zu gehen. Ich danke Ihnen.« Er verschwand durch die Vorhänge.

Finney und Jack sahen einander entsetzt an und standen dann widerwillig auf, um zu gehen. Die Kinder und eine Anzahl Frauen, desgleichen einige Männer, standen auf und gingen; ihre Augen waren immer noch ein wenig glasig.

Evelyn saß in tiefes Nachdenken versunken da. Francine war wie betäubt. Rose umklammerte noch immer Harolds Arm. Die Jungen sahen sich an und grinsten über ihren eigenen Ernst.

»Mann!«, stieß Harold hervor. »Die haben eine wirkliche Schau geboten.«

»Wie haben die das nur gemacht?« quiekte Billy. »Es gibt keine Erklärung dafür, wie sie es gemacht haben!«

»Ich weiß nicht«, sagte Harold und rutschte auf der Bank hin und her. »Es muss Massenhypnose gewesen sein.«

»Ich habe fast in die Hose gemacht, als er Angel angezündet hat.« Rose schauderte genüsslich.

»Bleiben wir noch und sehen uns Henry-etta an?«, fragte Sonny mit einem Grinsen. »Oder seid ihr Mädchen zu fein für diese heikle biologische Enthüllung?«

»Wenn sie so gut ist wie das Übrige«, sagte Rose frei heraus, »möchte ich sie um nichts auf der Welt verpassen.«

»Evie?«, fragte Sonny.

»Hm?« Sie schaute, aus ihren Träumen gerissen, auf. »Oh. Ja, warum nicht?«

Louis trat zwischen den Vorhängen heraus und wartete ungeduldig, dass das noch verbleibende Publikum zur Ruhe kam.

»Da wir auf keinen Fall wünschen, irgendjemand in Verlegenheit zu bringen«, sagte er über den Lärm hinweg, »müssen wir darum bitten, dass sich alle Damen auf diese Seite des Zuschauerraumes begeben.« Er machte eine Armbewegung nach rechts. »Und alle Herren begeben sich bitte auf die andere Seite. Danke.« Er verließ erneut die Bühne.

»Henry-etta muss ja was ganz Scharfes sein«, sagte Rose mit einer Grimasse, während sie aufstand.

»Seid ihr Mädchen auch sicher, dass ihr euch das antun wollt?«, fragte Harold und zog die Stirn in Falten.

»Klar«, sagte Rose. »Es klingt, als könnte ich dabei einen Abglanz von dem erleben, was in einem Rauchsalon der Farmervereinigung läuft.«

»Okay.« Er grinste und winkte mit der Hand. »Auf Wiedersehen, die Damen.«

Die Mädchen gingen auf die andere Seite, zusammen mit den anderen Frauen. Die Männer, die sich schon auf jener Seite befanden, zogen jetzt um und stifteten viel Durcheinander und begannen Gespräche im Zwischengang. Ein paar Leute mehr, denen diese letzte Aufforderung zu viel wurde, verließen das Zelt.

Ein Handlanger, derselbe, der die Karten eingesammelt hatte, kam von der Bühne und löste den Vorhang, der beim Eingang zusammengebunden war. Er zog ihn auf und spannte ihn den Zwischengang entlang und schirmte so ein Geschlecht gegen das andere ab. Er fing im Vorübergehen Roses Blick auf und zwinkerte ihr zu.

»Also wirklich!«, schnaubte sie beleidigt und grinste dann hinter ihrer vorgehaltenen Hand. »Ist er nicht niedlich?«, flüsterte sie Evelyn zu. »Hast du schon gemerkt? Dieser Ort wimmelt nur so von tollen Männern. Der Karten-Einsammler, dieses mexikanische. Pfeffergericht...«

»Er ist nicht ganz so toll, wie er sich findet«, sagte Evelyn geringschätzig.

»...Angel, alle diese Bühnenhelfer.« Sie warf einen anzüglichen Blick auf Francine. »Der Minotaurus. Hej!« Aber Francine biss nicht an. Rose sah sie missbilligend an und lächelte dann schwärmerisch. »Ich frage mich, ob ich in diesem Laden einen Job bekommen könnte.«

»Wenn ja, dann hättest du keine Konkurrenz«, sagte Evelyn. »Es scheinen keine Frauen bei der Truppe zu sein.«

»Die Frau, die die Karten verkauft.«

»Ach ja, stimmt«, sagte Evelyn und runzelte die Stirn. »Die habe ich ganz vergessen.«

Louis trat auf die Bühne, so, dass er von beiden Seiten aus zu sehen war.

»Danke, meine Damen und Herren. Ich möchte nun Henry-etta vorstellen. Er... ich meine, sie...« Er grinste. »Sie wissen, was ich meine - es ist auf seine Weise ebenso seltsam wie alles andere, was Sie heute Abend gesehen haben. Henry-etta!«

Der Vorhang öffnete sich, und die Lichter im Zelt erloschen. Die korpulente Dame in dem giftgrünen Kleid kam kokett auf die Bühne geschritten.

Harold sah Sonny und Billy an und stöhnte.

Rose kicherte. »Na, du hast halb recht gehabt, als du sagtest, dass keine Frauen bei der Truppe sind«, flüsterte sie Evelyn zu.

»Danke, Louis, Süßer«, sagte Henry-etta mit einer dünnen, kratzigen Stimme und spitzte die Lippen zu einem affektierten Lächeln. »Meine Damen und Herren, Ihr Zeremonienmeister war Louis Ortiz. Ist er nicht der hübscheste Junge, den Sie je gesehen haben, meine Damen?« Ihr Mund verzog sich zu einem herausfordernden Lächeln, aber ihre Augen blieben ausdruckslos.

»Geben Sie ihm einen kräftigen Applaus, er hat seine Sache großartig gemacht.«

Henry-etta applaudierte, und die Zuschauer fielen halbherzig mit ein; sie fühlten sich nicht wohl dabei, wollten aber nicht unweltmännisch erscheinen. Louis lächelte und verbeugte sich und verließ die Bühne. Henry-etta sah ihm nach und wandte sich dann zum Publikum.

»Meine Damen und Herren, mein richtiger Name ist Claude Duvier. Ich wurde 1887 in Tours in Frankreich geboren. Meine Eltern zogen nach Amerika, als ich vier Jahre alt war. Wir lebten in New Orleans, bis ich vierzehn war, als meine arme Mama und mein armer Papa am Fieber starben. Verzweifelt und allein wurde ich in ein Waisenhaus gesteckt. Dort geschah es dann, kurz darauf...« - sie berührte ihre Brüste -, »dass die weibliche Hälfte meines Körpers hervorzutreten begann. Bis zu jenem Zeitpunkt hatte ich geglaubt, ein normaler Junge zu sein. Später entdeckte ich, dank einiger älterer Jungen, dass ich in jeder Hinsicht gleichermaßen weiblich wie männlich war.

Ich war zweimal verheiratet - einmal mit einem Mann und einmal mit einer Frau. Ich bin Mutter von zwei Kindern und

Vater von dreien. Gegenwärtig bin ich unverheiratet.« Sie griff nach dem Haar in ihrem Nacken.

Harold rollte die Augen, und Billy hielt ihm seine Hand vor den Mund, um zu verhindern, dass er lauthals herauslachte.

»Mein Körper hat die größten Kapazitäten unter den Ärzten und Wissenschaftlern in Verwirrung gesetzt«, fuhr Henry-etta fort. »Wegen des heiklen und schockierenden Charakters meiner weiteren Darbietung, muss ich die Damen bitten, zu gehen.«

Der junge Mann schob den Vorhang an die Zeltwand zurück. Als er vorbeikam, hielt Rose ihren Kopf schräg, was ihrer Meinung nach erfahren aussah, und schaute ihn nicht an.

Evelyn lachte. »Rose, wenn der Richter dich sehen könnte...« Die Folgen waren zu schauerlich, um sie in Worte zu kleiden.

Die Frauen fingen an hinauszugehen und blickten verlegen. Auch ein paar Männer schlossen sich ihnen an.

»Vielen Dank für Ihre Anwesenheit bei Haverstocks wandernder Kuriosa- und Wunderschau«, rief Henry-etta über die Gespräche der Hinausgehenden hinweg. »Ich hoffe, Sie hatten einen unterhaltsamen und lehrreichen Abend. Danke und gute Nacht. Vergessen Sie nicht, Ihren Freunden zu sagen, dass auch morgen Abend zwei Vorstellungen stattfinden.«

Die Mädchen verweilten einen Augenblick lang, um mit den Jungen zu sprechen.

»Diese miesen Ratten!« schimpfte Rose.

»Das ist blöd.« Harold stand auf. »Wir gehen mit euch.«

»Du wirst nichts dergleichen tun!« Rose drückte ihre Hand gegen seine Brust. »Du bleibst hier und erzählst mir alles, was passiert. Ich will genau wissen, warum Henry-ettas Körper die medizinische Wissenschaft weltweit in Verwirrung gebracht hat.«

Harold lachte. »Nicht so laut! Sie hört dich doch.«

»Ha!« machte Rose.

»Wir warten draußen auf euch.« Evelyn winkte und lächelte.

Henry-etta wartete geduldig, bis alle, die gehen wollten, gegangen waren. Nur eine kleine Gruppe blieb zurück.

»Gut«, sagte sie und lächelte. »Jetzt, da die Damen weg sind, können wir zur Sache kommen. Göttchen, was seid ihr doch für ein hübscher Haufen! Für den Rest meiner Vorführung wird eine zusätzliche Gebühr von zehn Cents erhoben«, erklärte sie ohne Umschweife.

»Macht sie Witze?« Harold spreizte ungläubig die Hände.

»Komm, wir bleiben!« drängte Billy fröhlich. »Das wird bestimmt gut.«

»Du hast eine schmutzige Phantasie«, sagte Sonny und grinste.

»Ist doch wahr!« Billy lächelte einfältig.

Noch ein paar Leute brachen auf, als Henry-etta durch die Reihen ging, um ihre Zehner einzusammeln.

»Ich dachte, du seist pleite«, sagte Sonny.

»Na ja, ich habe noch einen Zehner.« Er zuckte die Achseln. »Außerdem dreht Rose durch, wenn wir nicht bleiben und ihr alles erzählen.«

Henry-etta war bei ihnen angelangt und hielt ihre Hand auf. Sie legten ihre Zehner hinein und bemühten sich, ihrem Blick nicht zu begegnen. Sie ging weiter die Bankreihe hinunter.

»Mann, ist Henry-etta ein Schmu!«, flüsterte Harold.

»Wieso?«, fragte Billy.

»Ich habe gerade in den Ausschnitt seines Kleides geschaut. Der ganze Vorbau ist reine Baumwolle.«

»Tatsache?«

Henry-etta kletterte mit einem Grunzlaut auf die Bühne zurück. »Würden die reizenden Herren bitte etwas näher kommen? Ich will Ihnen gleich genau zeigen, was es bedeutet, halb Mann, halb Frau zu sein.«

Henry-etta beugte sich nach vorn und zog den langen Rock bis zu ihrer Taille hoch. Sie hatte nichts darunter.

»Du guter Gott!« krächzte Sonny.

»Ich hatte mehr als das, als ich fünf Jahre alt war«, kicherte Harold.

»Sie können mein männliches Geschlecht selber sehen«, fuhr Henry-etta, etwas gelangweilt von dem Ganzen, fort. »Der weibliche Teil ist schwerer zu sehen - aber leicht zu ertasten. Möchte jemand von den Herren heraufkommen und selber fühlen?«

Henry-etta blickte fragend in die Runde, aber es kamen keine Angebote. Plötzlich erhob sich ein Mann von den hinteren Reihen des Zeltes und ging auf die Bühne.

»Wer ist das?«, fragte Sonny. »Den habe ich hier herum noch nie gesehen.«

»Ich auch nicht«, bestätigte Billy.

»Natürlich nicht«, sagte Harold in überlegenem Ton. »Das ist ein Scheinzuschauer.«

»Was?«, fragte Billy.

Der Mann stieg auf die Bühne hinauf. Henry-etta ging zu ihm, und er steckte ohne Aufhebens seine Hand zwischen ihre Beine. »Ooooh!«, stöhnte sie und wand sich. »Steck sie nicht zu tief hinein«, sagte sie verzerrt. »Du könntest sie verlieren. Bist du zufrieden? Ist es dasjenige, welches?«

Der Mann schielte lüstern und nickte.

»Okay. Das ist genug! Bleib auf dem Teppich!«

Der Mann zog widerstrebend die Hand zurück, stieg von der Bühne und ging den Gang hinunter. Harold drehte sich um und beobachtete ihn, wie er das Zelt verließ.

»Wie Sie sehen, bin ich voll ausgestattet, als Mann und als Frau. Für weitere zehn Cents können Sie zusehen, wie ich mich selber ficke.«

»Jetzt aber nichts wie raus hier!« grunzte Harold. »Die ist imstande und macht's.« Sie gingen, ebenso wie alle anderen.

Henry-etta sah ihnen nach, ihren Rock lächerlich um ihre

Taille geschlungen, vor den leeren Bankreihen. Sie seufzte und ließ ihren Rock herunter. »Das war heute Abend wirklich ein abenteuerlicher Haufen«, sagte sie mit einer tieferen Stimme. »Dem Himmel sei Dank.« Sie seufzte wieder und zog die orangerote Perücke herunter; dann drehte sie sich um und ging durch die Vorhänge auf der Rückseite der Bühne.

Harold, Sonny und Billy gesellten sich zu den Mädchen vor dem Zelt. Es waren jetzt mehr Menschen rund um die aufgereihten Zirkuswagen versammelt als vorher. Diejenigen, die die Vorstellung gesehen hatten, berichteten aufgeregt denen, die sie noch nicht gesehen hatten.

»Was war?«, fragte Rose gespannt.

»Es war mies«, sagte Harold mit einer Grimasse. »Ich erzähl's dir später.«

Finney und Jack kamen angerannt; ihre bloßen Füße trommelten auf dem harten Boden, und ihr Brustkorb hob und senkte sich vor Erregung.

»Habt ihr Henry-etta gesehen?« japste Finney. »Was hat sie gemacht? Sag's mir! Ich will es wissen. Ich will alles wissen.«

»Oh, Finney, du kannst nicht alles wissen«, sagte Jack. »Dazu ist einfach keine Zeit.«

»Aber man kann es versuchen, Jack. Man muss es wenigstens versuchen.«

»Henry-etta macht faulen Zauber, und seine Nummer würde dich nicht interessieren, glaub mir«, sagte Harold ernst.

Finney sah ihn einen Augenblick lang an und nickte dann, sein Wort akzeptierend. Er und Jack rannten los, um sich in die schnell wachsende Schlange für die Karten zur nächsten Vorstellung einzureihen. Die Kunde hatte sich wie ein Lauffeuer verbreitet. Wer die erste Vorstellung versäumt hatte, dem würde das bei der zweiten nicht noch einmal passieren. Es gab plötzlich Bravorufe und Applaus, als Henry-etta, die Geldkasse und die Kartenrolle unter dem Arm, um die Seitenwand des Zeltes herumkam.

Rose schüttelte den Kopf, während sie auf Finney starrte. »Bei Gott! Dieses Kind wird von Minute zu Minute seltsamer.«

Evelyn schaute auch Finney an; aber sie lächelte und verstand.

Neuntes Kapitel

Hawley, Kansas, erwachte wie jedes kleine Provinzstädtchen an einem Samstagmorgen. Langsam zuerst, allmählich die Lethargie der ereignislosen Wochentage abschüttelnd, bereitete es sich auf den Samstagnachmittag vor, wenn die Farmer und das übrige Landvolk für das Wochenende die Arbeit niederlegten und in die Stadt fuhren. Es war ein Ritual, der Samstagnachmittag in der Stadt, eine notwendige Pause, eine Zeit, in der man sich mit Nachbarn auf dem Gemeindeanger traf, in der man Klatsch austauschte, das Wachsen der Babys verglich. Es war eine Zeit, in der man der Küche entkam, in der man das Kochen von anständigen Mahlzeiten vergaß und allerhand Zeug zusammenaß, Hamburger und heiße Würstchen und Eis aus der Tüte und all die Köstlichkeiten, die ein vernünftiger Mensch zu Hause niemals kocht.

Und er war eine Zeit für notwendige Dinge; die Lebensmittel für die nächste Woche einzukaufen, Mehl und Kaffee und Maismehl und vielleicht, wenn Geld übrig war, als besonderen Genuss ein paar Konserven mit einem Obst oder Gemüse, das man selbst nicht hatte anbauen und einmachen können. Auch noch andere Besorgungen waren oftmals fällig: in der Futterhandlung, im Textilwarengeschäft, im Warenhaus, im Laden für Autozubehör; aber diese wurden als erstes erledigt, schnell erledigt, hinter sich gebracht, damit man frei war für den angenehmen Teil des Nachmittags.

Viele von den Geschäftsleuten konnten am Samstagnachmittag mit doppelt so vielen Einnahmen rechnen wie während der ganzen Woche zusammen. Es war der Schokoladentag der Woche, für fast alle.

Je weiter draußen sie wohnten, desto größer das Ereignis. Sie kamen dreißig und vierzig Meilen auf staubigen Straßen, in alten Autos und Lastautos, die es kaum auf fünfunddreißig Meilen bergab brachten. Sie kamen mit dem Rücksitz oder der Ladefläche voller Kinder. Die Kinder waren so brav, wie es ihre Sprungfederkörper ihnen nur erlaubten, so lammfromm, wie das auf der langen Fahrt nur möglich war. Sie wussten genau, dass eine Ungezogenheit so früh am Tag leicht zu einer Beschneidung der späteren Aktivitäten führen konnte.

Der Samstagnachmittag war besonders attraktiv für die Kinder. Kein Erwachsener war fähig, sich derart fieberhaft intensiv darauf zu freuen. Er war ein Nachmittag, der frei von Arbeit war, an dem man explodieren durfte - innerhalb vorgeschriebener Grenzen. Und, das Wichtigste von allem: es war ein Nachmittag, an dem ins Kino gegangen wurde.

Einige hatten schon gehört, dass an diesem speziellen Samstag keine Kinovorstellung sein würde. Miers Majestic wurde immer noch ausgeräuchert.

Aber was an jedem anderen Samstag eine Tragödie gewesen wäre, war heute ohne Bedeutung. Der Zirkus war in der Stadt.

Die Leute kamen gewöhnlich direkt nach dem Mittagessen in die Stadt und kehrten rechtzeitig für die abendlichen Arbeiten und ein spätes Nachtmahl zurück, aber nicht so an diesem Samstag. Die Hausarbeit wurde anders verteilt, Tagespläne wurden umgestoßen und neue wurden gemacht, damit man dieses eine Mal länger ausbleiben konnte.

Die Telefonleitungen entlang der Landstraßen und quer über die Felder hatten gesungen: Es war die phantastischste Zirkusvorstellung, die es je gegeben hatte, ein Eindruck für das ganze Leben, ein Schauspiel, das man nicht versäumen durfte. Es war die Weltausstellung und Halleys Komet in einem.

Die einzelnen Nummern waren immer wieder beschrieben worden, so dass jeder im Bezirk wusste, was ihn erwartete. Wer nicht angerufen wurde, der hörte es über Sammelanschluss. Die meisten glaubten die phantastischen Behauptungen nicht, aber sie würden auf jeden Fall hingehen - und wenn nur, um zu sehen, ob der Erzähler der Geschichte so ein Aufschneider war, wie sie vermuteten.

Früh an jenem Samstagmorgen, bevor die Hitze lästig geworden war, während Hawley noch gähnte und sich reckte, verließ Evelyn Bradley Miers Textilwarengeschäft mit einem Bündel unter ihrem braunen Arm. Sie fühlte sich gut, genoß die verhältnismäßig kühle Luft und dachte an den Abend zuvor. Sie hatte etwas gemischte Gefühle bezüglich der Dinge, die sie im Zirkus gesehen hatte. Sie konnte die unerschütterliche Überzeugung ihres Bruders nicht teilen, dass nämlich alles ein Gaukelspiel gewesen war - unterhaltend und brillant gewiss, aber eben doch nur Trug. Andererseits konnte sie es auch nicht ganz für bare Münze nehmen. Sie war sich völlig im Klaren über die Folgerungen, die beunruhigenden Folgerungen, die sich ergaben, wenn es Wirklichkeit war. Aber aus irgendeinem Grund war sie ganz und gar nicht davon beunruhigt. Stattdessen empfand sie nur ein Staunen und eine nagende Sorge, dass Harold wahrscheinlich trotz allem Recht hatte.

Sonny war in gewissem Sinn eine Enttäuschung gewesen. Er hatte den Packard auf das Picknickgelände am Crooked Creek gefahren und mit offensichtlich amourösen Absichten geparkt. Er hatte überhaupt nicht über die Wunderschau reden wollen - und sie hatte an nichts anderes denken können.

Sie legte das Bündel in den Drahtkorb auf ihrem Fahrrad und strampelte heimwärts die ruhige Straße hinunter. Sie fragte sich, ob ihr Vater auch ein »Arrangement« für sie treffen würde, wie es Richter Willet für Grace Elizabeth getan hatte. Sie lächelte bei dem Gedanken und fühlte sich dann etwas bedrückt Sie kannte niemanden, den sie heiraten wollte, und sie glaubte, dass sie jeden in Frage kommenden Jungen im Bezirk Hawley kannte.

Sie wusste nicht, warum sie sich eigentlich deswegen beunruhigte. Sie hatte definitiv nicht vor, zu heiraten, bevor sie das College abgeschlossen hatte - wenn sie diesen Herbst aufs College gehen konnte. Er hatte nichts zu ihr gesagt, aber sie wusste, dass ihr Vater sich wegen des Preissturzes auf dem Weizenmarkt Sorgen machte. Er fürchtete, dass die Ernte dieses Jahr nicht viel einbringen würde, wenn die Preise weiter so fielen.

Nun, vielleicht wurde aus Sonny gar kein so schlechter Ehemann - falls sie sich verheiraten musste. Sie mochte Sonny, mochte ihn sogar sehr. Er war sehr lieb gewesen gestern Abend - und etwas überraschend, weil er gewöhnlich so schüchtern war. Sie lächelte in sich hinein.

Dann wurde ihr Lächeln breit, und sie lachte laut heraus. Sie hatte Sonny ihr ganzes Leben lang gekannt, und er hatte sie noch nie um ein Rendezvous gebeten, bis gestern. Sie waren miteinander befreundet gewesen, aber er hatte nie irgendein romantisches Interesse bekundet. Warum hatte er es jetzt plötzlich getan? Wenn nicht - auch er sich umgeschaut hatte und zu dem Schluss gekommen war, dass, wenn er sich verheiraten musste, sie von allen Möglichkeiten die beste war. Sie wusste nicht, ob sie sich geschmeichelt fühlen sollte oder nicht, aber sie fand es sehr komisch, wenn es stimmte.

Sie winkte Elmo Whittacker zu, der an der Futter- und Getreidehandlung Salzblöcke auf seinen Wagen lud, lächelte Sonnys Mutter zu, die aus der Bank kam, rief Billy Sullivan am Eiskeller ein *Hallo* zu. (Schien Sonnys Mutter eine Nuance freundlicher? War sie mit im Komplott?)

Sie verlangsamte das Tempo, als sie an der Wunderschau vorbeikam und schaute neugierig hinüber. Der Zirkus stand reglos und ein wenig schäbig im hellen Sonnenlicht, und niemand war zu sehen. Sie fuhr an dem gelben Bahnhof vorbei, und ihre Fahrradreifen machten viermal *plopp*, als sie die Eisenbahnschienen überquerte. Das Pflaster endete an der Brücke über den Crooked Creek. Die Bretter ratterten rhythmisch, als sie darüberfuhr. Sie schaute zum Wasser hinunter und sah Angel am Ufer sitzen und fischen.

Sie blieb stehen, lehnte sich gegen das Eisengeländer und beobachtete ihn. Wie blass er ist, dachte sie, und wie lieb und unschuldig und traurig er aussieht. Es wäre ihr schwer gefallen, ihre Gefühle in jenem Augenblick zu beschreiben. Da war Scheu, wegen dem, was sie ihn hatte tun sehen, aber auch jetzt war sie nicht davon beunruhigt. Da war Mitleid, auch weil er so anders und exotisch war. Und etwas erotische Faszination war dabei, denn sie hatte noch nie einen Mann gesehen, der auch nur entfernt so gut ausgesehen hatte, außer vielleicht im Kino. Und da war auch - und nicht wenig - einfache Neugier.

Er sah plötzlich zu ihr hinauf. Sein zerzaustes weißes Haar leuchtete in der Sonne wie Silber. Sein erster Ausdruck war wachsam; wie eine schöne Katze, dachte sie, die, noch unsicher, ob Gefahr naht, schon bereit ist zu fliehen. Dann, nachdem er anscheinend zu dem Schluss gekommen war, dass er nicht bedroht war, lächelte er, zögernd und scheu. Evelyn fühlte einen Schmerz in ihrer Brust, einen rechtschaffenen körperlichen Schmerz.

Mein Gott, dachte sie, und Sonny Redwine verschwand aus ihrem Gedächtnis. Sie lächelte unsicher zurück und fasste einen plötzlichen Entschluss. Sie fuhr das restliche Stück über die Brücke, stellte das Fahrrad ab und ging den Pfad zum Wasser hinunter.

Er beobachtete, wie sie näherkam, und stand dann auf und erinnerte sie wieder an eine Katze, die sich zur Flucht bereitmacht, sollte die Situation es erfordern.

»Hallo«, sagte sie etwas nervös. »Ich habe gestern Abend die Vorstellung gesehen. Es war einigermaßen hinreißend.«

Angel lächelte und nickte leicht. Evelyn begann sich wegen ihres Vorstoßes etwas verlegen zu fühlen, und es machte sie ein wenig nervös, dass er nichts sagte. Sie sah seine Augen und bemerkte, dass die Iris rot war. Sie wurde zappelig und bemühte sich, ihn nicht anzustarren, obwohl die Faszination, die von ihm ausging, sie fast überwältigte.

Sie räusperte sich und ergriff erneut die Initiative. »Ich bin Evelyn Bradley. Ich wohne ein paar Meilen weiter die Straße hinunter.« Sie deutete mit einer Bewegung ihres

Kopfes die Richtung an. Angel sagte immer noch nichts; er sah sie nur aus seinen klaren, rubinroten Augen an und lächelte töricht. »Nun«, sagte sie und tat einen Schritt zurück, »ich wollte dich nicht stören. Ich wollte dir nur sagen, wie gut mir die Vorstellung gestern Abend gefallen hat.«

Ein Schatten von Enttäuschung fiel über Angels Gesicht. Er legte seine Finger an den Mund und schüttelte dann den Kopf.

»Er kann nicht sprechen«, sagte ein Stimmchen nahe am Boden. Däumling Tim trat hinter Angels Bein hervor. Angel lächelte und nickte wieder.

»Oh«, sagte Evelyn erschrocken, »das habe ich nicht gewusst. Wenn ich Sie störe, will ich lieber gehen.«

»Vielleicht...«, begann Tim, aber Angel brachte ihn zum Schweigen, indem er nach unten griff und ihn oben am Kopf berührte. Tim schielte mit einem missbilligenden Blick zu ihm hinauf. Angel legte seine Fingerspitzen wieder auf den Mund und streckte dann Evelyn die Hand entgegen. Er blickte sie forschend an.

Tim tat einen kleinen Seufzer und setzte sich auf einen drei Zoll hohen Stein.

»Ganz und gar nicht«, sagte er. »Suchen Sie sich einen Stein und setzen Sie sich zu uns. Gibt es überhaupt Fische in diesem Bach?«

»Ich glaube schon.« Sie setzte sich auf einen großen, flachen Stein und faltete ihren Rock unter ihre Knie.

»Die müssen heute Morgen irgendwo anders sein«, brummelte Tim, und ein Stirnrunzeln legte sein hässliches, kleines Gesicht in Falten. »Bei uns hat keiner angebissen.«

Evelyn lächelte und hörte ein paar Scherenschwänzen zu, die sich in den über das Wasser geneigten Pappeln zankten. Angel setzte sich wieder und nahm seine Angelrute wieder auf.

»Es ist ein angenehmer Zeitvertreib, selbst wenn man nichts fängt«, sagte sie und spürte, wie eine angenehme Schwere von ihr Besitz ergriff.

»So ist es, Miss Bradley.« Tim nickte.

Sie wunderte sich ein wenig, wie selbstverständlich sie sich mit diesen beiden exotischen Wesen unterhielt: einem hässlichen kleinen Gnom, der ihr nicht einmal bis zum Knie reichte, und dem blassen jungen Mann mit den rubinroten Augen. Und Angel war Teil des Gespräches, wurde sie plötzlich gewahr. Sein wunderbar ausdrucksvolles Gesicht kommentierte alles, was gesprochen wurde. Sie nahm an, dass dies für Stumme typisch war.

»Ich... hm... schätze, es wäre taktlos von mir, zu fragen, wie einige von den Dingen in der Schau gemacht werden? Mein Bruder glaubt, dass zum Beispiel Sie mit Spiegeln gemacht werden. Jetzt kann ich ihm sagen, dass Sie hundertprozentig wirklich sind.«

»Ich hätte nichts dagegen, Ihnen zu sagen, wie alles gemacht wird, aber wenn Haverstock dahinterkäme, würde ich als Frühstück für die Schlangenfrau enden.« Er schleuderte einen Kiesel von der Größe seiner Faust ins Wasser. »Miss Bradley«, sagte er, ohne sie dabei anzusehen, »es wäre vielleicht eine gute Idee, wenn Sie nicht erwähnen würden, dass Sie mit uns gesprochen haben, nicht einmal Ihrem Bruder gegenüber. Haverstock sieht es nicht gern, wenn wir mit den Leuten aus der Stadt in Berührung kommen. Wir dürfen eigentlich die Wagen gar nicht verlassen, aber ich war der Meinung, Angel habe etwas Sonne nötig. Er ist in letzter Zeit ein bisschen kränklich gewesen.«

Angel sah ihn vorwurfsvoll an.

»Selbstverständlich.« Sie stand auf. »Ich gehe besser, bevor uns jemand sieht. Ich möchte Sie nicht in Schwierigkeiten bringen.«

Angel stand auf und lächelte sie an. Seine Traurigkeit und Einsamkeit und Zärtlichkeit schlugen ihr entgegen. Sie spürte ein merkwürdiges Gefühl im Magen.

»Auf Wiedersehen, Miss Bradley«, sagte Tim, und es gelang ihm nicht, die Erleichterung in seiner Stimme zu verleugnen.

»Auf Wiedersehen«, sagte sie und wandte sich um. Ihr Fuß trat auf einen runden Flussstein. Der Stein war nass und glitschig von Moos. Ihr Fuß rutschte seitwärts ab. Sie keuchte erschrocken und fiel auf das Wasser zu. Angel griff nach vorn, um sie zu halten.

Sie hörte auf zu fallen, aber Angels Hand war immer noch sechs Zoll von ihr entfernt. Dann umfassten seine Finger ihr Handgelenk und zogen sie auf die Füße. Er sah sie besorgt an, während sie wieder zu Atem kam. Sie lachte verwirrt.

»Siehst du, Angel!«, rief Tim aufgeregt. »Ich hab's dir gesagt! Ich hab's dir gesagt!« Dann sah er Evelyn an und fasste sich. »Alles in Ordnung, Miss Bradley? Ein Glück, dass Angel schnelle Reflexe hat.«

»Ja, es geht mir gut.« Sie betrachtete Angels Hand, die immer noch die ihre hielt. Er ließ sie plötzlich los und wischte mit seiner Hand nervös über seinen Schenkel. Evelyn berührte kurz seinen Arm. »Danke«, sagte sie. Er grinste und nickte und strahlte vor Freude.

Sie wandte sich mit einem verständnislosen Gesichtsausdruck an Tim. »Ich habe gemerkt, was geschehen ist. Angel hat mich erst berührt, nachdem ich schon aufgehört hatte zu fallen.«

Sie blickte sich zu Angel um. Er runzelte verwirrt die Stirn.

»Sie müssen sich irren, Miss Bradley«, sagte Tim und lächelte. Sein kleines Gesicht zuckte grotesk. »Natürlich hat Angel sie festgehalten. Was sonst könnte geschehen sein?«

»Das frage ich Sie. Es könnte dasselbe sein, was Angel fliegen lässt, was ihn in einen Feuervogel verwandelt, was ein Gewitter in einem Zelt erzeugt, was eine unsichtbare Frau macht.«

Tim lachte. »Aber das sind doch nur Tricks. Nichts als unbedeutende Tricks.«

»Das glaube ich Ihnen nicht.«

Angel blickte von einem zum anderen, einen Ausdruck von Bestürzung auf seinem Gesicht.

Tim breitete seine winzigen Hände aus und zuckte die Achseln. »Es tut mir leid, Miss Bradley. Was kann ich anderes sagen? In der Aufregung des Augenblicks müssen Sie sich das eingebildet haben.« Er blickte mit einem höflichen Gesichtsausdruck zu Evelyn hinauf.

Evelyn runzelte die Stirn; sie kam sich ein wenig dumm vor. Sie war absolut sicher, dass sie sich nichts eingebildet hatte, aber sie wusste nicht, was sie machen sollte. Sie konnte sich nicht einfach hinstellen und ihn einen Lügner nennen. Sie entschied, dass das Beste ein schneller Rückzug wäre.

»He, ihr da unten«, rief eine Stimme von der Brücke herunter. Alle drei schauten hinauf. Ein dicker Mann in mittleren Jahren stand da und beobachtete sie. »Haverstock ist wach«, sagte er laut. »Ihr macht besser, dass ihr zurückkommt. Er ist übelster Laune, wie gewöhnlich.«

Tim zog heftig an Angels Hosenbein. »Hol ihn hier herunter«, kommandierte er, als Angel ihn ansah. Angel war unschlüssig, winkte aber den Mann heran. Der betrachtete sie einen Augenblick lang forschend und ging dann hinunter.

»Was ist los?«, fragte er und schaute neugierig Evelyn an.

»Das ist Evelyn Bradley, Henry. Miss Bradley, das ist Henry
Collins, besser bekannt als Henry-etta«, erklärte Tim mit gepresster Stimme.

»Guten Tag.« Evelyn streckte die Hand aus. »Sie kamen mir gleich bekannt vor.«

Er zögerte und schüttelte dann rasch ihre Hand. »Guten Tag. Angel, du solltest besser Tim nehmen und machen, dass du zurückkommst, bevor er dich vermisst. Du weißt, wozu er fähig ist.«

»Angel und ich müssen zurück, Miss Bradley. Sagen Sie Henry, was Ihrer Meinung nach passiert ist.«

»Was ist passiert?«, fragte Henry, und Besorgnis gab seiner Stimme einen scharfen Klang.

»Es war nichts…«, begann Evelyn, entschlossen nicht wieder von vorn anzufangen.

»Miss Bradley wäre beinahe in den Bach gefallen«, sagte Tim. »Angel hat sie gerade noch festgehalten, aber sie glaubt, wie es scheint, dass etwas Übernatürliches dabei im Spiel war. Ich habe sie gewarnt, irgendjemandem zu erzählen, dass sie mit uns gesprochen hat. Gehen wir, Angel!«

Angel hob Däumling Tim vom Boden auf und setzte ihn auf seine Schulter. Er lächelte Evelyn zu und berührte seine Lippen mit den Fingern. Er drehte sich um und ging den Pfad zur Brücke hinauf.

Henry sah ihnen nach und wandte sich dann Evelyn zu. »Worum geht es überhaupt?«, fragte er ohne Freundlichkeit in der Stimme.

Evelyn seufzte. »Es ist wirklich nichts. Ich bin sicher, ich habe es mir nur eingebildet.«

Henry nickte. »Sehr gut. Fahren Sie nur weiter nach Hause und vergessen Sie die ganze Sache! Mr. Haverstock ist sehr streng. Es ist uns verboten, mit Leuten aus der Stadt zu sprechen. Wir müssen ganz sicher sein, dass er hiervon nichts erfährt. Ihre Neugier könnte ein paar sehr nette Leute in ernste Kalamitäten bringen. Verzeihen Sie mir, dass ich so hart spreche.«

»Nein, nein«, sagte sie und schaute dabei auf ihre Hände. »Ich verstehe. Aber es ist nicht nur Neugier; wenigstens glaube ich nicht, dass es nur das ist. Ich weiß nicht...«, endete sie unbeholfen.

»Oh, ich begreife.« Henry nickte mitleidsvoll. »Unser schöner, argloser Angel hat gelächelt und wieder ein flatterndes Frauenherz gefangen. Das geschieht in jeder Stadt. Es sind gewöhnlich gleich mehrere, die versuchen, sich in seinen Wagen hineinzuschleichen. Bis jetzt ist es noch keiner gelungen.« Er lachte zärtlich. »Das arme, dumme Wesen wüsste wahrscheinlich gar nichts mit ihnen anzufangen, selbst wenn sie es schafften.«

»Ich weiß wirklich nicht, wie ich das verstehen soll«, sagte Evelyn hitziger, als sie beabsichtigt hatte. Sie wusste, dass sie überreagierte, weil er der Wahrheit so nahe gekommen war. Sie hatte sich ja wirklich ein wenig wie irgend so ein närrisches Mädchen gefühlt, das wegen eines Filmstars in Ohnmacht fällt.

»Miss Bradley. Angel ist... seien Sie nicht beleidigt; Angels Freundlichkeit zu Ihnen bedeutet nichts. Angel ist... einfältig. Er ist wie ein junger Hund, den man schlecht behandelt hat. jede Art von Freundlichkeit wird bewirken, dass er so warmherzig reagiert. Genau wie ein Hündchen, das mit dem Schwanz wedelt und einem die Hand leckt. Es bedeutet nicht, dass er irgendein besonderes Interesse an Ihnen hätte. Es wäre mit jeder anderen das gleiche. Machen Sie sich also keine falschen Vorstellungen.«

»Das tue ich auch nicht, Mr. Collins.« Sie fühlte, dass ihr Gesicht heiß wurde, und hoffte, dass sie nicht errötete. Warum hörte er nicht auf zu reden? Sie wollte wegrennen, aber sie ließ es nicht zu. Sie hatte die feste Absicht, von ihrer Würde zu retten, was noch zu retten war.

»Gut«, sagte Henry in freundlicherem Ton. »Und nun laufen Sie und sagen Sie niemandem etwas.«

»Versprochen. Auf Wiedersehen, Mr. Collins.« Sie drehte sich um und begann den Pfad zur Brücke wieder hinaufzusteigen. Sie ging sehr vorsichtig; sie konnte durch den Schleier von Benommenheit hindurch nicht allzu gut sehen.

»Auf Wiedersehen, Miss Bradley«, rief er ihr nach. »Wir packen unsere Sachen und sind morgen früh aus der Stadt, und Sie werden uns bald vergessen haben.«

Plötzlich kam Evelyn die ganze Situation absurd und sehr komisch vor. Sie fühlte sich in die Rolle eines lüsternen Mannes versetzt, den der Vater eines unschuldigen jungen Mädchens mit einer Warnung verscheucht hat;

einer freundlichen Warnung, die aber mit größerer Strenge drohte, falls er hartnäckig blieb. Sie fing an zu lachen. Sie drehte sich auf dem Pfad um und winkte Henry zu.

»Das bezweifle ich«, rief sie. »Das bezweifle ich wirklich.« Sie ging weiter den Pfad hinauf, stieg auf ihr Fahrrad und fuhr davon, immer noch vor sich hinlächelnd. Sie blickte sich einmal um und sah, wie Henry in Richtung Stadt eilte.

Zehntes Kapitel

Der Zirkus schlief in den hellen Morgen und wartete auf die Dunkelheit, um dann mit Wundern, die jede Vorstellungskraft überstiegen, zu plötzlichem Leben zu erwachen. Aber es herrschte eine Betriebsamkeit hinter der Wand aus Wohnwagen, die den neugierigen Augen auf der Straße verborgen blieb. Einer von den sechs Arbeitern trug einen Sack aus Werg über der Schulter und leerte dann Hafer in einen Trog, der sich in bequemer Reichweite der angebundenen Pferde befand. Ein anderer ging in einen Wohnwagen hinein, in der einen Hand eine bedeckte Schüssel, in der anderen einen Eimer.

Medusa saß an einem Tischchen und wartete geduldig darauf, gefüttert zu werden. Sie schaute den Mann an und leckte sich mit ihrer grauen Zunge die Lippen. Die Schlangen auf ihrem Kopf ringelten und wanden sich und kämpften um einen gefangenen Grashüpfer, der zum Verschlingen zu groß war, ließen kleine rote Zungen vorschnellen und zischten. Ein Zucken durchlief in regelmäßigen Abständen Medusas Wange.

Der Handlanger stellte die bedeckte Schüssel auf den Tisch. Sie nahm den Deckel ab und aß den Eintopf unbeholfen mit einem Löffel.

Er nahm ein in Wachspapier eingewickeltes Paket aus dem Eimer und ließ Fische in den Tank der Meerjungfrau hineinplumpsen. Sie packte und verschlang sie gierig, Schuppen und Brocken von Fischfleisch übrig lassend, die träge in dem trüben Wasser trieben.

Er kippte den Eimer über den Käfig der Schlangenfrau, und ein Klumpen rohes Fleisch fiel heraus. Es schlug dumpf und blutig auf dem Käfigboden auf. Die Schlangenfrau schaute den Mann aus ihren verschreckten Vogelaugen an und bewegte dann ihren Reptilschwanz und hob mit zierlichen Händen das Fleisch auf. Sie knabberte wählerisch daran herum und schwang dabei leicht hin und her.

Der Handlanger verließ den Wagen und kehrte ins Zelt zurück. Die Seitenwände waren hochgezogen worden, um eine schwache Brise hereinzulassen. Er sah eine Weile zu, wie der Minotaurus und drei andere Gehilfen auf einer Decke Würfel spielten. Der Minotaurus trug ein blaugemustertes Baumwollhemd und graubraune Moleskin-Hosen. Seine Hufe schauten grotesk unter den Stulpen hervor.

Der Handlanger, des Würfelspiels müde, betrachtete Kelsey Armstrong, der auf einer Bank lag und schlief. Er wusste, dass Kelsey gestern Abend mit einem Stadtmädchen aus gewesen war. Kelsey war schon fast ein Jahr bei Haverstock, länger als jeder andere von den Arbeitern. Er war schon so lange dabei, dass er anfing, unvorsichtig zu werden - oder die Sache satt zu bekommen. Wenn Haverstock dahinterkäme, würde Kelsey ganz schön Muffensausen kriegen, dachte der Mann. Er seufzte. Nun, Haverstock wird dahinterkommen. Er kommt immer dahinter, aber nicht durch mich. Ich könnte damit ein paar Punkte sammeln, aber ich will Kelsey nicht auf dem Gewissen haben. Er kann nur froh sein, dass ich es war, der ihn gestern Nacht gesehen hat, und nicht einer von den anderen.

Er legte sich auf eine andere Bank und schlief ein.

Der Minotaurus hatte sein Würfelspiel beendet und stand auf und streckte sich. Seine Muskeln dehnten sich gegen den Stoff seines Hemdes, bis es fast zu platzen schien.

Er rieb sich im Schritt und versuchte damit den ständig stärker werdenden Schmerz zu lindern, der sich dort konzentrierte. Der Schmerz war immer bei ihm; er nahm beständig zu, bis er befriedigt werden musste. Selbst dann verschwand er nie völlig, sondern nistete dumpf zwischen seinen Schenkeln, um dann von neuem anzuwachsen.

Er verließ das Zelt und wanderte zu den Wagen und war schon im Begriff, einen von ihnen zu betreten, als er stehenblieb. Er sah sie zwischen den Wagen, obwohl sie ihn nicht sehen konnte. Es war das Mädchen von gestern Abend, die mit dem langen, seidigen Haar. Seine Finger bewegten sich unbewusst und streichelten ihr langes, weiches, wunderschönes Haar.

Haverstock saß an der offenen Tür seines Wohnwagens und aß mechanisch, als sei Hunger ein unwillkommener Störenfried. Er beobachtete den Minotaurus und wusste, dass der Gefahrenpunkt rapide näherkam. Louis hatte gesagt, dass er schon einem geeigneten Objekt auf der Spur war. Er würde mit Louis reden müssen, um sicherzugehen.

Seine Augen verengten sich plötzlich, als Angel mit Tim auf der Schulter vorüberging.

»Angel!« schnappte er. »Komm sofort hierher!«

Angel blieb stehen und wandte sich um, Furcht in den rubinroten Augen. Tim flüsterte ihm hastig etwas ins Ohr.

Angel stieg die Stufen hinauf und stand in der Tür des Wohnwagens.

»Wo bist du gewesen?«

»Wir wollten dich nicht stören«, sagte Tim zögernd, »deshalb sind wir in meinen Wagen gegangen und haben Karten gespielt.«

»Wo ist Henry?«

»Ich weiß nicht. Weder er, noch der Minotaurus waren mit dabei.«

»Angel, bring Tim in seinen Wagen zurück! Dann komm hierher und iss dein Frühstück!« Er blickte Angel scharf an. »Wir haben zu arbeiten.«

Angel nickte und stieg die Stufen hinunter. Tim hielt sich an Angels schneeweißem Haar fest und blickte zurück zu dem dunklen Mann, der durch die offene Tür hindurch kaum zu sehen war. Sorge lag auf seinem kleinen, teigigen Gesicht.

Tims Schlafquartier war ein kleiner Lattenverschlag, der am Rand von Henrys Garderobentisch befestigt war. Nachdem Angel ihn dort zurückgelassen hatte, humpelte er auf seinem krumm gewachsenen Bein zwischen den herumliegenden Schminkutensilien auf dem Tisch auf und ab. Sein Spiegelbild machte im Spiegel des Garderobentisches jede seiner Bewegungen mit.

Er blieb stehen und atmete hörbar aus, als Henry hereinkam.

»Wo ist Angel?«, fragte Henry und setzte sich auf den Hocker.

»Bei Haverstock. Henry...«

»Was war überhaupt los an dem Bach?«

»Ich will versuchen, es dir zu schildern. Also dieses Mädchen ist hingefallen - das heißt, ihr Fuß ist auf einem Stein abgerutscht, und sie ist gefallen. Angel hat nach ihr gegriffen, aber sie hat schon aufgehört zu fallen, bevor er sie berührt hat. Seine Hand war noch etwa sechs Zoll von ihr entfernt, als sie aufgehört hat zu fallen. Ich habe dir schon immer gesagt, dass Angel die Gabe hat und nicht Haverstock. Jetzt habe ich es gesehen.« Sein winziges Stimmchen wurde noch aufgeregter. »Angel ist in Wirklichkeit derjenige. Haverstock gebraucht ihn nur unter Hypnose.«

»Bist du sicher? Ist ein Irrtum ausgeschlossen?«

»Ein Irrtum ist ausgeschlossen?«

»Und das Mädchen? Hat sie es auch gesehen? Ist es darum gegangen bei dieser ganzen übernatürlichen Angelegenheit?«

»Ja, hat sie dir das denn nicht gesagt?«

»Nein.« Henry nagte an seiner Unterlippe. »Sie hat nichts davon erwähnt. Sie hat nur gesagt, dass sie es sich eingebildet haben muss.«

»Glaubst du, sie hat das auch wirklich gemeint?«

»Ich weiß nicht.«

»Mir hat sie gesagt, dass sie mir nicht glaubt, als ich ihr diese Erklärung angeboten habe. Mir ist nichts anderes eingefallen, was ich ihr hätte sagen können. Deshalb habe ich dich heruntergerufen. Glaubst du, dass sie jemandem davon erzählen wird?«

»Ich weiß nicht, aber ich glaube nicht, dass sie sich hier noch einmal blicken lassen wird. Ich habe ihr gesagt, dass unser armer Angel einfältig ist. Wenn sie irgendwie scharf auf ihn war, dann dürfte sie das abgekühlt haben.«

»Damit dürfte die Sache wohl erledigt sein.«

»Zuerst hatte ich auch den Eindruck, aber dann... ich weiß nicht - dann ist etwas Merkwürdiges passiert.«

»Was meinst du damit?«

»Sie hat angefangen zu lachen. Sie hat eine ganz schöne Wut gehabt, als sie den Pfad hinaufgegangen ist - und dann hat sie angefangen zu lachen. Das war schon sehr eigenartig.«

Elftes Kapitel

Evelyn lehnte das Fahrrad an das Geländer der Veranda und ging mit dem Bündel aus Miers Textilwarengeschäft ins Haus. Sie ging durch das vordere Zimmer ins Schlafzimmer ihrer Eltern. Bess blickte von ihrer Nähmaschine auf.

Evelyn reichte ihr das Bündel. »Hier ist der Stoff.«

»Du hast dir ganz schön Zeit gelassen«, schimpfte ihre Mutter milde.

»Tut mir leid, Mama«, sagte sie und ließ sich in den goldgelben Polstersessel fallen. »Ich... ich habe mit jemandem gesprochen.«

»Dieser Jemand war nicht zufällig Sonny Redwine?«, stichelte Bess.

»Nein - der war's nicht«, sagte sie. Ihre Mutter schaute ungläubig, und Evelyn entschied, dass ihr das nur recht sein konnte.

Bess packte das Bündel auf und breitete den gelben Leinenstoff auf dem Bett aus. »Rose Willet hat angerufen. Ich habe ihr gesagt, dass du zurückrufen wirst.«

»Danke, Mama. Mama...« Sie zögerte. »...findest du es auch irgendwie komisch, dass Sonny mich gestern Abend eingeladen hat?«

»Inwiefern, Schatz?«

»Na ja, ich kenne ihn schon mein ganzes Leben, und er hat mich vorher noch nie eingeladen.«

Bess lächelte. »Vielleicht ist ihm plötzlich aufgefallen, wie hübsch du bist. Er ist immer schüchtern gewesen.« Sie steckte sich Stecknadeln in den Mund und breitete ein Schnittmuster aus Seidenpapier über den gelben Stoff.

»Ich habe mir schon vor einiger Zeit gedacht, wenn... na ja, wenn ich jemanden in Hawley heiraten müsste, wer das sein würde.«

»Und für wen...« Bess nahm die Stecknadeln aus ihrem Mund. »Und für wen hast du dich entschieden?«

»Für niemanden. Aber ich habe mir so überlegt - was, wenn Sonny das gleiche gedacht hätte, wenn er sich auch umgesehen hätte nach jemandem, den er heiraten möchte, und... na ja... auf mich gekommen ist?«

Bess schüttelte den Kopf und steckte das Schnittmuster an dem Stoff fest. »Sonny ist ein bisschen zu jung, um ans Heiraten zu denken.«

»Er ist so alt wie ich.«

»Ich weiß, mein Schatz. Aber für ein Mädchen ist das anders. Mädchen sind mit achtzehn reifer als Jungen.« Sie blickte von ihrer Arbeit auf. »Du und Sonny, meint ihr es denn ernst?«

»Nein.« Evelyn zuckte die Achseln. »Ich meine, ich bin nicht in ihn verliebt oder so etwas, aber ich mag ihn doch recht gern, schätze ich. Ich habe mir nur gedacht... Rose hat mir von Grace Elizabeth und Wash Peacock erzählt, und es hat mich irgendwie traurig gemacht, und ich habe mich gefragt, wenn ich niemanden zum Heiraten finden könnte, ob du und Papa dann etwas für mich arrangieren würdet, so wie der Richter es für Grace Elizabeth gemacht hat.«

Bess lachte glucksend. »Du musst doch wissen, dass wir das niemals tun würden.«

»Schon, aber ihr wollt doch genauso wenig wieder Richter, dass euch eine alte Jungfer im Haus herumsitzt.«

»Hawley ist nicht die Welt. Was ist heute in dich gefahren? Ist es nicht etwas früh für dich, dir Gedanken darüber zu machen, ob aus dir eine alte Jungfer werden könnte? Die Mädchen heiraten heute nicht mehr so jung wie zu meiner Zeit.«

»Das stimmt, aber wenn ich diesen Herbst nicht aufs College gehe, dann weiß ich nicht, wo ich jemand Neues kennenlernen sollte.« Bilder von Angel, Däumling Tim und Henry spukten in ihrem Kopf herum.

Bess blickte stirnrunzelnd auf. Evelyn dachte einen Augenblick lang, ihre Mutter habe ihre Gedanken gelesen.

»Ich könnte in die Großstadt gehen und eine berufstätige Frau werden«, sagte Evelyn rasch, »aber wenn man nach dem geht, was man im Radio hört, ist heutzutage jeder arbeitslos. Na ja...« Sie kicherte. »...ich schätze, ich werde mich am Bahnhof herumtreiben müssen und sämtliche Vertreter, die in die Stadt kommen, unter die Lupe nehmen.«

»Evelyn!«, sagte Bess. Dann ließ sie die Arbeit am Schnittmuster liegen und setzte sich an den Bettrand. »Hat Vater wegen des Colleges im Herbst mit dir gesprochen?«

Evelyn hatte das Gefühl, dass sich in ihrem Magen ein Knoten zusammenzog. »Nein - aber ich weiß, dass er sich Sorgen macht.«

»Oh, Evie, Liebling, ich wusste nicht, wie ich es dir sagen sollte«, sagte Bess und ihre Stimme stockte. »Ich weiß, wie sehr du dich auf das College gefreut hast, aber wir sind ziemlich sicher, dass nicht genug Geld da sein wird. Wenn die Dinge so schlimm werden, wie dein Vater es annimmt, werden wir unsere gesamten Ersparnisse in die Farm stecken müssen. Dein Vater befürchtet, dass, so wie es aussieht, die Lage mehrere Jahre lang so schlecht bleiben wird. Das wenige, das wir erübrigen können, wird an deinen Bruder gehen müssen, damit er sein letztes Jahr am College abschließen kann. Wir hätten nicht einmal dafür genug, wenn er nicht dieses Fußballgeld bekäme. Es ist einfach nicht genug für euch beide da, und es ist für einen Jungen wichtiger, eine Collegeausbildung zu haben, als für ein Mädchen. Es tut mir so leid, mein Schatz.«

Evelyn lächelte und ergriff die Hand ihrer Mutter. »Ich weiß«, sagte sie. »Nun«, sie stand auf, »ich schätze, ich muss mir Sonny warmhalten. Fährst du heute Nachmittag nicht in die Stadt?«

Bess schüttelte den Kopf. »Vater muss arbeiten, und ich auch - und du auch, übrigens.«

Evelyn ging zum Telefon im Wohnzimmer, drehte ein paarmal schnell an der Kurbel, nahm den Hörer ab, und hielt ihn ans Ohr. Sie zog die Sprechmuschel ein paar Zoll herunter, damit sie sie erreichen konnte. Das musste sie immer, wenn Harold das Telefon als letzter benutzt hatte.

»Hallo, Reba«, sagte sie und musste immer noch ein wenig den Hals recken. »Würdest du bitte die Willets anrufen?« Sie lächelte. »Gut, und dir?... Ja, ich war gestern Abend drin. Es ist wirklich gut. Ich glaube, es wird dir gefallen... Danke, Reba... Hallo... Wer ist da?-Finney? - Was machst du denn da? - Zahlt dir der Richter genug, dass du dir heute Abend wieder beide Vorstellungen ansehen kannst?« Sie lachte. »Ist Rose da? Hier ist Evie... Ja, es war wirklich Spitze. Wie war es das zweite Mal? - Das ist schön... Wiederseh'n Finney... Rose, Mama sagt, du hast angerufen. - Wahrscheinlich. Ich muss fragen.«

Sie drehte den Kopf in Richtung Schlafzimmer und legte ihre Hand über die Muschel. »Mama?«, rief sie.

»Ja, mein Schatz?«

»Rose gibt heute Abend eine Schlummerparty. Kann ich hingehen?«

»Ich denke schon, wenn du mit allen Arbeiten fertig wirst.«

»Danke, Mama.« Sie wandte sich wieder zum Telefon. »Geht in Ordnung, Rose. - Ich weiß nicht, ob ich es rechtzeitig zum Abendessen schaffe. Bei mir hat sich einiges an Arbeit angesammelt, weil wir gestern so lange gefaulenzt haben. - Na, ich komme, wenn ich kann. - Tschüs, Rose!«

Evelyn hängte den Hörer ein und schaute nachdenklich aus dem Fenster; in ihren Gedanken war sie nicht bei Roses Schlummerparty.

Zwölftes Kapitel

Jenseits der Trennwand in Haverstocks Wagen, auf der seinem Büro entgegengesetzten Seite, war der Raum, in dem Angel schlief und in dem er und Haverstock ihre Nachmittage verbrachten. Die vier Seiten des Raumes waren fast reine Bücherwände. Nur eine Stelle an der einen Wand, wo sich Angels Klappbett befand, die Tür in der Trennwand, ein kleines, hohes Fenster dem Bett gegenüber, das gegen die Hitze draußen geschlossen war, und ein Holztürchen, durch das man mit dem Fahrer sprechen konnte - nur diese Stellen in dem angenehm kühlen Raum waren nicht mit Büchern und verschlossenen Schränken bedeckt.

Angel und Haverstock saßen in einander gegenüberstehenden Sesseln unter dem Fenster in einer kleinen Insel von Licht. Da es auf Mittag zuging, fielen die Sonnenstrahlen in schrägem Winkel herein, brachten Staubteilchen zum Funkeln, gaben Angels Haar ein silbernes Feuer und ließen den Schweiß auf seinem Gesicht glitzern.

Haverstock saß mit abgespreizten Armen da, die Hände auf seinen Knien. Er lehnte sich nach vorn in den Sonnenstrahl hinein und blickte durchdringend in Angels Gesicht. Angel befand sich in einer unruhigen Trance, seine Augen glichen rosa Achaten, seine Hände lagen kraftlos, mit den Handflächen nach oben, auf seinen Knien.

»Du kämpfst gegen mich, Angel«, sagte der ältere Mann sanft. »Was ist in dich gefahren? Du hast dich noch nie zuvor so verhalten. Hör auf, gegen mich zu kämpfen!«

bellte er; dann wurde seine Stimme wieder sanft. »Wenn du nur sprechen könntest, mein schöner Angel.«

Er lehnte sich in dem Stuhl zurück, und sein Gesicht lag wieder im Schatten. »Wenn du sprechen könntest, wären wir mit dem ganzen schon eine Ewigkeit fertig. Es geht sehr langsam, wenn du wie eine Schaufensterpuppe dasitzt. Wenn du reden könntest, dann könntest du mir sagen, was, zum Teufel, mit dir los ist.«

Er lehnte sich plötzlich nach vorn und schlug sich auf die Knie. »Hör auf, gegen mich zu kämpfen!«, sagte er und seine Stimme kratzte böse. Angels Körper erzitterte, seine Muskeln verkrampften sich, als durchfahre sie elektrischer Strom.

Sein Kiefer sperrte, und sein Hals schnürte sich zu. Neuer Schweiß schoss aus seinem geröteten Gesicht. Sein Atem röchelte in der Kehle.

Dann sank sein Körper zusammen. Er schloss die Augen und atmete schwer. Dann öffnete er die Augen und sah Haverstock angstvoll an. Er war aus der Trance erwacht.

Haverstock seufzte und setzte sich zurück. »Es tut mir leid, Angel. Ich wollte dir nicht wehtun, aber du setzt einem wirklich zu.« Er nahm einen Bleistift und einen Block von einem Regal und reichte sie Angel. Angel nahm sie zögernd.

»Ich will dir einige Fragen stellen und möchte, dass du sie beantwortest. Ich möchte, dass du sie wahrheitsgemäß und vollständig beantwortest.« Seine Stimme wurde weich wie Schlagrahm. »Ich tue dir nicht gerne weh, Angel. Du kämpfst gegen mich, mein Junge. Du hast noch nie zuvor gegen mich gekämpft. Du warst immer so formbar wie nasser Sand, so widerstandsfähig wie Pudding. Sag mir, Angel, mein Junge, sag mir, warum du dich mir jetzt widersetzt.«

Angel sah ihn verstört an, ohne zu begreifen. Er schaute hilflos auf den Bleistift und Block, die er locker in seinen Händen hielt. Er hob die Augen zu Haverstock und schüttelte stirnrunzelnd den Kopf.

»Angel, bring mich nicht noch mehr in Rage. Ich habe dich gefragt, warum du dich meinem Willen widersetzt. Ich will eine Antwort.«

Immer noch verwirrt schrieb Angel ICH WEISS NICHT auf den Block und hielt ihn Haverstock hin. Haverstock knurrte. Sein Gesicht wurde rot vor Wut.

Angels Körper zuckte. Sein Kopf flog nach hinten, und ein stummer Schrei zitterte in seiner Kehle. Seine Ellbogen klemmten an seinen Seiten. Dann wurden seine Muskeln schlaff. Er sank in dem Stuhl zusammen. Der Bleistift und Block waren seinen kraftlosen Händen entfallen.

»Siehst du, wozu mich deine Halsstarrigkeit getrieben hat?«, fragte Haverstock mit dem Ton eines Märtyrers. »Angel, Angel, warum bringst du mich dazu, so etwas zu tun? Ich bin kein hartherziger Mann. Alles, was ich von dir will, ist Zusammenarbeit, die gleiche Zusammenarbeit, die du mir immer gewährt hast.« Er lächelte und tätschelte Angels Knie. »Jetzt versuchen wir es noch einmal. Heb den Bleistift und den Block auf und sag mir, was dich plagt!«

Schwer atmend griff Angel auf den Boden und hob den Block und den Bleistift auf.

»Wir müssen das klären, Angel, bevor wir unsere Arbeit fortsetzen können. Diese Sackgasse gefällt mir nicht. Was ist geschehen, das diesen Widerstand verursacht hat? Welches kleine Abenteuer hast du erlebt, das das bewirkt hat? Hast du eine winzige Erleuchtung gehabt? Hast du etwas erfahren, wovon du besser nichts wüsstest? Wo hast du diese unerwartete Kraft erlangt? Sag es mir, Angel.«

Angel sah Haverstock an und zog dann einen Strich unter die Worte, die er schon geschrieben hatte. Er hielt den Block hoch.

Seine Finger verdrehten sich. Der Block flatterte zu Boden. Er krümmte sich in dem Sessel, seine Arme umschlossen seinen Leib wie ein Schraubstock. Seine Augen traten aus ihren Höhlen in seinem glühenden, feuchten Gesicht. Speichel glitzerte auf seinen schlaffen Lippen. Ein Rinnsal Blut rann aus seiner Nase. Sein Körper schlotterte unkontrolliert in dem Strahl aus goldenem Sonnenlicht. Die Uhr im Turm des Gemeindehauses begann träge elf zu schlagen.

Dreizehntes Kapitel

Die Leute kamen in die Stadt - in Automobilen, neuen und alten, in Wagen, zu Pferd, sie kamen, um die Wunderschau zu sehen. Die Ladenbesitzer schauten aus ihren Fenstern und beeilten sich mit dem Mittagessen. Sie riefen rasch

Söhne und Töchter, Mütter und Väter, Brüder und Schwestern an, dass sie alles liegen und stehen lassen und schnellstens in den Laden kommen und mithelfen sollten. Die Leute kamen früher als erwartet, in Zahlen, wie man sie seit dem großen Bezirksjahrmarkt nicht mehr gesehen hatte.

Mr. Mier beobachtete die Massen und blickte dann über den Platz auf das geschlossene Majestic. Er seufzte auf.

Die Stadt richtete sich auf einen bewegten Nachmittag ein.

Sie standen schon in kleinen Gruppen auf der Gemeindewiese im Schatten der Sykomoren, saßen auf den Bänken in der Sonne. Die Frauen redeten von Babies, neuen Kleidern, sich andeutenden Skandalen und dem Zirkus. Die Männer verfluchten die fallenden Weizenpreise, verfluchten die Republikaner, verfluchten Präsident Hoover und belachten den Zirkusunsinn.

Die Kinder rasten um den Platz wie Perpetuum-mobile-Maschinen, wälzten sich im Gras, holten sich Sandflöhe und Schrammen, durchforsteten Läden, um zu sehen, ob seit dem letzten Samstag irgendetwas Neues aufgetaucht war, betrachteten traurig das geschlossene Kino, aßen Eis und Bonbons. Aber die meiste Zeit standen sie vor der

Reihe von buntbemalten Zirkuswagen, starrten auf die Bilder, flüsterten untereinander, forderten sich gegenseitig heraus, sich jetzt gleich hineinzuschleichen und sahen voll Grauen den langen, endlosen Nachmittag vor sich, bis die Wunderschau öffnete.

In Bowens Arzneimittel- und Gemischtwarenladen spülte Mrs. Bowen Geschirr, während Sonny Redwine an der Theke bediente. Mr. Bowen schaffte verschriebene Medikamente herbei und versuchte, den Trubel in den Griff zu bekommen, all die Leute abzufertigen, die ihre Besorgungen erledigten, bevor es Zeit war, in den Zirkus zu gehen.

Die Getränkebar war an jedem Samstagnachmittag gut besucht, aber an diesem Nachmittag war sie beinahe ein Tollhaus.

Mrs. Bowen kam mit dem Spülen der Eisbecher und Soda- und Cola-Gläser kaum nach, so dass Sonny sie wieder füllen konnte.

Louis Ortiz kam plötzlich herein und schuf augenblicklich elektrisch geladene Stille. Eislöffel blieben auf halbem Weg zum Mund in der Luft, süße Getränke in Papierhalmen hörten auf zu fließen. Zweiundzwanzig Augenpaare folgten ihm zur Zigarrenkiste. Mr. Bowen hastete hinter dem Apothekertisch hervor. Louis kaufte zwei Schachteln Fatima-Zigaretten und ging wieder, wobei er lächelte und mit einem leichten Antippen seines Hutes die Damen grüßte. Der Lärm kam mit einem Schwall zurück. Die Frauen sahen sich an und grinsten. Kleine Mädchen kicherten hinter vorgehaltenen Händen.

Finney und Jack kamen herein, außerordentlich darauf bedacht, keinen elterlichen Zorn heraufzubeschwören, der den Besuch der Wunderschau am Abend vereiteln könnte.

Sie blickten über die Schulter Louis nach und blieben unter dem Deckenventilator stehen, um ein rasches, kühles Luftbad zu nehmen. Dann lehnten sie sich an die Theke und schauten mit glänzenden Gesichtern Sonny an.

Sonny grinste sie an, dachte an den Abend davor, dachte an Evelyn und summte vor sich hin, während er extra Mengen Nüsse und Fondant auf die Eisbecher streute und extra große Kugeln auf die Eistüten drückte.

»Bitte ein dreifaches, Sonny. Einmal Erdbeer, einmal Schokolade, einmal Tuttifrutti«, sagte Finney höflich.

»Das gleiche für mich«, sagte Jack.

»Wird sofort erledigt.« Sonny zog die Tüten und kippte bravourös das Eis heraus und ließ die Kelle ein paarmal zusätzlich klicken.

»Gehst du heute Abend noch einmal in die Wunderschau, Sonny?«, fragte Finney, auf der Suche nach jemand Neuem, mit dem er darüber sprechen könnte. Er hatte Jacks Erinnerungsvermögen und Vorstellungskraft völlig ausgeschöpft.

»Ich glaube nicht«, antwortete Sonny und stapelte Schokolade auf Erdbeer.

»Ich und Jack schon. Wir möchten sie um nichts auf der Welt versäumen. Es war das phantasmagorischste Ereignis der Weltgeschichte.«

Jack lächelte zustimmend. Mr. Bowen, bei dem momentan eine Flaute eingetreten war, kam herüber, um an der Theke mitzuhelfen.

Sonny lachte leise. »Damit magst du recht haben.« Er präsentierte ihnen die sich türmenden Eistüten. Jack reichte ihm fünfzehn Cents.

Mr. Bowen seufzte glücklich. »Er hat es fertiggebracht, Mrs. Bowen und mich zu überreden, heute Abend hinzugehen.«

»Warte nur, du wirst sehen...« Finney wollte einen neuen Wortschwall loslassen.

Mr. Bowen lachte und warf die Hände hoch. »Bitte. Du hast mir gestern Abend einen Schlag-auf-Schlag-Bericht geliefert. Ich habe das Gefühl, dass ich schon alles gesehen habe.«

»Ich bekomme schon eine Gänsehaut, wenn ich es mir nur vorstelle.« Mrs. Bowen schauderte.

»Finney war von der Monsterschau so voll in Anspruch genommen«, sagte Mr. Bowen mit einem vertraulichen Grinsen zu Sonny. »Er hat nicht einmal bemerkt, dass die neue Nummer von Amazing gestern eingetroffen ist.«

»Was?«, kreischte Finney.

»Ich habe nur drei Exemplare bekommen, und die sind inzwischen verkauft«, sagte er mit gespieltem Bedauern.

»Was?«, kreischte Finney noch einmal, und seine Augen quollen fast aus seinem Kopf.

»Geh nicht gleich in die Luft!« Mrs. Bowen lächelte und erbarmte sich ihres Sohnes. »Ich hab' dir eins aufgehoben.«

Finney und Jack sahen einander an und atmeten hörbar aus. »Das solltest du nicht tun, Paps«, sagte Finney ernsthaft. »Es reicht aus, um jemanden tot umfallen zu lassen.«

»Ihr Jungen macht jetzt, dass ihr fortkommt und dass ihr nichts anstellt!« Mr. Bowen lachte leise.

Sie zogen ab und ließen ihre Zungen im Kreis über Kugeln von Tuttifrutti-Eis gleiten, das auf Schokoladeeis saß, das auf Erdbeereis saß. Die Bowens und Sonny sahen einander an und lächelten.

Es war ein guter Tag.

Vierzehntes Kapitel

»Meine Party wird eine Katastrophe«, sagte Rose in schrillem, launischem Ton. »Francine benimmt sich wie ein Zombie. Die Hälfte von den Mädchen, die ich eingeladen habe, geht in die Monsterschau.«

Sie setzte sich grimmig auf ihr Bett und bedachte alles, was sich bewegte, mit schwärzesten Blicken. Das einzige, was sich im Augenblick bewegte, war ihre Mutter. Sie zog einen Armvoll Bettwäsche aus der Zedernholztruhe.

»Sie können nach der Vorstellung herüberkommen, Schatz«, sagte Mrs. Willet, während sie zur Tür ging, um die Bettwäsche zum Lüften hinauszuhängen.

»Sie werden den ganzen Abend tröpfchenweise hier antanzen. Wie soll da Stimmung aufkommen? Niemand wird hier sein und mir helfen. Schwester und Lilah gehen beide weg. Nicht einmal du wirst hier sein und mir helfen. Wozu willst du überhaupt in diese blöde Monsterschau?«

»Ja, Schatz.« Mrs. Willet seufzte und ging hinaus. Sie schloss die Schlafzimmertür und lehnte sich erschöpft dagegen. »Ich weiß nicht, was schlimmer sein wird, eine Frau mit Schlangen auf dem Kopf, oder ein Haus voll kichernder Mädchen«, murmelte sie vor sich hin und ging nach unten, bemüht über den Haufen Wäsche in ihrem Arm hinwegzuschauen.

Rose knurrte und schlug mit beiden Fäusten auf die Steppdecke ein. Ihre Mutter hatte an diesem Morgen ihr Haar gewaschen und in Wellen gelegt, und es glänzte wie Blattgold. Ihr neues Chiffonkleid hatte die Farbe von Narzissen. Und ihre Unterlippe stand vor wie eine Schaufel.

Sie stand plötzlich auf und stürzte aus dem Zimmer. Sie war auf halbem Weg die Treppe hinunter, als die Hitzewelle sie traf.

Kelsey Armstrong.

Sie blieb stehen und umklammerte das Geländer. Ihre Knie wurden wabbelig, aber sie widerstand dem Impuls, sich auf die Stiege zu setzen. Warum fuhr er immer wieder in ihr Bewusstsein hinein wie ein heißer Schürhaken? Sie hatte den ganzen Vormittag versucht, die Erinnerung zu begraben. Manchmal ging eine halbe Stunde, manchmal fast eine Stunde vorbei, und die Erinnerung war völlig bedrängt, und dann, plötzlich, so als habe jemand eine Hochofentür geöffnet, war sie da, rot und heiß und brennend.

Mein Gott!

Mein Gott!

Mein Gott!

Was würde passieren, wenn ihr Vater dahinterkäme? Eisesluft hüllte sie ein. Warum war sie so dumm gewesen? Warum war sie zum Zirkus zurückgegangen, nachdem Harold sie nach Hause gebracht hatte?

Sie ging weiter die Treppe hinunter, immer noch am Geländer hängend und mit Gewalt die Erinnerung vertreibend. Sie klopfte an die Tür des Arbeitszimmers. Sie hörte ein Gebrummel, das nach einer Aufforderung, einzutreten klang. Mit einer Willensanstrengung verbannte sie Kelsey Armstrong aus ihren Gedanken und ging hinein. Ihr Vater blickte von seinem Buch auf und lächelte tolerant. Toleranz war das, was der Liebe bei ihm noch am nächsten kam.

»Papa«, sagte Rose mit einer Kleinmädchenstimme, »alle lassen mich heute Abend im Stich. Wie kann ich es schaffen, meine Party vorzubereiten, wenn mir niemand hilft? Du und Mama, ihr geht in den Zirkus, und Schwester geht mit Wash, und Lilah bleibt bei Mavis Peevey über Nacht. Wie soll ich alles ganz allein schaffen? Kannst du nicht dafür sorgen, dass Schwester und Lilah hierbleiben und mir helfen?«

Das Lächeln des Richters schrumpfte und schrumpfte, bis es völlig verschwunden war. »Daran hättest du denken sollen, als du die Party heute Morgen so plötzlich geplant hast. Du hast doch gewusst, dass alle schon etwas vorhatten. Deine Mutter hat alles getan, um dich zu überreden, sie auf nächsten Samstag zu verschieben.«

Kelsey Armstrong.

War die Hitze in ihrem Gesicht zu sehen? Sie musste die Party heute Abend geben. Kelsey Armstrong wollte sich heute Abend wieder mit ihr treffen. Da hatte sie die Party einfach erfunden. Und jetzt musste sie sie heute Abend geben.

»Aber du hast doch immer gemacht, dass Schwester mir hilft!«, sagte sie weinerlich.

»Grace Elizabeth und Wash Peacock heiraten diesen Herbst. Wenn sie sich am Samstagabend sehen wollen, dann werde ich dem kein Hindernis in den Weg legen. Das ist mein letztes Wort.«

Rose drehte sich um und ging wie eine welke Butterblume hinaus. »Jawohl, Herr Richter«, murmelte sie, als sie die Tür schloss. Sie wusste, dass - wenn ihre Überredungskünste das erste Mal nicht wirkten - ein zweiter Versuch nicht nur sinnlos, sondern dazu noch gefährlich wäre.

Richter Willet schaute auf die geschlossene Tür und seufzte. Wie konnte ein Mann mit drei so nutzlosen Töchtern geschlagen sein? Grace Elizabeth war farblos und hochgestochen, und er wollte verdammt sein, wenn er eine alte Jungfer in der Familie haben wollte. Lilah war zart. Nicht körperlich - körperlich hatte sie die Konstitution eines Traktors -, aber seelisch. Sie war überempfindlich und litt an häufigen Kopfschmerzen und Ohnmachtsanfällen, die ihr zeitlich stets gelegen kamen. Rose war temperamentvoll, jähzornig und launenhaft. Hätte er nicht Söhne haben können?

Rose trottete in die Küche, in ihrem Kopf ein Kuddelmuddel. Wenn ihr Vater jemals von gestern Nacht erführe, nun, dann würden die Folgen die Grenzen ihrer Vorstellungskraft überschreiten. Warum hatte sie nur die Herrschaft über sich verloren?

Sie öffnete die Tür des großen, hölzernen Eisschrankes und kramte darin herum. Sie aß ein gehacktes Ei, das vom Mittagessen übriggeblieben war. Ihre Mutter kam aus dem Hof zurück, als sie sich aus dem Steingutkrug ein Glas Milch einschenkte.

»Isst du schon wieder? Ich habe gerade erst das Geschirr vom Mittagessen weggeräumt«, sagte ihre Mutter.

»Warum nicht?« maulte Rose. »Alles geht heute schief.« Sie nahm einen Schluck Milch und schnitt ein Gesicht. »Diese Milch hat einen Stich.«

Mrs. Willet runzelte die Stirn. »Das dürfte nicht sein. Ich habe sie erst gestern geholt.« Sie öffnete den oberen Teil des Kühlschrankes und schaute ins Eisfach. Sie stöhnte. »Der Eisblock, den ich gestern geholt habe, ist fast geschmolzen.« Sie schloss den Deckel. »Etwas an diesem alten Ding ist kaputt. Irgendwo kommt Luft hinein. Und heute ist Samstag. Sie liefern Eis erst wieder am Montag und alles wird verderben. Dein Vater wird zum Eiskeller gehen müssen.« Sie seufzte. »Das wird ihm gar nicht passen. Als wenn ich heute nicht schon genug zu tun hätte mit deiner Party und dem Zirkus und allem anderen. Wenn du mir schon nicht hilfst, dann steh wenigstens nicht im Weg rum.« Sie verschwand mit Kurs auf das Arbeitszimmer des Richters.

Rose ging in ihr Zimmer zurück und ließ sich auf ihr Bett fallen und dachte an Kelsey Armstrong. Oh, Gott, wenn Harold dahinterkam! Sie hatte fest vor, Harold zu heiraten, wenn er nächstes Jahr vom College kam. Er war hübsch und sexy und gutmütig und würde zu viel Geld kommen, wenn er diese Farm bekam. Sie-hatte Gerüchte gehört, dass die Farmer bankrottgehen würden, aber sie entschied, dass das ein großer Unsinn war. Die Farm. Das war der einzige Nachteil. Nun, sie würde da schon etwas machen, wenn sie erst verheiratet waren.

Kelsey Armstrong war sowieso Harolds Schuld. Wenn Harold nicht ein so verdammter Gentleman wäre, dann würde sie sich nicht hinausschleichen müssen, um sich mit einem anderen zu treffen. Sie presste die Lippen zusammen. Bei ihrem nächsten Rendezvous würde sie auch diesbezüglich etwas machen müssen.

Sie wünschte sich allmählich, dass sie die Party doch nicht geplant hätte. Gestern Nacht, auf dem Haufen von Baum- wollsamen, hatte sie nichts als Furcht empfunden, als er sie bat, sich heute Abend noch einmal mit ihr zu treffen, aber nun bekam ihr Körper die Oberhand über ihre Vorsicht. Es war nun zu spät.

Sie zuckte auf dem Bett zusammen, als sie sich seiner harten Arme und seines nackten Körpers auf dem ihren erinnerte. Es war wunderbar gewesen, herrlich, phantastisch, toll, phänomenal. Sie wusste es in dem Moment, als er sie anlächelte, während er im Zirkus die Karten einsammelte.

Oh, Gott, wenn ihr Vater dahinterkam!

Fünfzehntes Kapitel

Dr. Horace Latham lebte in demselben Haus, in dem er geboren wurde. Er hatte den Geruch von Karbol und Äther mit der Muttermilch eingesogen. Er wuchs in dem Haus auf, ein Einzelkind, sorgfältig genährt mit Mumps, Keuchhusten, Masern, Diphtherie, Windpocken, Nesselsucht, schwangeren Frauen und einer Auswahl gebrochener Knochen und Schürfwunden. Es war ihm nie in den Sinn gekommen, nicht Arzt zu werden.

Er ging nach Kansas City, schloss das College ab, wurde Arzt, heiratete, hatte ein Kind und baute sich eine hübsche, kleine Praxis auf.

Dann starb sein Vater. Er brachte seine Frau, sein Baby und seine Praxis nach Hawley, in das Haus, von dem er geglaubt hatte, er habe es für immer verlassen. Es war ein ziemlich altes Haus, einen Block weit vom Gemeindehaus entfernt, 1887 erbaut, nur drei Jahre später als das Gemeindehaus selbst. Es ragte recht großartig auf, aber es war nicht so groß wie es schien. Die breite Veranda von drei Seiten gab ihm einen täuschenden Anschein von Größe. Das hohe, von Schnitzwerk und Blitzableitern gekrönte Spitzdach verstärkte noch die Täuschung.

Aber es war darin mehr Platz als genug für Dr. Latham und Francine. Sie waren die einzigen, die übriggeblieben waren. Seine Mutter war binnen einem Jahr nach seiner Rückkehr gestorben, seine Frau und sein neugeborener Sohn starben 1916, als Francine vier war, beide an Grippe. Nun polterten sie beide in dem alten Haus herum, obwohl das Erdgeschoss neben der Küche, dem Wohnzimmer und dem Esszimmer auch noch sein Büro und eine kleine Praxis beherbergte.

Er stand an der Haustür und beobachtete Francine durch das geschlossene Fliegengitter und fragte sich, ob sie jemals den gleichen Mangel empfand, den er als Kind immer empfunden hatte. Er hatte ihm eigentlich nie einen Namen gegeben, ehe er erwachsen war, aber das vage Unbehagen war immer da gewesen. Das Fehlen eines Ortes, an dem man geborgen war, wo man sich verkriechen konnte. Das Fehlen eines Heims, wo nicht den ganzen Tag Fremde ein und aus gingen.

Francine saß auf der Hollywoodschaukel auf der Veranda und schaukelte leicht und war mit ihren Gedanken tausend

Meilen weit weg. Die Kette quietschte ein wenig, fast wie eine Grille. Dr. Latham öffnete das Fliegengitter und setzte sich neben seine Tochter und legte den Arm um ihre Schultern. Sie schaute zu ihm auf und lächelte schwach.

»Was ist mit dir, Francine?«, fragte er sanft.

»Nichts, Papa.« Sie schaute wieder auf ihre Hände in ihrem Schoß.

»Wirklich? Du weißt, dass du es mir sagen kannst.«

»Ich weiß.«

»Nun?«

»Ich weiß nicht, Papa. Ich bin nur irgendwie traurig.«

»Traurig? Hast du dich mit Billy Sullivan gestritten?«

»Oh, Billy.« Der existierte nicht mehr für sie.

»Nun, was immer es ist, ich bin sicher, du wirst es überwinden, wenn du auf Roses Party gehst.«

»Ich will eigentlich gar nicht auf Roses Party.«

»Wenn du nicht willst, dann geh nicht hin.«

»Ich weiß nicht, wie ich ihr absagen soll.«

»Sag ihr ganz einfach, dass du nicht kommen möchtest.«

»Das könnte ich nicht.« Francine seufzte. »Sie hat zweimal angerufen, um sicherzugehen, dass ich auch ja komme. Sie ist eine richtige Hexe.«

»Nun, dann tu, was immer du möchtest.« Er klopfte ihr leicht auf die Schulter und ging ins Haus zurück.

Francine sah ihm einen Augenblick lang ohne Ausdruck nach und begann wieder langsam zu schaukeln. Die Uhr im Gemeindehausturm schlug drei.

Sechzehntes Kapitel

Louis Ortiz reckte seinen Arm und seine Schulter aus dem Bett und griff nach seiner schicken Armbanduhr, die auf seinem ordentlich zusammengelegten Anzug lag. Er hielt sie sich vor das Gesicht, blinzelte, zwinkerte den Schlaf aus den Augen. Es war nach fünf Uhr. Er zog die Uhr auf und gähnte und entblößte dabei seine großen, ebenmäßigen, weißen Zähne. Er legte die Uhr zurück und streckte die Arme über seinen Kopf. Seine Hände stießen an das Messingbett. Er blickte hoch und beobachtete, wie unter seiner braunen Haut die Muskeln spielten.

Er ließ seine Arme wieder herunterfallen, kratzte seine Brust und rieb mit den Fingern seine Brustwarzen. Er ließ seine Hände unter das Laken gleiten, über seinen flachen Leib, über sein Becken, seine harten Schenkel hinunter und wieder zurück zwischen die Beine. Sein Penis fühlte sich trocken und krustig an; er hätte sich waschen sollen, aber er war zu schläfrig gewesen.

Er ließ seine Beine unter dem Laken hervorgleiten, saß am Bettrand und gähnte wieder. Er stand auf und streckte sich, dann strich er mit den Händen über seine Hinterbacken und genoß es, die festen Muskeln zu fühlen.

Louis betrachtete die Frau, die in dem Bett immer noch schlief. Er hatte beim Aufstehen das Laken bis zur Taille hinuntergeschoben. Sie lag auf der Seite, ihm zugekehrt, und ihre großen Brüste hingen grotesk nach der Seite. Sie schlief mit leicht geöffnetem Mund. Speichel hatte auf dem Kissen einen kleinen nassen Fleck gemacht. Ihr gewelltes

Haar war in der Ekstase der Umarmung kraus geworden. Louis lächelte. Ja, das konnte er, sie in Ekstase versetzen.

Shirley Ann Waldrop.

Kleine senkrechte Falten erschienen zwischen seinen Brauen. Warum hatte er an Shirley Ann Waldrop gedacht? Er hatte durch Jahre hindurch nicht mehr an sie oder die Farm gedacht.

Die schöne, schöne, goldene Shirley Ann; Mr. Waldrops jüngstes Mädchen; neunzehn Jahre alt; die Tochter von El Patron. Ihre langen Röcke fegten den Boden; ihr Sonnenschirm aus Spitze erhielt ihre Haut zart und blass; ihre geschnürte Taille war so schmal gegürtet, dass er sie, schon mit vierzehn, fast mit seinen Händen umschließen konnte.

Es war alles wieder da, all die alten, schlimmen Erinnerungen; sie kamen über ihn wie eine Welle von lauwarmem Sirup. Er erinnerte sich, wie sie ihren Buggy an der Lehmbaracke vorbeifuhr und fröhlich den schmutzigen, kleinen, braunen Kindern zuwinkte, die unter der heißen texanischen Sonne im Sand spielten. Es gab keinen Schatten bei den Unterkünften der Mexikaner, keine Bäume außer ein paar verkrüppelten Salzzedern. Das große Haus, das Haus von El Patron, stand in grünem Dunkel unter riesigen Pappeln. Den mexikanischen Kindern schien es, als falle die Temperatur um zwanzig Grad, sobald sie den Hof betraten, etwas, was nicht gerade alle Tage vorkam.

Shirley Ann, die in der hellen, hellen Sonne ihren Buggy fuhr; ihre goldenen Locken glänzten, obwohl sie immer das Verdeck geschlossen ließ, um ihre milchweiße Haut zu schonen. Er erinnerte sich, wie sie mit ihrem Vater in seinem Auto gefahren war, meilenweit dem einzigen rechts und links des Rio Grande, und ihm und seinem Vater und seinen Brüdern zugewinkt hatte, wenn sie auf den sandigen Feldern arbeiteten.

Seine jüngeren Brüder und Schwestern - er konnte sich nicht einmal an ihre Namen erinnern, noch daran, wie viele es waren. Er konnte sich nur an die drei älteren erinnern. Inez war sechzehn, Magdalena war fünfzehn. Sie und seine Mutter arbeiteten im Herrenhaus.

Und der älteste: der siebzehnjährige Raphaelo. Der dunkle, schöne Raphaelo. Der stolze Raphaelo. Stolz wie ein Kampfhahn. Der schöne, stolze, lächelnde, todgeweihte Raphaelo.

Louis hatte ein Geräusch auf dem Heuboden gehört und kletterte hinauf, um nachzusehen. Sie waren beide da, beide nackt. Raphaelos dunkler Körper bedeckte Shirley Ann;

Raphaelo bewegte sich schweratmend, und Shirley Anns weicher, elfenbeinfarbener Leib bewegte sich mit ihm. Sie stöhnte und wand sich und warf den Kopf hin und her - und sah, wie Louis ihnen zuschaute.

Sie gab einen Laut von sich, und Raphaelo sprang auf die Füße wie ein in die Enge getriebener Tiger. Louis rannte, aber Raphaelo rannte hinter ihm her, zu erschrocken, um sich darum zu bekümmern, dass er nackt war, und fing ihn und zerrte ihn auf den Heuboden zurück und drohte, ihm die Leber herauszuschneien, wenn er redete. Aber Shirley Ann lächelte und streichelte Louis und sagte ihm, dass sie ihm vertraue und rieb ihre Brüste an ihm.

Sie hatte sich wieder Raphaelo zugewandt, aber Raphaelo war eine vor Schrecken welk gewordene Blume. Er saß in schwarzer Schmach da, während Shirley Ann ihm schmeichelnd zuredete und sein Glied liebkoste. Sie stöhnte und wand sich und wandte sich Louis zu. Sie entkleidete ihn, berührte ihn, lobte ihn, führte ihn, lehrte ihn.

Louis' ureigener Stolz, sein Stolz, Raphaelo, und sei es nur vorübergehend, auszustechen, siegte über seine Furcht. Und die nächsten sechs Monate waren die glorreichsten, die er je erlebt hatte, besser als alles, was er sich hätte vorstellen können. Er hatte die schöne, schöne, goldene Shirley Ann fast jeden Tag, manchmal zweimal am Tag, manchmal nur er, manchmal nur Raphaelo, aber meistens beide zusammen.

Dann, eines Tages, kam sie nicht. Sie blieb nur noch im Herrenhaus und heiratete plötzlich einen Juniorchef in Mr. Waldrops Bank. Der Juniorchef zog ins Herrenhaus, und sie sahen ihn nur zweimal am Tag, wenn er mit Mr. Waldrop zur Bank und wieder zurück fuhr.

Als das braune Baby zur Welt kam, band Mr. Waldrop Raphaelo an ein Wagenrad und peitschte ihn mit einem silberbeschlagenen Zügel, bis das Leder gallertig war von Blut. Seine Mutter hatte geschrien und gewinselt und zur

Heiligen Jungfrau gefleht, und sein Vater hatte dabeigestanden, weiß bis in die Lippen, aber er hatte nicht eingegriffen. Mr. Waldrop war. El Patron und Sancho Ortiz war nur ein Peon, selbst auf der nördlichen Seite des Flusses.

Louis wartete nicht, um herauszufinden, ob Shirley Ann auch ihn beschuldigt hatte. Er schlich sich ins Herrenhaus, stahl dreißig Dollar, ritt auf einem der Pflugpferde in die Stadt und setzte sich in den ersten Zug. Seitdem hatte er einen Bogen um El Paso gemacht und war nie näher als hundert Meilen an die Stadt herangekommen.

Shirley Ann Waldrop. Warum hatte er jetzt an sie gedacht?

Er schaute die Frau an, die auf dem Bett schlief. Sie hatte viel besser ausgesehen, als sie noch ihre Kleider anhatte. Die lagen auf dem Boden verstreut, da, wo sie sie in ihrer Hast hingeworfen hatte: ein Fischbeinkorsett, um ihre Hüften flach zu halten, mit einem Gewirr von Strapsen, Klammern und Haken, um ihre Strümpfe zu halten, eine Binde, um ihre Brüste abzuflachen, genug Unterkleider, um alles zu verbergen.

Aber dem Minotaurus war das einerlei. Er hatte noch nie eine abgewiesen, die Louis ihm gebracht hatte, und manche waren wirklich nur aus Verzweiflung angeworben worden. Louis wartete immer bis zum zweiten Tag, ehe er auf die Jagd nach einer Partnerin für den Minotaurus ging, um ihnen die Chance zu geben, ihn sich vorher anzusehen. Er hatte, gewöhnlich keine großen Schwierigkeiten, obwohl Haverstock vielleicht recht sauer reagieren würde, wenn er wüsste, dass Louis die anschaubaren vorher vernaschte. Aber andererseits wusste er es vielleicht auch, und es war ihm gleichgültig. Louis hatte die Jahre über festgestellt, dass Haverstock früher oder später alles herausbekam.

Diese hier hatte den Minotaurus in der Vorstellung gestern Abend gesehen, und als Louis darauf zu sprechen gekommen war, hatten ihre Augen aufgeblitzt. Aber das Blitzen ging schnell in Schläue über. Sie verlangte zwanzig Dollar extra. Louis war sich ziemlich sicher, dass sie es liebend gern umsonst gemacht hätte, aber er hatte nicht gehandelt. Es war nicht sein Geld.

Er fühlte, dass seine Blase kurz vor dem Platzen war. Er schaute herum und dann unter das Bett. Er zog das japanisch lackierte Schmutzwassergefäß hervor und erleichterte sich.

Das Geräusch weckte die Frau, und sie blieb liegen und betrachtete ihn. Er kam zu Ende, legte den Deckel wieder darauf und stellte es unter das Bett zurück. Er wusch sich in der Waschschüssel und spürte, dass sie ihn noch immer betrachtete. Er drehte sich um. Sie lächelte. Er stellte sich in Positur, zeigte seinen Körper, wusch sich erotisch. Er fühlte, wie er unter dem Handtuch steif wurde und ging ins Bett zurück.

Siebzehntes Kapitel

Henry Collins zog seine Oberlippe nach unten über die Zähne und wandte kräftig die Puderquaste an in dem Bemühen, seinen Bartschatten zuzudecken. Er betrachtete sich kritisch im Spiegel und verzog seinen Mund in alle Richtungen. Er kräuselte die Lippen und warf die Quaste in der Dose mit Gesichtspuder zurück. Rouge auf seinen Wangen, Schwarz auf seinen Brauen und falsche Wimpern vollendeten sein Henry-etta-Gesicht.

Däumling Tim kam aus seinem Holzkistenheim heraus und glättete sein Puppengewand. Henry hatte es aus feinem Batist genäht, aber für Tim war es so schwer, als sei es aus Segeltuch. Er wanderte über den Schminktisch und betrachtete sich prüfend im Spiegel.

Henry setzte sich die orangerote Perücke auf und zupfte daran herum und verstaute Haare, bis sie fest zu sitzen schien. Er stand auf und zerrte an dem tiefen Ausschnitt des Seidenkleides und drückte die Polsterung des Mieders in Form. Er strich das Kleid über seinen üppigen Elften glatt und verrenkte sich, um die Rückseite im Spiegel zu prüfen.

»Wie sehe ich aus?«, fragte er.

Tim blickte zu ihm hinauf. »Nicht wie jemand, den ich zu Muttern mit nach Hause nehmen würde.«

»Danke.« Henry grinste. Er wandte sich vom Spiegel ab und betrachtete den Minotaurus, der nackt auf dem anderen Feldbett schlief.

Der Minotaurus lag auf dem Rücken, seine Hand auf seinem Geschlecht. Sein Mund war leicht geöffnet, und sein Atem rasselte leise. Henry runzelte die Stirn, als er das neue Loch sah, das das Horn des Minotaurus in das Kissen gerissen hatte. Er trat gegen das Bein des Feldbettes.

Der Minotaurus erwachte sofort. Er sah Henry aus seinen großen, sanften, wachen Augen an. Kein Teil seines Körpers bewegte sich außer seinen Augenlidern.

»Steh auf, du Riesentollpatsch!«, sagte Henry. »Es ist fast Zeit.« Er setzte Tim auf seine Schulter und verließ den Wagen.

Der Minotaurus setzte sich auf den Rand des Feldbettes und kratzte seine massige Brust. Er stand auf, streckte sich und rieb sich zwischen den Beinen. Er nahm sein Lendentuch von einem Haken an der Wand und streifte es über. Er rieb sich weiter durch den Stoff hindurch.

Draußen blinzelte Henry in die untergehende Sonne. Die Leinwand des Zeltes sah aus wie Kupferblech. Nachtfalken drehten am Himmel ihre Kreise, stiegen auf warmen Luftströmungen höher und höher und stießen dann wie fallende Steine nach unten. Sie bremsten mitten im Sturzflug ab und stießen dabei einen melodischen Basston aus, schnappten sich fliegende Insekten und begannen ihren kreisenden Aufstieg von neuem.

Henry blieb stehen und schaute besorgt zu Haverstocks Wagen hinüber. Die Fenster und Türen waren geschlossen. Er stand reglos und schweigend da.

»Die machen heute aber lange«, sagte Henry nachdenklich.

»Henry, ich mache mir Sorgen wegen Angel«, sagte Tim verdrießlich. »Ich habe ihm den strikten Befehl gegeben, nichts von seiner Gabe verlauten zu lassen, ihm nichts von dem zu erzählen, was heute geschehen ist, aber ich weiß nicht, ob er Haverstock etwas verheimlichen kann oder nicht.«

»Was machen die deiner Meinung nach jeden Tag da drinnen?«

»Ich weiß nicht. Angel kann sich niemals erinnern, aber er ist immer völlig erschöpft.«

»Nun, gehen wir. Ich bringe dich hinter die Bühne, damit ich den Kartenstand aufmachen kann.«

Achtzehntes Kapitel

Bess Bradley nahm den Kessel vom Ofen und goss siedendes Wasser über das Geschirr in der Abwaschschüssel, dann füllte sie den Kessel aus der Pumpe auf und stellte ihn auf den Ofen zurück.

Evelyn, Otis und Harold aßen ihren Apfelkuchen auf und brachten ihre Teller zum Waschtisch und stellten sie neben die Schüssel.

»Soll ich abtrocknen, bevor ich zu Rose gehe?«, fragte Evelyn.

»Geh nur, Schatz! Ich schaff' das schon. Du willst doch nicht zu spät kommen«, sagte Bess und nahm ein frisches Geschirrtuch aus der Schublade des Tisches.

»Bist du sicher?«

»Ja, Schatz. Geh nur!«

»Nimm das Auto!«, sagte Otis und schaute, ob der Eimer für das Schmutzwasser leer war, bevor er die Schweine füttern

ging-

»Ich kann doch mit dem Rad fahren.«

»Ich möchte das lieber nicht. Es ist schon dunkel, und ich hätte ein bessere^ Gefühl, wenn ich dich im Auto wüsste, jetzt wo dieser Zirkus in der Stadt ist.«

»Oh, Papa.« Evelyn machte eine Grimasse.

»Er hat Recht, Evie«, schlug Harold in die gleiche Kerbe. »Ich habe noch nie in meinem Leben einen so üblen Haufen gesehen.«

Evelyn rümpfte die Nase. »Okay, okay. Was immer du sagst... Hai.« Sie wandte sich schnell zu ihrer Mutter, bevor

Harolds schwarzer Blick sich in einen Vergeltungsschlag verwandeln konnte.

»Mama, hast du *Das Geschlecht des Staubes* gesehen?«

»Was?« Bess blickte verstört auf.

»Das Geschlecht des Staubes«, von Peter B. Kyne. Das Seelendrama von Nan, der Sägemehlhaufen-Mutter und einem Kind, das nach einem Vater schreit, den es niemals kennen wird. Von Donald McKay, der hin- und hergerissen ist zwischen seiner Liebe zu Nan und der Liebe, die er für seinen Vater hegt«««, rezitierte sie dramatisch. »Francine will es sich ausleihen. Sie liest Kyne und Harold Bell Wright und flennt sich die Augen aus dem Kopf.«

»Ich habe ein paar Bücher auf das Kaminsims gestellt«, sagte Bess geistesabwesend. »Von anderen weiß ich nichts. Wenn du sie nicht herumliegen lassen würdest, würden sie nicht verschwinden.«

Evelyn gab ihrer Mutter einen Kuss. »Tut mir leid, Mama«, sagte sie.

Bess grinste und schüttelte den Kopf. Sie schob ihr Haar mit dem Handgelenk zurück, bekam aber trotzdem etwas Seifenlauge an die Stirn. »Mach das Licht an, wenn du hineingehst, ja?«

»In Ordnung.« Evelyn gab ihrem Bruder einen Klaps auf die Schulter und nahm ihren Übernachtungskoffer. Ihr Vater folgte ihr ins Wohnzimmer und machte die Lampe an. Sie holte das Buch vom Kaminsims und gab ihm einen Kuss. Sie stieß mit ihrer Schulter die Fliegengittertür auf. Otis hielt sie fest, bevor sie zuschlug.

»Sei vorsichtig«, sagte er. »Es sieht aus, als würden Wolken aufziehen.«

Sie warf den Übernachtungskoffer und das Buch auf den Rücksitz. »Okay.«

»Und bring morgen früh das Auto auf jeden Fall rechtzeitig für die Kirche zurück.«

»Tu dich doch nicht so ab«, sagte sie und lachte. Sie startete das Auto und winkte, während sie zurückstieß und über den Feldweg davonfuhr.

Ihr Vater blieb einen Augenblick lang ans Verandageländer gelehnt stehen und ging dann ins Haus zurück.

Evelyn bog an der Hauptstraße links ab, und die Scheinwerfer wanderten über das wogende Weizenfeld. Es bewegte sich in langsamen, rollenden Wellen, so dass sie momentan fast das Gefühl hatte, ins Meer hineinzufahren. Es lappte gegen den Stacheldrahtzaun wie sanfte Brecher und bedrängte die schmale Straße von beiden Seiten. Ein kurzes Schwindelgefühl erfasste sie einen Augenblick lang, so wie es einen Seiltänzer befällt - ein falscher Schritt und sie würde in bodenlose Tiefen stürzen. Sie hatte das Auto unbewusst näher zur Straßenmitte gesteuert.

Ein Wetterleuchten geisterte im Süden und erleuchtete den unteren Rand der Bank von Gewitterwolken, die dort hing. Aber im Norden konnte sie Sterne sehen. Der Mond, der vor ihr im Südosten stand, bildete den vorderen Rand der entfernten Gewitterwolken in Silhouette ab. Während sie noch schaute, schloss sich die Lücke. Die Wolke begann sich über den Mond zu schieben.

Sie nahm aus dem Augenwinkel das Zucken einer Bewegung wahr.

Eine Gestalt stolperte aus der Dunkelheit am Straßenrand in den Lichtkegel, der dem Auto vorauseilte. Ein Schrei blieb in ihrer Kehle stecken. Ihr Fuß trat wie wild auf die Bremse. Sie warf das Steuer herum, und das Auto schwang scharf nach der Seite aus, die Reifen knirschten auf dem Schotter. Die Arme der Gestalt flogen nach oben, als sie am vorderen Kotflügel vorbei an der Seite des Autos hinunterrutschte. Das Gesicht der bleichen Erscheinung starrte sie mit offenem Mund an, als es an ihrem Fenster vorbeiwirbelte.

Die Räder rutschten in dem losen Schotter mit einem Geräusch als würde etwas zerreißen. Das Auto bockte und blieb stehen. Der vordere Teil schlug in den Straßengraben und blieb im hohen Gras stecken. Evelyn atmete in kurzen Stößen aus, und die Knöchel ihrer Finger auf dem Lenkrad waren weiß. Dann, als sie losließ, zitterten ihre Hände. Stille breitete sich auf der dunklen Straße aus, die sich durch das Weizenmeer wand. Sie hörte nichts als die Grillen und das Ticken des sich abkühlenden Motors.

Sie fasste an den Türgriff und musste dann beide Hände gebrauchen, da ihre Finger sich nicht richtig schließen wollten. Sie öffnete die Tür und blickte nach hinten. Sie hatte das Gesicht erkannt, als es an ihr vorbeischoss. Selbst in der Dunkelheit konnte sie das weiße Haar des Mannes sehen, der hinter dem Auto auf der Straße kniete.

Sie zögerte einen Augenblick lang und hielt sich an der Autotür fest, dann ging sie zu ihm hin. Er kauerte im Staub, sein Kinn lag auf seiner Brust und seine Hände, zwischen seinen Knien, hielten sich gegenseitig umklammert. Er hob langsam den Kopf und beobachtete, wie sie näher kam. Er lächelte, und Sonnenschein erhellte kurz sein Gesicht, aber seine Augen hatten einen gequälten, gehetzten Ausdruck.

»Angel?«, sagte Evelyn. Sie kniete neben ihm nieder. »Was... was machst du denn hier? Ist alles in Ordnung?«

Er nickte und schloss seine Arme um seine Brust, sich selber festhaltend, als fürchte er, in kleine Stücke zu zerfallen. Sein Lächeln zitterte, und er sah sie unsicher an.

»Ich hab dich doch nicht angefahren, oder?«

Er schüttelte schnell den Kopf.

»Du hast mich fast zu Tode erschreckt. Warum bist du mir so vor den Wagen gelaufen?« Ihre Stimme war schärfer, als sie gewollt hatte.

Der Schmerz in seinen Augen wurde größer und seine Kehle verkrampfte sich.

Sie legte ihre Hand auf sein Knie und versuchte unbeholfen, ihn zu beruhigen. »Möchtest du, dass ich dich irgendwo hinbringe? Zur Wunderschau zurück?«

Angels Körper zog sich zusammen. Sie fühlte, wie die Muskeln unter ihrer Hand zitterten. Er schüttelte heftig den Kopf. Sein Mund arbeitete, und Luft zischte aus seiner Kehle. Er legte seine Hände auf ihre Schultern, und sie zuckte unter dem Druck zusammen. Sie ergriff seine Arme und versuchte, den aufgewühlten, flehenden Ausdruck seines Gesichts wegzutrösten. Er zog seine Arme weg und hielt sie vor sich, die Fäuste geballt. Evelyn fuhr vor der Wut in seinem Gesicht zurück und sah dann, dass sie nicht gegen sie, sondern gegen ihn selbst gerichtet war. Sein Gesicht zerfiel in ohnmächtiger Anstrengung, und er begann mit seinen Fäusten auf seinen Mund zu schlagen, immer wieder.

»Nicht«, sagte sie sanft und hielt seine Hand fest. »Nicht«, wiederholte sie und fühlte, wie seine Hand zitterte. In seinem Mundwinkel war Blut.

Plötzlich befreite er seine Hand und lehnte sich nach vorn. In den Schmutz der Straße schrieb er mit seinem Finger: BIN FORTGELAUFEN. Er drehte den Kopf nach der Seite und sah sie an, und seine rubinroten Augen flehten um Verständnis. Dann setzte er sich auf seine Fersen zurück, und sein Körper zitterte, als würde er gegen die gewaltsame Unterdrückung rebellieren, die er ihm aufgezwungen hatte.

»Komm!«, sagte sie plötzlich und stand auf. »Ich bringe dich zu Dr. Latham. Du siehst nicht so aus, als könntest du drei Schritte gehen, ohne umzufallen.« Sie fasste ihn unter den Armen und stellte ihn auf die Füße. Angel schüttelte den Kopf und versuchte, sie wegzuschieben, dann stolperte er und fiel gegen sie. Sie legte die Arme um ihn, um zu verhindern, dass er vornüberkippte.

Sein Körper hing kraftlos an dem ihren. Sie wurde von Empfindungen durchflutet, wie sie sie noch nie zuvor gespürt hatte. Die Berührung mit ihm war erregend und wohltuend und warm. Sie wiegte ihn in ihren Armen wie ein Kind, während sein Atem das Haar in ihrem Nacken zauste.

»Du brauchst keine Angst zu haben«, presste sie aus ihrer angespannten Kehle hervor. »Dr. Latham wird es niemandem sagen.« Sie sah in sein Gesicht, in seine seltsamen Augen, die wie Kohlen glühten. »Du kannst mir vertrauen, Angel.«

Er durchforschte ihr Gesicht, las in ihm, las in ihren Augen, las in ihrer Seele. Er nickte. Sie half ihm ins Auto hinein.

Sie stieß zurück, aus dem Graben heraus, und fuhr weiter in Richtung Hawley. Die Bank von Gewitterwolken im

Süden war höher gestiegen, und das Wetterleuchten war jetzt heller. Sie drehte ab und zu den Kopf, um nach Angel zu sehen, der gegen die Tür gesunken war. Sein Kopf lehnte an der Scheibe. Seine Augen waren offen, aber sie waren auf etwas gerichtet, das nur er sehen konnte. Gelegentlich drehte er seinen Kopf hin und her, als wolle er irgendetwas Hemmendes von sich abschütteln.

»Was...«, sagte Evelyn zögernd, »was ist geschehen? Warum bist du fortgelaufen?«

Er wandte ihr das Gesicht zu, legte dann seine Finger auf den Mund und presste schmerzhaft die Augen zusammen.

»Es tut mir leid«, sagte Evelyn und legte ihre Hand auf seinen Arm. »Ich will dir keine Fragen stellen, die du nicht beantworten kannst.« Er berührte mit einer Bewegung so leicht wie eine Feder ihre Hand. »Ich mache mir nur Sorgen um dich und weiß nicht recht, was ich tun soll.«

Er breitete seine Hände aus und schüttelte den Kopf.

»Ist denn niemand bei der Wunderschau, dem wir vertrauen könnten und der uns helfen würde? Läufst du vor allen davon?«

Angel nickte und hielt eine Hand etwa zwölf Zoll über die andere.

»Däumling Tim? Wir können Däumling Tim trauen?«

Er nickte und lächelte.

»Noch jemandem?«

Er nickte wieder.

»Henry?«

Er nickte rasch.

»Noch jemandem?«

Er schüttelte heftig den Kopf. Mit zwei Fingern zeichnete er einen Witwendorn auf seine Stirn und legte dann seine Hände über die Augen.

»Besonders Haverstock nicht?«, fragte sie.

Er nickte und ließ seinen Kopf auf den Autositz zurückfallen. Seine Augenlider wurden schwer.

»Wir sind in einer Minute da«, sagte sie.

Als Evelyn vor Dr. Lathams Haus vorfuhr, stand er auf der Veranda und beobachtete Francines lustlosen Aufbruch zu Roses Schlummerparty. Sie stapfte apathisch die ungepflasterte Straße hinunter und ließ ihre kleine Schultasche gegen ihr Bein schlagen. Sie bemerkte Evelyns Ankunft nicht.

Evelyn zog die Handbremse und rannte auf die andere Seite des Wagens. Dr. Latham kam zu ihr, als sie Angel heraushalf. Angel machte einen Schritt und kippte sofort um. Evelyn schrie, aber der Doktor fing ihn auf. Er nahm ihn auf die Arme wie einen kleinen Jungen und trug ihn ins Haus.

Das Orchestrion an der Wunderschau begann plötzlich zu spielen, und die Töne drangen laut durch die sich abkühlende Luft.

Dr. Latham legte Angel auf den Untersuchungstisch in seiner kleinen Praxis. Angel bewegte sich ruhelos hin und her und nahm seine Augen nicht von Evelyn.

»Was ist los mit dir, Sohn?«, fragte der Doktor und fühlte Angel den Puls.

»Er kann nicht reden«, sagte Evelyn.

»Oh?« Latham sah sie verwundert an. »Wer ist es? Ich kann mich nicht erinnern, ihn jemals gesehen zu haben.«

»Sind Sie gestern Abend nicht im Zirkus gewesen?«, fragte Evelyn.

Dr. Latham schüttelte den Kopf. »Nein. Ist er einer von diesen Leuten?«

»Ja. Sein Name ist Angel.«

Seine Augenbrauen hoben sich. »Angel? Wie hieß es doch auf dem Plakat? Der Zauberknabe.«

»Ja.«

»Und ist er ein Zauberknabe?«

Evelyn zuckte die Achseln und lächelte leicht. »Es scheint so.«

»Nun«, sagte Dr. Latham und grinste, »es tut mir leid, dass ich es verpasst habe. Was fehlt ihm?«

Evelyn schüttelte den Kopf. »Ich weiß nicht. Er ist auf die Straße getaumelt, und ich habe ihn fast überfahren.«

»Hast du ihn erwischt?«

»Nein.« Sie zögerte einen Augenblick lang und dann vertraute sie sich ihm an. »Dr. Latham, er hat vor irgendetwas furchtbare Angst. Er ist vom Zirkus davongelaufen, und ich habe ihm versprochen, dass Sie niemandem etwas davon sagen würden, wenn er sich hierherbringen ließe.«

Der Doktor blickte sie besorgt an. »Bist du sicher, dass du dich in diese Sache hineinziehen lassen willst? Du weißt nichts von diesen Leuten.«

»Es sieht so aus, als sei ich schon mitten drin«, sagte sie und lächelte etwas gezwungen.

Latham schaute von Evelyn zu Angel, sah die Hoffnung und das kindliche Vertrauen in ihren Augen. Er zuckte die Achseln. »Okay«, sagte er. »Ich werde nichts sagen.« Er warf Evelyn einen strengen Blick zu. »Aber dieses Versprechen kannst du vergessen, wenn es sich herausstellt, dass er irgendwie gegen das Gesetz verstoßen hat.«

Sie nickte kurz. »Okay, Dr. Latham. Ich glaube nicht, dass wir uns deswegen Sorgen zu machen brauchen.«

Latham legte seine Hand auf ihre Schulter. »Willst du nicht im Wohnzimmer warten? Ich sage dir Bescheid, sobald ich irgendetwas festgestellt habe.«

Evelyn lächelte Angel an und drückte ihm die Hand. Er erwiderte ihr Lächeln, aber sein Gesicht war blass und voller Sorge. Der Doktor schob sie aus dem Zimmer.

Neunzehntes Kapitel

Als das Orchestrion sein hohles, metallisches Lied zu spielen begann, ging Francine die Straße hinunter, ziellos nach Steinen tretend, achtlos die Spitzen ihrer flachen Schuhe beschmutzend. Als der Ton erklang, blickte sie auf und blieb stehen. Sie konnte die Lichter durch die Bäume sehen und, weiter entfernt, den Schimmer des Wetterleuchtens über dem Horizont. Sie stand da, in die Stille der Nacht getaucht, die nur durch die geisterhafte Musik des Orchestrions und das Zirpen der Grillen gebrochen wurde, so als würde eines das andere begleiten.

Sie hätte nicht erklären können, warum sie kehrt machte und auf die Musik und die Lichter zuging. Sie wollte den Zirkus eigentlich nicht noch einmal sehen, genauso wenig wie sie auf Roses Party gehen wollte. Aber irgendwie schien das vage Unbefriedigtsein, das sie empfand, in dem Maße abzunehmen, wie die Musik lauter wurde, ebenso wie es ständig zugenommen hatte, während sie auf das Willet'sche Haus zugegangen war.

Die Straße, die Francine entlang ging, war dunkel und leer. Einige wenige Häuser hatten Licht, aber die meisten waren verlassen. Diejenigen, die darin wohnten, waren in die Wunderschau gegangen.

Sie fühlte kein Unbehagen. Die Straße war ihr in der Dunkelheit ebenso vertraut wie bei Tag. Sie war sie fast jeden Tag ihres Lebens hinuntergegangen, in die Schule und zum Gemeindeplatz. Wenn sie überhaupt etwas empfand, so war es eine leichte Bestürzung über ihr Handeln, das unbestimmte Gefühl, dass sie nicht mehr Herr ihres Körpers war.

Sie wusste nicht, warum sie zum Zirkus unterwegs war, und sie wusste nicht, warum sie an dem leeren Platz stehen blieb, wo das Haus der Overstreets abgebrannt war, als sie noch klein war. Sie drehte sich um und betrachtete es neugierig. Sie hatte viele Male dort gespielt, aber es war nichts Besonderes mit ihm verknüpft, an das sie sich hätte erinnern können. Da war die alte, aus Beton und Steinen gemauerte Zisterne, die man mit Brettern abgedeckt hatte, damit kein Unachtsamer hineinfallen konnte. Es war schon seit Jahren kein Wasser mehr darin, und ab und zu sprach man davon, sie zuzuschütten, bevor es einen Unfall gab, aber niemand war je einen Schritt weitergegangen, als davon zu reden. Steinerne Stufen führten hinauf zu der Stelle, wo einmal die Veranda gewesen war. Glühwürmchen sandten ihre flimmernden Paarungssignale aus in dem dichten Gebüsch, das nach dem Brand rund um das Fundament zusammengewachsen war und wild wucherte und so ein abgeschiedenes Fleckchen schuf, wo die Kinder spielten.

Und dort stand der Minotaurus und beobachtete sie.

Francine umklammerte ihre Schultasche und presste sie gegen ihren Leib. Sie starrte ihn an. Sie fühlte, wie ihr Blut brennend wie Säure durch ihre Adern strömte. Etwas saugte die Luft aus ihren Lungen. Der Minotaurus bewegte sich nicht. Er war fast nackt, nur mit dem Lendentuch bekleidet, das er während seiner Nummer im Zirkus trug. Licht, obwohl kein Licht da war, schien von seiner seidigen Haut auszustrahlen und auf seinen Hörnern zu glitzern wie flüssiges Silber.

Francine bemerkte, dass sie einen Schritt auf ihn zugegangen war, aber sie konnte sich nicht daran erinnern, ihn getan zu haben. Sie konnte seine großen, sanften Augen klar erkennen, so als würde die Dunkelheit von ihm abrücken und ihn in einer Enklave von Mondlicht zurücklassen, obwohl der tiefhängende Mond hinter tintenschwarzen, rollenden Gewitterwolken verborgen war. Er lächelte, und sie dachte, wie freundlich er aussieht. Seine Arme streckten sich ihr entgegen, winkend und einladend, und ließen die Muskeln seiner glatten Schultern schlangenartig hervortreten.

Sie entdeckte, dass sie irgendwie nähergekommen war.

Sie entspannte ihre starren Arme und ließ die Schultasche achtlos zu Boden gleiten. Sie konnte die Grillen nicht mehr hören. Das Orchestrion klang, als sei es Meilen und Meilen weit entfernt, irgendwo draußen am Horizont bei den Blitzen. Sie konnte nicht mehr fühlen, dass ihre Füße den Boden berührten, konnte kaum ihren Körper spüren. Der Minotaurus war vor ihr, zum Greifen nahe, nahe genug, dass sie das Licht und die Hitze fühlen konnte, die von seinem Körper ausgingen.

Francine stand da und blickte zum Minotaurus auf wie ein Pilger zu dem bronzenen Abbild eines Tiergottes. Er lächelte und legte seinen Arm sanft um ihre Schulter und führte sie durch eine Lücke im Gebüsch. Sie gingen in einer Blase von Mondlicht, die durch die Dunkelheit schwebte, vom Schall abgeschlossen. Sie konnte nichts hören außer dem Blut, das in ihren Ohren dröhnte.

Sie streckte zögernd ihre Hand aus und berührte unsicher seine glatte, harte Brust. Seine Haut erbebte leicht unter ihren Fingerspitzen. Sie ließ ihre Hand über seine

Brust und seine Schulter gleiten. Es war eine vertraute Empfindung, wie wenn man ein Pferd streichelt, die seidige Glätte, das Zucken der Muskeln unter ihrer Handfläche, der saubere, moschusartige Tiergeruch.

Die Hand des Minotaurus verließ ihre Schulter und strich ihren Nacken hinauf. Er spielte mit ihrem langen Haar, ließ es durch seine großen Finger fließen wie Wasser. Seine Hand glitt ihren Rücken hinunter, liebkoste sie wie ein Kätzchen, verweilte auf ihrer Hüfte, strich die Hinterseite ihres Schenkels entlang, Gänsehaut wie einen Sog hinter sich herziehend. Als seine Hand wieder an ihrem Schenkel hinauf und unter ihren Rock gleiten wollte, blickte sie nach unten und ergriff seine Hand mit der ihren.

Der Anblick dessen, was sie sah, ließ sie seine Hand und alles um sie herum vergessen. Die ganze Welt, das ganze Universum schrumpfte für sie zusammen, und übrig blieb nur sein Lendentuch. Der Stoff wölbte sich vor, drängte von seinem Körper weg, spannte zum Zerreißen, nur einen Zoll von ihrem Leib entfernt.

Francine wimmerte auf und versuchte sich zu entziehen; sie vermied die Berührung, als sei es aus flüssigem Metall, und fühlte die Hitze fast ihre Haut versengen. Seine andere Hand fiel sanft auf ihren Mund, deckte ihn zu wie ein Kissen, so groß und breit, dass seine Finger und sein Daumen sich fast in ihrem Nacken berührten. Sie schrie in seine Handfläche hinein, aber zu hören war nicht mehr als ein gedämpftes Greinen. Sie schlug ihre Nägel in seine Hand und seinen Arm, zog und zerrte verzweifelt. Sie fühlte, wie die Dunkelheit sie einkreiste. Die Insel von Licht um den Minotaurus herum wurde schwächer, aber sein Fleisch war unbeweglich wie Granit.

Er nahm seine Hand von ihrem Schenkel und tastete nach seiner Taille. Die Schließe an seinem Lendentuch sprang auf, der Stoff flog zurück und fiel um seinen Huf herum nieder

Sein schwerer Phallus schnellte gegen ihren Leib, verbrannte sie mit seiner Hitze, schlug mit seinem Gewicht den Atem aus ihr heraus. Sie schaute über die Gebirge seiner Knöchel; das hatte sie nicht gewusst, nicht geahnt.

Die Empfindung kehrte zurück, kam über sie wie ein Donnerschlag. Die Grillen kreischten, das Orchestrion bellte. Ein Stein in ihrem Schuh schnitt in ihren Fuß wie eine Glasscherbe. Eine Spanner-Larve kroch über ihren Knöchel und hinterließ eine Feuerspur.

Die Hand des Minotaurus kehrte zu ihrem Schenkel zurück. Er schob ihren Rock um ihre Taille und riss ihr Höschen herunter wie Seidenpapier. Seine Berührung war sanft und zärtlich; seine großen, klaren Augen waren gütig und liebevoll; sein Lächeln war weich.

Seine riesige Hand fasste unter ihr Gesäß und hob sie hoch. Sie schrie wieder in seine Hand hinein, als sie sein hartes heißes Fleisch zwischen ihren Schenkeln fühlte. Dann kam ein Schmerz, der zu groß war für einen Schrei.

Zwanzigstes Kapitel

Um Louis herum brach der Applaus los, krachend, bis das Zelt sich von dem Schall zu blähen schien. Louis lächelte breit, öffnete den Mund und lachte, ließ seine Zähne blitzen, hob seinen Arm wie ein Matador. Es war immer besser am zweiten Abend, dachte er, wenn sie wissen, was auf sie zukommt, wenn sie nicht vor Schreck aus ihren Unterhosen fahren.

Däumling Tim verbeugte sich und blickte zu Louis hinauf. Er schnaufte auf und ging wieder in das Puppenhaus hinein. Er suchte nach einem Halt, als die Handlanger den Tisch über die Bühne rollten, und der Vorhang sich schloss. Sie rollten den Tisch in die Seitenkulissen, und Tim ging durch die offene Rückwand des Puppenhauses hinaus. Er beobachtete, wie sie den elektrischen Stuhl heranrollten, und war voll Unruhe. Er hatte das sichere Gefühl, dass etwas anders war als sonst, aber er wusste nicht, was. Es lag eine nervöse Spannung in der Luft. Louis war mehrmals in Haverstocks Wagen hinein und wieder hinausgegangen, bevor die Vorstellung anfing, etwas, was er nur selten tat. Die Handlanger waren gereizt, sie flüsterten untereinander und versuchten sich so unauffällig zu machen wie nur möglich.

Einer von ihnen zog sein Hemd und seine Schuhe aus und stülpte sich die schwarze Kapuze über den Kopf. Er stand wartend da, während Louis versuchte, das Publikum zu beruhigen. Louis musste mehrmals zu seiner Einführung von Elektro, dem Mann der Blitze, ansetzen, bevor sie ihn den ersten Satz sagen ließen.

»Meine Damen und Herren, es gibt auf der Welt viele Todeswerkzeuge, mit denen Verbrecher und Mörder hingerichtet werden. In Frankreich verwendet man die Guillotine...« Die Worte kamen durch den Vorhang.

Eine Hand griff nach Tim und hob ihn hoch, ohne Vorwarnung. Er schrie auf und schaute den Arm hinauf. »Heh!« quiekte er in winziger Wut. »Mach das noch einmal und ich zieh dir die Haut ab und häng sie in den Wind!«

»Haverstock will mit dir reden«, sagte der Arbeiter ohne Interesse. Tim kannte seinen Namen nicht, den von den meisten anderen übrigens auch nicht. Die jungen Männer kamen und gingen so schnell und hatten kaum Kontakt zu den Missgeburten.

Sie verließen das Zelt auf der Rückseite, als ein Blitz über den unteren Rand der Wolken zuckte. Tim glaubte entfernten Donner zu hören, aber es war nur der Nachtgüterzug, der auf dem Weg nach Wichita vorbeibrauste.

Sie kamen um die Seite des Zeltes herum. Das Rumpeln des Zuges wurde von Stimmengewirr abgelöst. Zwischen den aufgereihten Wagen hindurch konnte Tim eine Menschenmenge sehen, die auf die zweite Vorstellung wartete.

Die Tür von Haverstocks Wagen ging auf, und Licht ergoss sich nach draußen. Tim musste die Augen zusammenkneifen. Er fühlte wie ihn die Hand des Arbeiters losließ und eine andere Hand ihn nahm. Er hörte, wie sich die Tür schloss, und das Stimmengewirr leise wurde, dass es kaum noch zu hören war. Dann stand er auf dem Schreibtisch. Haverstock saß auf dem Stuhl, betrachtete ihn, lächelte. Tim spürte, wie Panik in ihm aufschoss wie ein giftiger Pilz.

»Wie geht es dir heute Abend, Tim?«, fragte Haverstock sanft und immer noch lächelnd.

»Gut«, antwortete Tim unsicher.

»So ist es recht, mein Sohn. So ist es recht.« Haverstock nickte mehrmals und faltete seine Finger unter seinem Kinn zu einem spitzen Winkel. Er schaute nachdenklich auf einen Punkt sechs Zoll vor Tim.

Ein paar Augenblicke lang herrschte Schweigen, nur das schwache Geräusch des Zuges, sein Pfeifen an einem Bahnübergang und das leise Knistern von Elektrizität aus dem Zelt waren zu hören. Tim wurde zappelig. »Weswegen hast du mich rufen lassen?«, fragte er schließlich.

»Bitte, nenn' mich *Vater*, Tim! Es läge mir viel daran.«

Die Worte blieben Tim in der Kehle stecken. Er hatte gewusst, dass das kommen würde. Gleich, als Haverstock ihn mit *mein Sohn* angesprochen hatte, wusste er, dass es kommen würde. »Weswegen hast du mich rufen lassen, Vater?«

Haverstock nickte und lächelte. »Nun, Tim, es scheint, dass wir ein kleines Problem haben.«

»Ein Problem, Vater?« Er konnte nicht verhindern, dass seine Stimme einen alarmierten Ton annahm.

»Ja.« Haverstock nickte wieder. »Oh, ja, ein sehr ernstes Problem. Angel ist verschwunden.« Er sah Tim an und zog vielsagend eine Augenbraue hoch. »Es sieht ganz danach aus, als sei der arme Junge weggelaufen.«

»Oh?« Tim empfand eine merkwürdige Mischung aus Schrecken und Hochgefühl. »Das ist zu dumm.«

»Ja, zu dumm.« Haverstock ließ seine Fingerspitzen aneinander tippen und blickte dann Tim an, und die Bewegung seiner Hände gefror. »Du hättest nicht zufällig irgendeine Vorstellung, wo er hingegangen sein könnte, mein Sohn?«

»Wie sollte ich es wissen, Vater?«

»Ja, in der Tat, wie denn.«

»Ich habe nicht einmal gewusst, dass er fort ist.«

Haverstocks Lächeln flackerte auf und erlosch. »Oh, ja, das kann ich schon glauben. Aber ich hatte das gänzlich unbegründete Gefühl, dass du vielleicht wissen könntest, wohin er gegangen ist, wenn du wüsstest, dass er gegangen ist.«

»Nein, ich hätte keine Ahnung.«

»Es war, wie ich sagte, ein gänzlich unbegründetes Gefühl.« Er seufzte und legte seine Hände auf die Armlehnen des Stuhles. »Aber nachdem du und Angel so dicke Freunde seid... nun, du siehst, woraus dieses Gefühl bei mir entstanden ist.«

»Ja, ich verstehe.«

»Gut. Jetzt fangen wir an, einander zu verstehen.« Haverstock schlug sich auf die Knie und stand auf. Er ging in dem kleinen Zimmer auf und ab und schaute dann aus dem Fenster. Die Blitze tanzten am Horizont. »Das Gewitter scheint hierher zu ziehen. Es könnte sein, dass wir die zweite Vorstellung absagen müssen, wenn es Wind mit sich bringt.« Er zuckte die Achseln. »Ich nehme nicht an, dass das noch wichtig ist, nun, da Angel fort ist.«

Er wandte sich vom Fenster ab und blickte Tim an. »Etwas ist geschehen, seit wir in diesem elenden Kaff angekommen sind. Ich weiß noch nicht, was es ist, aber ich werde es sehr bald wissen. Du weißt, dass das so ist, nicht wahr, mein Sohn?«

»Ja, Vater.«

»Und du wirst mir helfen, es herauszufinden, nicht wahr, Tim?«

»Ich wüsste nicht, was ich dir sagen sollte.«

»Das kann ich nicht glauben, Tim. Dein kluges, kleines Hirn da ist ständig am Ticken, es addiert, subtrahiert, rechnet. Tick, tick. Tick, tick. Wie eine kleine Uhr mit Augen, sie beobachtet und tickt. Ich weiß, was alle meine Kinder tun, Tim.« Haverstock setzte sich wieder in den Sessel und lehnte sich zurück. »Ja, in der Tat. Etwas ist geschehen. Heute Nachmittag wollte Angel sich mir nicht unterwerfen. Er kämpfte gegen meine Führung an und mit einigem Erfolg, muss ich zugeben. Oh, übrigens, ich bin darauf aufmerksam gemacht worden, dass du und Angel das Lager heute Morgen verlassen habt. Ich glaube, dass du mich belogen hast, als du mir sagtest, ihr hättet in deinem Wagen Karten gespielt.«

»Wer hat dir das gesagt?«, flüsterte Tim. Grauen legte sich über ihn wie Sirup.

»Es tut nichts zur Sache, wer es mir gesagt hat. Wo seid ihr hingegangen?« Die Beiläufigkeit war aus seiner Stimme verschwunden.

»Gut.« Tim leckte seine Lippen, die sich wie Schmirgelpapier anfühlten. »Wir sind nur an den Bach gegangen und haben ein bisschen gefischt. Angel ist die ganze Zeit eingesperrt gewesen, dass ich dachte, die Sonne und die frische Luft würden ihm gut tun.«

»Oh, und haben sie ihm gutgetan? Habt ihr irgendwelche Fische gefangen?«

»Nein, Vater.«

»Zu dumm. Die ganze Anstrengung umsonst.« Haverstock lehnte sich nach vorn und spießte Tim mit seinem

Blick auf. »Nun, ich möchte, dass du jetzt scharf nachdenkst. Sehr scharf. Und dann sagst du mir, wo du hingehen würdest, wenn du Angel suchen müsstest!«

»Ich habe keine Ahnung«, sagte Tim und zuckte seine missgebildeten Achseln.

Haverstock lehnte sich im Sessel zurück und hob seine Finger wieder ans Kinn. »Na schön. Ich kann sehen, dass du die Absicht hast, eigensinnig zu bleiben. Weißt du, du bist aber viel zu klein und verwundbar für so viel Halsstarrigkeit.«

Tim schrie, dünn und hoch, wie ein sterbendes Kaninchen. Sein buckliger Körper wand sich in unkontrollierbaren Krämpfen, dann wurde er schlaff und sank auf der Schreibtischplatte zusammen. Einen Augenblick später richtete er sich zitternd bis auf seine Knie auf.

Haverstock hob seine Brauen. »Ist dir etwas eingefallen, mein Sohn?«, fragte er liebenswürdig.

»Nein, Vater«, keuchte Tim. »Mir ist nichts eingefallen.«

Haverstock seufzte und schaute Tim mit einem Ausdruck von gekränkter Unschuld an. »Ach, Tim, du quälst mich fast genauso sehr wie Angel. Ich weiß nicht, was in letzter Zeit in euch alle gefahren ist.« Er stand auf. »Ich habe nicht die Zeit, um weitere Spielchen mit dir zu machen, Tim. Ich möchte, dass du mir alles sagst, was du weißt, alles, was du vermutest, alles, was du für denkbar hältst, was Angels möglichen Verbleib anbelangt.«

Er griff um die Seite des Schreibtisches herum und brachte einen zugedeckten Vogelkäfig zutage. Der Käfig klingelte metallisch, als er ihn neben Tim auf den Schreibtisch stellte. Etwas bewegte sich unter der Hülle, etwas Großes.

»Nun, Tim?«

»Ich weiß nichts«, sagte Tim, aber seine Stimme war brüchig, und er konnte seine Augen nicht vom Käfig wenden.

Haverstock zuckte die Achseln und umfasste zart den Zelluloidring, der sich oben auf der Stoffhülle befand. Er zog sie nach oben und nahm sie ab. Die große Tigerkatze blickte verwirrt um sich. Sie wechselte ihre Stellung im Käfig, ihr Schwanz fiel zwischen den Gitterstäben hindurch und lag zuckend auf dem Schreibtisch.

Tim machte einen unfreiwilligen Schritt zurück; sein Gesicht hatte die Farbe von Kitt angenommen.

Die Katze war ein herrenloser Streuner. Ihr Fell war schorfig und schmutzig. Ein Ohr war eingerissen, und Flöhe bedeckten ihre Nase wie Sommersprossen.

»Wie du sehen kannst«, sagte Haverstock erklärend, »habe ich deine Halsstarrigkeit vorausgesehen. Nun, sagst du mir jetzt, was ich wissen will, oder soll ich die Tür öffnen?«

Die Katze bemerkte Tim. Eine Pfote schnellte durch die Gitterstäbe nach vorn und schlug nach ihm. Tim kreischte auf und stolperte rückwärts, außer Reichweite. Er strauchelte und fiel hin, rappelte sich schnell wieder auf. Die Katze beobachtete ihn, während sie leicht mit ihrem Schwanz schlug.

Haverstock lächelte. »Es besteht immer die Chance, dass es dir gelingen könnte, zu entkommen, dass du irgendein kleines Schlupfloch erreichst, in das dir unser Freund nicht folgen kann. Aber wir beide wissen, die Chance ist so gering, dass es sich kaum lohnt, sie zu ergreifen. Und nachdem du dich einem Menschen gegenüber, der sich all die Jahre um dich gekümmert hat, so treulos gezeigt hast, bliebe mir natürlich gar nichts anderes übrig, als die Partei der Katze zu ergreifen.«

Tim schaute in sprachlosem Entsetzen die Katze an, und ein Kragen von Eis zog sich um seinen Hals zusammen. Haverstock griff langsam nach dem Verschluss an der Tür des Vogelkäfigs, ließ ihn springen, spielte mit ihm. Die Tür schwang einen Zollbreit auf, aber er hielt sie mit dem Finger fest. Die Katze fauchte. Vier brennende Augen waren auf Tim gerichtet.

»Nun, mein Sohn?«, sagte Haverstock sanft.

»Ja!«, schrie Tim.

Haverstock machte den Verschluss wieder zu und lehnte sich in seinen Sessel zurück, ließ den Käfig aber unbedeckt. Er lächelte, und Donner grollte in der Ferne, so als habe das eine das andere verursacht.

Einundzwanzigstes Kapitel

Evelyn Bradley saß auf dem Sofa in Dr. Lathams Wohnzimmer und war ganz zappelig. Ihre Gefühle verwirrten sie. Warum in aller Welt machte sie so viel Aufhebens um Angel? Er schien sehr nett und in irgendwelchen Schwierigkeiten zu sein, aber das war keine ausreichende Erklärung. Warum hatte sie ein so seltsames, angenehmes Gefühl, wenn sie ihn berührte? Dort, auf der Straße, als er sich an sie angelehnt hatte, als sie ihre Arme um ihn gelegt hatte, um ihn vor dem Fallen zu bewahren... nun, es war ihr fast schwindlig geworden. Sie rutschte auf dem Sofa hin und her und schaute auf die verschlossene Tür von Dr. Lathams Praxis.

Jungen hatten doch um Himmels willen schon früher ihre Arme um sie gelegt. Erst gestern Abend war Sonny Redwine sehr romantisch gewesen. Er hatte sie geküsst und... nun... er hätte noch viel mehr getan, wenn sie es zugelassen hätte. Und es hatte ihr gefallen, sehr sogar, aber ihre Zehen hatten sich nicht gekringelt, und sie hatte auch keine Glocken läuten hören oder etwas Derartiges, wie man es immer in den Büchern las. Warum waren Angels Arme um ihren Körper so anders gewesen als Sonnys?

Angel war sehr attraktiv, auch wenn er weiße Haare und eine blasse Haut und seltsame rote Augen hatte, die so tief in sie hineinschauten, aber sie hielt sich nicht für den Typ, dem ein Filmheld Herzflimmern verursachen konnte. Es gab mehrere sehr attraktive Jungen in Hawley, Sonny eingeschlossen, aber sie hatten keine besondere Wirkung auf sie. Vielleicht kannte sie sie einfach nur zu gut und zu lange. Sie seufzte.

War sie in Angel verliebt? Sie runzelte die Stirn. Lächerlich. Wie konnte sie in jemanden verliebt sein, den sie erst einen Tag kannte? Nicht einmal so lange. Im Grunde genommen kannte sie ihn überhaupt nicht. Es konnte nur Faszination sein, weil er so exotisch war. Und Henry hatte gesagt, Angel sei einfältig. Er handelte nicht wie ein Einfältiger, obwohl - wie wollte sie das eigentlich beurteilen? Sie hatte sich viele seiner Handlungen aus seiner Unfähigkeit zu sprechen erklärt. Konnten sie stattdessen auch durch seine Einfältigkeit bedingt sein? Sie konnte es nicht glauben.

Und die andere Sache, an der Brücke, als er sie gehalten hatte, ohne sie zu berühren. Sie hatte es wieder vergessen, weil es ihr immer noch nicht ganz wirklich erschien, wie etwas Interessantes, das sie gelesen hatte, aber nicht glaubte. Sie glaubte es allerdings durchaus. Sie hatte es ja gesehen. Sie glaubte Däumling Tim nicht, wenn er sagte, sie habe es sich nur eingebildet, noch glaubte sie ihm wirklich, wenn er behauptete, alles, was Angel in der Wunderschau tue, sei nichts als Geschicklichkeit und Illusion. Sie sollte sich, streng genommen, vor ihm fürchten, aber, so sehr sie es auch versuchte, sie konnte sich keine Furcht abringen.

Wie sollte sie sich auch vor Angel fürchten? Er glich so sehr einem... einem verirrten jungen Hund. Er schien so verwundbar, so vertrauensvoll. Vielleicht war alles, was sie fühlte, nur Mitleid. Das wird es sein, nickte sie sich selber zu. Alles, was sie tat, war, dass sie auf sein Vertrauen und seine Not reagierte.

Sie runzelte die Stirn, weil das irgendwie doch nicht stimmte. Dr. Latham kam aus seiner Praxis, und sie schob dankbar hinaus, was immer sich als Schlussfolgerung daraus ergeben mochte.

»Ich kann nicht feststellen, dass ihm körperlich etwas fehlen würde«, sagte Dr. Latham und setzte sich neben sie. »Er scheint einfach total erschöpft zu sein, als ob er irgendeine anstrengende Übung bis zum Zusammenbruch gemacht hätte.«

»Wird er wieder gesund?«

»Aber sicher. Alles, was er braucht, ist, einmal richtig auszuschlafen. Ich habe ihm ein Beruhigungsmittel gegeben und ihn auf das Notbett in der Praxis gebettet. Er schläft wie ein Baby. Ich habe allerdings festgestellt, warum er nicht sprechen kann.«

Ihr Blick verriet mehr Anteilnahme, als sie hatte zeigen wollen, aber er schien es nicht zu bemerken.

»Ich war neugierig, ob die Ursache körperlicher oder seelischer Natur ist.«

»Seelischer?«

»Manche Leute sind der Meinung, dass ein schweres Trauma einen Sprachverlust bewirken kann - auch einen Verlust des Seh.- oder Hörvermögens und vieles andere mehr.«

»Ist es das, was Angel fehlt?«

»Nein«, seufzte der Doktor. »Sein Problem ist ein physisches, sehr einfach und nicht zu beheben. Er hat keine Stimmbänder.«

»Oh«, sagte sie und hätte am liebsten geweint, weil es so ungerecht war.

»Ich konnte keinerlei Anzeichen für einen Unfall finden. Ich nehme an, er ist von Geburt an so.« Er zuckte die Achseln. »Albinos weisen gewöhnlich den einen oder anderen Defekt auf, abgesehen von ihrem Mangel an Pigmenten. Sie sind recht häufig kränkelnd oder einfältig - oder beides.«

»Ist...« Sie wollte Dr. Latham schon bitten, Henrys Behauptung, dass Angel einfältig sei, zu bestätigen oder zu widerlegen, aber sie fürchtete die Antwort. Also sagte sie: »Ist Angel... kränkelnd?«

»Sieht nicht so aus. Er ist eher athletisch gebaut, aber man kann es trotzdem schwer sagen ohne eine viel gründlichere Untersuchung als die, die ich heute Abend vornehmen konnte. Nun...« Er stand auf. »...er kann heute Nacht hierbleiben. Bis morgen früh dürfte er sich erholt haben. Du solltest jetzt lieber schnell zu Roses Party fahren.«

»Ich bin eigentlich nicht in Stimmung für eine von Roses Parties.« Sie stand ebenfalls auf und spielte an einem Knopf herum und hoffte, dass Dr. Latham sie nicht für albern halten würde. »Könnte... könnte ich heute Nacht hierbleiben? Er hätte vielleicht... er hätte vielleicht nicht so große Angst, wenn ich hier wäre«, stotterte sie und suchte im Gehen nach Argumenten. »Ich weiß nicht, was geschehen ist, aber er hatte wirklich vor etwas Angst.«

Latham sah sie an und hatte schon eine scherzhafte Bemerkung auf der Zunge, aber dann sah er, wie ernst und besorgt sie war. »Du kannst bleiben, wenn du willst. Du kannst in Francines Zimmer schlafen.« Er grinste, weil sie so ernst und beunruhigt war. »Allerdings, die Folgen für meinen Ruf sind nicht abzusehen!«

Sie grinste auch. »Soll ich das Auto irgendwo weiter unten an der Straße parken?«

»Ach«, seufzte er, »ich fürchte, der Schaden ist schon angerichtet.«

»Ich werde Rose anrufen und ihr sagen, dass ich nicht komme.«

Sie ging zu dem Telefon an der Wohnzimmerwand, drehte die Kurbel ein paarmal herum und nahm den Hörer ab.

»Hallo, würdest du bitte die Willets anrufen? - Gut, Reba, und wie geht's dir? - Nein, ich bin heute Abend nicht noch einmal hingegangen. - Danke. - Hallo, wer ist da? - Oh,, hallo Billie Rita. Hier ist Evie. Ist Rose fähig, zu sprechen? - Okay. - Rose? Es tut mir leid, aber ich kann heute Abend doch nicht kommen. - Nein, ich bin nicht krank. Ich... - Nein, ich gehe nicht in den Zirkus. Mir ist etwas dazwischengekommen. Ich erzähl's dir später. - Ja, es ist sehr wichtig. - Okay. - Tschüs, Rose.«

Sie legte den Hörer auf und wandte sich lächelnd zu Dr. Latham. »Rose ist am Durchdrehen. Die meisten von den Mädchen gehen in den Zirkus statt auf ihre Party. Na ja...«- sie klatschte nervös in die Hände - »wenigstens bin ich für eine Übernachtung ausgerüstet. Ich hole meinen Koffer aus dem Auto.«

Sie ging nach draußen und holte den Koffer und das Buch vom Rücksitz. Sie hörte ein fernes Donnergrollen und schaute nach Süden.

»Das Gewitter kommt näher«, sagte sie, als sie ins Haus zurückging. »Es wird bald anfangen zu schütten. Ach ja, ich habe dieses Buch mitgebracht, das Francine sich ausleihen wollte.« Sie legte es auf das Kaminsims.

Das Telefon klingelte. Dr. Latham sah sie kopfschüttelnd an. »Einer muss doch irgendetwas kriegen. Ich hätte es mir denken können, nachdem ein Gewitter im Anzug ist.« Er zog ein Gesicht und nahm den Hörer ab.

»Dr. Latham«, meldete er sich, sah dann Evelyn an und hob die Augenbrauen. »Hallo, Rose... Francine ist schon vor einiger Zeit hier weggegangen. Ist sie denn noch nicht da? - Vielleicht hat sie einen Umweg über den Zirkus gemacht. Würdest du ihr sagen, dass sie mich anrufen soll, wenn sie kommt? - Danke. Auf Wiedersehen, Rose.«

Er hängte langsam den Hörer ein und blickte Evelyn an. »Hat Francine dir irgendetwas davon erzählt, was ihr Kummer macht? Sie war schon den ganzen Tag über sehr merkwürdig.«

»Nein«, sagte Evelyn und runzelte die Stirn. »Es hat sie gestern Abend im Zirkus etwas durcheinandergebracht. Aber ich habe geglaubt, sie sei nur wegen des Minotaurus ein bisschen verwirrt.«

»Was ist geschehen?«

»Nichts. Rose hatte sie aufgezogen wegen... nun, wissen Sie, wegen dem, was der Minotaurus in der Sage gemacht hat. Rose hat sie damit ganz schön aufgeregt und als dann der Minotaurus auftrat, hatte er nicht allzu viel an und... na ja...« Sie fühlte, dass sie rot wurde. »...er bot eben einen reichlich sexuellen Anblick. Ich habe geglaubt, das sei alles gewesen.«

Der Doktor sagte nichts, aber sein Gesicht drückte Sorge aus.

»Ist es Ihnen recht, wenn ich... wenn ich zu Angel hineinschaue?«, fragte Evelyn.

»Hm?« Dr. Lathams Augen stellten sich wieder auf sie ein. »Er schläft.«

»Ich weiß. Ich werde ihn nicht stören.«

Er zuckte die Achseln. »Natürlich. Geh nur!« Er nahm seinen Hut und Mantel vom Ständer in der Diele. »Du weißt, wo alles ist. Wenn du Hunger hast, dann mach dich ruhig über den Kühlschrank her. Ich glaube, ich mache noch einen Spaziergang zum Zirkus. Gute Nacht, Evie.«

»Gute Nacht, Dr. Latham. Und danke.«

Er lächelte sie mit einem kleinen, sorgenvollen Lächeln an und ging. Sie ging in die Praxis, machte aber kein Licht, aus Angst, sie könnte Angel stören. Sie setzte sich auf den Stuhl neben dem Bett und betrachtete ihn. Er sieht aus wie ein Baby, wenn er schläft, dachte sie. Sie beugte sich über ihn und berührte seine leicht geöffneten Lippen mit ihren Fingern. Er bewegte sich und drehte sich im Bett herum, und das Laken glitt von seiner bloßen Schulter hinunter. Sie konnte die schnelle Bewegung seiner Augen hinter den geschlossenen Lidern sehen.

Sie schob das Laken wieder über seine Schulter und verließ dann das Haus in Richtung Zirkus.

Zweiundzwanzigstes Kapitel

Die Leute standen um Haverstocks Wandernde Kuriosa- und Wunderschau herum und horchten auf die Ahls und das Kreischen und den Applaus, die in immer neuen Wellen aus dem Zelt drangen. Sie sahen sich an und grinsten und zappelten in lustvoller Vorfreude auf die nächste Vorstellung. Aber einige schauten auch nervös nach den Blitzen, die ständig näher kamen, und verfolgten aufmerksam den Donner, der jedes Mal ein bisschen lauter zu sein schien.

Die Farmer, deren Ernte noch nicht eingebracht war, machten sich Sorgen wegen Hagel oder zu viel Wind oder zu viel Regen. Sie hatten schon Schreckbilder vor Augen, in denen sie sich im fahlen Morgenlicht aufstehen sahen, um niedergedrückten, geknickten, von Schlamm und Wasser eingegipsten Weizen vorzufinden, und den jungen Mais so zerfleddert und zerrissen, dass er sich nie mehr erholen und höchstens kleine, anämische Kolben hervorbringen würde.

Andere machten sich Sorgen, dass sie wegen des Sturmes vielleicht um die Vorstellung kommen würden. Sie alle fürchteten einen Tornado. Es war Tornadowetter, sagten sie, einander zunickend. Ganz eindeutig Tornadowetter. Der von 1917, der die alte Baumwollspinnerei weggeblasen hatte, kam aus einer Wolke genau wie dieser da, kurz nach Einbruch der Dunkelheit, genau wie jetzt. Diejenigen, die sich daran erinnern konnten, und das waren die meisten, stimmten zu. Aber sie brachten es immer wieder fertig, zu vergessen, dass über jede aufziehende Wolke genau das gleiche gesagt wurde.

Diejenigen, die noch nicht besorgt waren, redeten sich in Besorgnis hinein. Sie begannen sich abzusetzen, einer oder zwei zuerst, die weiter draußen wohnten und glaubten, sie könnten es noch schaffen heimzukommen, bevor das Gewitter losbrach, dann immer mehr, Kinder, im größten Augenblick ihres Lebens frustriert, bettelten zu bleiben, sie dazulassen, sie lieber zu verlassen, als sie um die Wunderschau zu bringen. Das Betteln verwandelte sich in Schreien und Toben und Tränen ohnmächtiger Wut und dann in Tränen des Schmerzes, als ihre Väter kräftig zulangten und Hände oder Gürtel auf Hinterteile von Hosen oder Overalls niederklatschen ließen. Kinder, deren Eltern noch keine Anstalten machten, zu gehen, nahmen kein Auge von den Großen und suchten ängstlich nach Anzeichen für einen Aufbruch.

Applaus brandete plötzlich aus dem Zelt nach einer ungewöhnlich langen Pause.

Im Inneren legte die Schlangenfrau auf ihrem Podest ihren Reptilschwanz zurecht, und der Vorhang schloss sich.

Louis trat an den vorderen Bühnenrand, und der Applaus klang schnell ab. Die Menschenreihen rutschten unruhig auf den hölzernen Bänken. Jetzt war es soweit. Angel, der Zauberknabe. Sie ließen alles, was sie gehört hatten, Revue passieren und warteten mit angehaltenem Atem.

»Ich danke Ihnen, meine Damen und Herren«, sagte Louis etwas nervös. »Äh... es ist meine bedauernswerte Pflicht, Ihnen mitzuteilen, dass Angel, der Zauberknabe, heute Abend nicht auftreten kann. Er ist... äh... plötzlich erkrankt. Ich danke Ihnen.«

Ein Stöhnen stieg aus der Menge auf, Louis fing schnell an zu sprechen, in dem Versuch, ihren Unmut erst gar nicht richtig aufkommen zu lassen. »Der letzte Punkt auf unserem Programm ist Henry-etta, halb Mann, halb Frau. Wegen des heiklen Charakters dieser Vorführung müssen wir darauf bestehen, dass alle Kinder unter achtzehn Jahren den Zuschauerraum verlassen.«

Phineas Bowen und Jack Spain verließen das Zelt wie betäubt, mit Gesichtern, die so umwölkt waren wieder südliche Himmel.

»Ich verstehe das nicht, Jack«, sagte Finney. Seine Stimme war hoch und schrill, er wehrte sich zu glauben, was er gehört hatte. »Wie könnte Angel krank werden? Er hat Zauberkraft. Er könnte gar nicht krank werden.«

»Vielleicht hat er keine wirkliche Zauberkraft«, bot Jack zögernd als Erklärung an.

»Wie kannst du so etwas sagen?« quietschte Finney erstaunt. »Verdammich! Hast du nicht gesehen, was er getan hat? Er hat sich in einen Feuervogel verwandelt, er ist durch die Luft geschwebt, er wurde zu einem Blitzstrahl.« Er lehnte sich gegen das schweigende Orchestrion. Seine Brauen senkten sich zusammen mit seiner Stimme. »Oh, er ist ganz sicher ein Zauberknabe. Und deshalb ist es ganz klar, dass er nicht krank sein kann.«

Er sah Jack an, und Gewissheit stand dunkel in seinen Augen. »Etwas sehr Verdächtiges geht hier vor.«

Sie nickten beide, langsam und feierlich.

Im Inneren des Zeltes öffnete sich der Vorhang, und Henry trat mit seinem Henry-etta-Staat auf die Bühne.

»Danke, Louis, mein Süßer«, sagte er, aber Sorge machte seine Stimme stumpf. Er sprach fast mechanisch; er flirtete weder mit dem Publikum, noch warf er Louis lüsterne Blicke zu. »Meine Damen und Herren, Ihr Zeremonienmeister heute Abend war Louis Ortiz. Danken Sie ihm mit einem kräftigen Applaus, er hat seine Sache großartig gemacht.«

Louis verbeugte sich knapp vor dem dünnen Applaus der Handvoll Leute, die noch geblieben waren, und eilte durch die Vorhänge davon. Henry beobachtete ihn neugierig; er fragte sich, was vor sich ging, was mit Angel los war. Er war noch nie krank gewesen, hatte noch nie eine Vorstellung versäumt. Dann begann er sein Spiel, aber er war mit dem Herzen nicht bei der Sache.

Louis ging schnell zu Haverstocks Wagen und klopfte leicht an die Tür. »Ich bin's, Louis«, sagte er leise. Er hörte von drinnen eine gedämpfte Aufforderung einzutreten und öffnete die Tür.

Haverstock saß am Schreibtisch, im Stuhl zurückgelehnt, und rauchte mit unverkennbarem Wohlbehagen eine Zigarre. Däumling Tim saß gebrochen auf dem Tisch, so weit von dem zugedeckten Vogelkäfig entfernt wie nur möglich.

»Haben Sie etwas herausgefunden?«, fragte Louis. In seiner Stimme klang unverhohlen die Freude des Mitverschworenen.

»Selbstverständlich«, antwortete Haverstock bombastisch. Louis hatte ihn noch nie in so guter Stimmung gesehen; es war, als ob auch er den Adrenalinstoß genieße, den das plötzliche Ausbrechen aus der Routine freigesetzt hatte. »Wie haben die Bauerntölpel Angels Abwesenheit aufgenommen?«

»Sie waren nicht eben glücklich.«

»Ah ja.« Haverstock grinste. »Das Leben ist voller kleiner Enttäuschungen, nicht wahr, Tim?«

Tim sah ihn nicht an.

»Wie es scheint, sind Tim und Angel heute Morgen fischen gegangen und haben ein Mädchen getroffen. Ein sehr hübsches Mädchen aus dieser Stadt. Ihr Name ist Evelyn Bradley, und sie lebt ein paar Meilen weiter hinter der Brücke. Angel mag oder mag nicht dorthin gegangen sein, aber Tim sagt, er war sehr von ihr angetan. Also fahr hinaus und schau nach!«

Louis nickte, und das Lächeln schwebte über seinen Lippen. Haverstock machte eine lässige Handbewegung in Richtung Vogelkäfig. »Setz' Tims Freund unterwegs irgendwo ab. Wir werden ihn nicht wieder brauchen, nicht wahr, Tim?«

»Nein«, sagte Tim leise. In seiner Stimme schwangen Furcht und Scham.

»Sehr gut«, sagte Haverstock aufgeräumt. »Reiß dich zusammen! Du hast in einer kleinen Weile einen zweiten Auftritt. Louis, bring Tim zurück ins Zelt!«

Louis hob Tim und den Vogelkäfig auf. Das Lächeln ließ sich auf seinen Lippen nieder wie ein Falter.

Dreiundzwanzigstes Kapitel

Evelyn stellte sich in die Schlange, die sich für die zweite Vorstellung der Wunderschau gebildet hatte. Sie war nicht sehr lang; die Leute wurden schnell weniger und beobachteten stirnrunzelnd den Himmel. Schon war ein Wind aufgekommen; er blies in kleinen, krampfartigen Stößen, die ebenso schnell erstarben, wie sie aufkamen. Dann machten sich noch mehr Leute auf den Weg. Die Männer hielten ihre Hüte fest, und die Frauen umklammerten ihre Röcke.

Das Orchestrion begann zu spielen, und Henry kam um die Ecke des Zeltes herum, in seinem grünen Kleid und seiner lächerlichen, orangeroten Perücke, die Geldkassette und die Kartenrolle in der Hand. Er bestieg den Hocker am Kartenstand, und fing an, halbe Dollars entgegenzunehmen.

Er schaute nicht in die Gesichter, wenn er die Karten ausgab, nur auf die Hände und die Münzen.

Als Evelyn an der Reihe war, riss er eine Karte ab und schob sie ihr zu. Sie legte ihre Hand auf den Stand, aber es war kein Geld darin. Seine Augen hoben sich und schauten in die ihren. Sein Gesichtsausdruck blieb unverändert, aber seine Augen wurden wachsam.

»Ich muss mit Ihnen reden«, sagte sie, aber ihre Worte ertranken in dem Geschmetter des Orchestrions.

Henrys Schultern sanken etwas zusammen. »Miss Bradley, bitte...«

Sie hörte halb seine Stimme, halb las sie von seinen Lippen. »Ich weiß, wo Angel ist«, sagte sie.

»Angel?« Sein Mund formte das Wort. Er blickte schnell in die Runde, dann auf die Leute hinter ihr in der Schlange. Er runzelte die Stirn und dachte eine Sekunde lang nach, dann sagte er: »Warten Sie auf mich an dem Haus da über der Straße.« Er deutete mit einer Kopfbewegung auf das Haus der alten Miss Sullivan. »Am Spalier.« Dann schickte sein Gesichtsausdruck sie weg. Er streckte seine Hand nach dem halben Dollar des nächsten in der Reihe aus.

Evelyn verließ die Schlange und bemerkte, dass sie ebenso nervös in die Runde blickte, wie Henry es getan hatte. Sie sah als einzigen den gutaussehenden jungen Mann, der die Karten entgegennahm, derselbe, der am Abend zuvor dagewesen war und mit Rose geflirtet hatte. Es war eine Lücke in der Schlange von Leuten entstanden, die das Zelt betraten, und er hatte aufgeblickt. Er nickte und nahm dann weiter Karten entgegen, als die Reihe sich schloss.

Evelyn beobachtete ihn eine Weile, aber er schien sie nicht weiter zu beachten. Sie drehte sich um und ging über die Straße und stellte sich dann in das Dunkel bei Miss Sullivans Spalier, das sich unter dem Gewicht einer dichten Klettertrompete bog. Sie sah Henry beim Kartenverkaufen zu, bis die Schlange zu Ende war. Es waren nicht viele Leute, nicht annähernd genug, um das Zelt zu füllen. Dann blickte Henry zu ihr herüber. Er nahm die Kartenrolle und die Geldkassette und verschwand eilig um die Ecke des Zeltes.

Die Wunderschau lag verlassen da. Selbst die Massen von fliegenden Insekten waren fort. Die Fackeln flackerten in den unberechenbaren Windböen, und die elektrischen Glühbirnen vollführten ruckartige Sprünge auf dem Draht.

Das Transparent, das über den Eingang gespannt war, knallte, wenn es sich blähte und seufzte, wenn es wieder in seine alte Lage zurückfiel. Evelyn pflückte nervös eine orangerote Blüte von der Kletterpflanze und drehte sie geistesabwesend zwischen ihren Fingern. Sie konnte Henry nirgendwo sehen.

Plötzlich sprach er hinter ihr, und sie fuhr zusammen.

»Oh!«, sagte sie. »Ich habe Sie nicht über die Straße kommen sehen.«

»Ich hoffe, das hat auch sonst niemand. Was meinen Sie damit: Sie wissen, wo Angel ist? Ich verstehe Sie nicht.«

Sie war verwirrt. »Ich... ich habe ihn zu Dr. Latham gebracht. Er sagt, es ist nur Erschöpfung. Er glaubte nicht, dass...«

»Was hat Angel bei Ihnen gemacht?« Henrys Stimme klang betroffen und ärgerlich.

Da begriff sie. »Haben Sie es nicht gewusst? Angel ist fortgelaufen.«

Henry starrte sie an, und ein leises Stöhnen entrang sich seiner Kehle. Er setzte sich auf den Rand der Veranda. »Oh, Gott!«, flüsterte er kaum hörbar. »Oh, mein Gott.«

»Angel geht es gut. Er ist nicht verletzt«, sagte sie schnell. »Dr. Latham hat gesagt, es ist nur Erschöpfung.« Sie wusste nicht, was sie noch tun konnte, um ihn zu trösten.

Henry sagte lange nichts. Er schaute vor sich hin, in Gedanken weit weg. Ein Windstoß schüttelte die Klettertrompete. Dann blickte Henry sie an. »Was ist geschehen?«, sagte er.

»Ich habe ihn auf der Straße gefunden. Ich fuhr in die Stadt, um auf eine Party zu gehen. Er ist mir vor den Wagen gelaufen, ich hätte ihn beinahe angefahren. Er hatte große Angst. Er hat gesagt, er ist vom Zirkus davon...«

»Er hat gesagt?«

»Er hat es mit seinem Finger in den Staub geschrieben.«

»Hat er Ihnen sonst noch irgendetwas gesagt? Warum er fortgelaufen ist?«

»Nein. Er hat nur gesagt, dass Sie und Däumling Tim die einzigen sind, denen er trauen kann. Und er schien sehr große Angst vor Mr. Haverstock zu haben. Er ist so schwach, dass er kaum aufstehen konnte, deshalb habe ich ihn zum Arzt gebracht. Er wollte nicht, aber ich habe ihm versprochen, dass ich niemand verraten würde, wo er ist.«

»Und der Doktor?«

»Er hat versprochen, nichts zu sagen. Er hat gesagt, Angel ist nur erschöpft und braucht sich nur einmal gründlich auszuschlafen. Der Doktor hat ihn untersucht.« Sie spürte ein Würgen in der Kehle. »Er hat keine Stimmbänder.«

»Was?«

»Angel hat keine Stimmbänder. Deshalb kann er nicht - sprechen. Er hat das von Geburt an.«

Henry schaute auf seine Hand hinunter und zog an einem losen Faden aus dem grünen Seidenkleid. »Das habe ich nicht gewusst«, sagte er leise. »Ich schätze, ich habe niemals wirklich darüber nachgedacht, warum er nicht sprechen kann.« Er saß da und starrte auf den Faden und blickte dann sie an. »Miss Bradley, ich weiß nicht, was ich tun soll. Bei Gott, ich weiß nicht, was ich tun soll.«

»In bezug auf was?«

»In bezug auf Angel.« Seine Stimme klang gepresst, als würde er am liebsten weinen. »Haverstock lässt ihn nicht gehen, wird ihn niemals entkommen lassen. Er wird ihn finden, egal mit welchen Mitteln. Und jeder, der versucht, Angel zu helfen, ist in Gefahr, aber wenn Haverstock ihn findet, dann weiß ich nicht, was er mit ihm machen wird dafür, dass er versucht hat, fortzulaufen. Angel ist in Gefahr, Miss Bradley, was immer wir auch tun. Wir müssen versuchen, ihm zu helfen, aber wenn wir es tun, bringen wir uns damit in die gleiche Gefahr. Wir sind verdammt, wenn wir es tun, und verdammt, wenn wir es nicht tun.«

»Von welcher Art Gefahr reden Sie?«, fragte sie beklommen.

»Haverstock wird jeden töten, der sich ihm in den Weg stellt.«

Sie lachte nervös auf, wollte das nicht glauben. »Aber so etwas gibt es doch nicht! Das klingt ja, als sei er... Wir gehen zum Sheriff. Er kann Angel nicht gegen seinen Willen festhalten, das kann er einfach nicht.«

»Das einzige, was dabei herauskäme, wäre, dass der Sheriff ebenfalls umgebracht würde.« Henry schaute zum Zirkus hinüber, aus dem das Klappern von Applaus nach außen drang. Dann kehrte sein Blick zurück zu ihr. »Miss Bradley, es gibt so vieles, was Sie nicht wissen. Sie leben in dieser netten kleinen Stadt, mit netten normalen Leuten, die lauter nette normale Dinge tun. Sie wissen nichts von der Verrücktheit der Welt. Sie wissen nicht, wozu Menschen, die Macht haben, fähig sind, Menschen, die die Art von Macht haben, wie Haverstock sie hat.«

Sie setzte sich neben ihn auf die Veranda und faltete ihren Rock unter ihren Knien. »Sie meinen das, was im Zirkus geschieht? Was heute Morgen an dem Bach geschah? Das alles ist wirklich?«

»Ja, es ist wirklich. Das ganze Zeug im Zirkus wird mit- wie sagt man? - mit Telekinese oder etwas Derartigem gemacht. Geist über Materie. Bedenken Sie, was man damit alles machen kann, wie leicht es wäre, zu töten. Wirkungsvolle Bühnenkunststücke vorzuführen - das ist nicht alles. Man kann damit das Herz eines Menschen zum Stillstand bringen, ein Blutgefäß in seinem Gehirn platzen lassen, man hat die Wahl zwischen zwei Dutzend Möglichkeiten, und niemand würde jemals erfahren, dass es Mord war. Es wäre etwas ganz Natürliches: ein Herzanfall, eine Gehirnblutung. Niemand würde es jemals erfahren.«

»Und Angel kann das alles auch?«, flüsterte sie. Die wächserne Süße der Klettertrompete war plötzlich betäubend.

Henry zuckte die Achseln. »Eigentlich nicht. Ich meine, ich schätze schon, nach dem, was heute Morgen mit Ihnen passiert ist, aber er weiß nicht wie. Haverstock hypnotisiert ihn, wenn sie die Nummer machen. Und er kann es nur unter Hypnose. Er kann sich niemals auch nur daran erinnern, was er während der Vorstellung gemacht hat.«

»Was hat Angel heute Morgen gesagt? Er hat es heute Morgen ja ohne Hypnose gemacht«, sagte sie.

Henry runzelte die Stirn. »Ich weiß nicht. Ich habe ihn seitdem nicht gesehen.« Er blickte nachdenklich zu Boden. »Wissen Sie, Tim war schon immer der Meinung, dass in Wirklichkeit Angel derjenige ist, dass Haverstock ihn bei den Kunststücken nur benutzt, aber das war Wunschdenken. Ich habe es nicht geglaubt, ich habe geglaubt, es sei Haverstock. Ich habe zu viel gesehen, um daran zu zweifeln, dass er die Gabe besitzt.«

Er wandte ihr sein nachdenkliches Gesicht zu. »Es sieht so aus, als hätten sie sie beide.«

»Wo kam Angel her?«

»Wer weiß?« Er zuckte die Achseln. »Haverstock hat ihn irgendwo aufgelesen. Eines Morgens war er da. Er war etwa fünf Jahre alt, verwahrlost und schmutzig und stumm wie ein Stock. Haverstock hat uns nie gesagt, wo er ihn her hatte, und wir waren nicht neugierig genug, um etwas zu riskieren. Wir bekamen nicht allzu viel von ihm zu sehen, Haverstock behielt ihn die meiste Zeit in seinem Wagen. Dann, als er so etwa fünfzehn Jahre alt war, fing er an, die Nummer zu machen, die Sie gestern gesehen haben. Am Anfang waren es größtenteils konventionelle Zaubertricks, nichts Spektakuläres wie jetzt.«

»Und was ist mit den anderen? Mit der Medusa und der Meerjungfrau und der Schlangenfrau?«

»Die waren alle schon da, als ich kam. Ich war damals ungefähr so alt wie Sie. Ich bin von zu Hause weggelaufen, um zum Tingeltangel zu gehen.« Er knurrte. »Und schauen Sie mich jetzt an!« Er schnaufte tief auf, stieß einen langen Seufzer aus und starrte auf die schwarze Wolkenwand, die den ganzen südlichen Himmel einnahm. »Ich schätze, ich hatte es ziemlich gut, als ich so alt war wie Sie. Meine Familie hatte Geld, nicht viel, aber so viel, wie wir brauchten. Mein Vater war ein Schmalspurpolitiker, nicht annähernd so bedeutend, wie er glaubte, aber er machte seine Sache ganz ordentlich. Meine Mutter war eine liebe, einfältige Seele, die uns liebte und viel Aufhebens um uns machte. Und ich hatte einen kleinen Bruder, dreizehn war er, glaube ich. Ich habe ihn damals nicht viel beachtet, aber ich schätze, er war alles, was man von einem kleinen Bruder erwarten konnte. Ich glaube, mein Vater hat sich meiner Mutter ein bisschen geschämt. Sie passte nicht so recht zu seinen politischen Freunden, und so behandelte er sie irgendwie wie eine bessere Putzfrau.

Aber er war stolz auf mich.« Er starrte ins Leere, und ein sehnsüchtiges Lächeln entstand auf seinen Lippen. Evelyn saß still da, hörte ihm zu, fühlte seinen Schmerz und seine Trauer mit.

»Ich war meines Vaters echter Goldjunge«, fuhr er fort. »Ich war der beste Sportler in der Stadt, und meine Trophäen füllten das ganze Haus. Sie werden es vielleicht nicht glauben, aber mit achtzehn war ich' so hübsch und so gut gewachsen, wie nur einer von den Jungen, die Haverstock jetzt bei seiner Truppe hat. Zu gut gewachsen, schätze ich. Ich bin der Typ, der dazu neigt, Fett anzusetzen, wenn er älter wird.

Ja, ich schätze, dass ich es recht gut hatte, bis dann etwas passiert ist. Ich kam in Schwierigkeiten. Nicht mit der Polizei oder etwas Ähnlichem. Niemand wusste davon, außer meinem Vater und... noch einer Person. Heutzutage wäre es wohl keine so große Sache mehr, aber das war vor dem Krieg, 1905, glaube ich. Ja, ja, 1905. Die Frauen trugen damals noch lange, schwarze Kleider, die auf dem Boden schleiften.« Er lachte glucksend. »Kaum, dass man damals wagte, Klavierfüße aufzudecken!

Mein Vater hat mich nicht gerade in Eis und Schnee ausgesetzt, aber es kam schätzungsweise auf das gleiche heraus. Ich bin einmal zurückgegangen, nach dem Krieg. Sie waren alle tot. Mein Bruder war in Frankreich gefallen. Meine Mutter starb an Grippe, und mein Vater...« Er lachte. »...mein Vater betrank sich und wurde von einem Bierwagen überfahren. Es muss furchtbar für ihn gewesen sein, ein Schlag für sein Prestige, fast so schlimm wie ich damals.«

Er schaute Evelyn an und grinste zaghaft. »Und hier sitze ich nun und rede Ihnen die hübschen Ohren mit Dingen voll, die Sie unmöglich interessieren können.«

»Nein...«, sagte sie, aber er sprach schnell weiter.

»Sie haben wegen der Missgeburten gefragt. Es gab früher noch zwei weitere: eine Harpyie, eine hässliche, übelriechende, abstoßende Frau mit riesigen Fledermausflügeln, und eine Hydra, eine gigantische, siebenköpfige Schlange. Aber sie sind beide krepiert. Ich glaube, die Schlangenfrau pfeift auch auf dem letzten Loch. Oh, ja, es wäre ein Segen für die arme Kreatur.

Egal, wie menschlich sie aussehen mögen, die Schlangenfrau und die Meerjungfrau sind nur Tiere. Die Medusa ist nicht viel besser, aber sie kann wenigstens auf die Toilette gehen und mit einem Löffel essen. Ich bin mir nicht sicher, was den Minotaurus anbelangt. Manchmal habe ich den Eindruck, er ist gerissener, als er tut. Er kann auch nicht sprechen. Keines von diesen Wesen kann sprechen, außer Däumling Tim, und er ist auch der einzige, der wirklich ein Mensch ist.

Und um ihn tut es mir auch am meisten leid. Er ist sehr, sehr intelligent und gütig. Ich weiß nicht, wie er sich seine seelische Gesundheit bewahrt hat. Ich glaube, wenn ich so aussähe wie er, nur einen Fuß hoch, ich wäre schon längst verrückt geworden. Die unsichtbare Frau ist nur ein Trick, und Elektro einer von den Männern, der gerade Zeit hat. Ich bin auch schon Elektro gewesen... vor langer Zeit. So wie der Stuhl präpariert ist, könnten Sie es genauso machen, ohne etwas zu spüren.«

»Aber ist denn niemals jemand dahintergekommen? Es sind doch Dinge in der Vorstellung, besonders das, was Angel tut, die einfach nicht als bloße Spiegelfechterei abzutun sind.«

»Sie würden sich wundern.« Er lächelte. »Die Leute wollen im Grunde genommen nicht, dass es wirklich ist. Es wäre zu beunruhigend. Natürlich glauben es die Kinder, aber wer hört schon auf Kinder? Haverstock geht aber auch kein Risiko ein. Deshalb sind Elektro und ich mit dabei. Haben Sie sich nicht gewundert, warum diese zwei müden Nummern neben so spektakulären Dingen ins Programm aufgenommen wurden?«

Sie schüttelte verdutzt den Kopf. »Nein, darauf bin ich nicht gekommen.«

Er zuckte die Achseln. »Die Leute sehen zwei Nummern, die ganz offensichtlich Schwindel sind, also nehmen sie an, dass alles Schwindel ist, egal, was ihre Augen ihnen sagen. Und nichts wäre eine kältere Dusche auf eine entflammbare Phantasie, als mein geschmackloser kleiner Auftritt.«

Evelyn spürte, wie sie errötete.

»Ich sehe, Sie wissen, worum es geht«, sagte er trocken.

»Ja. Der Junge, mit dem ich im Zirkus war, hat es mir erzählt.«

»Das war aber nicht eben gentlemanlike von ihm. Nun, ich mache das schon so lange, dass mir das Erröten vergangen ist.«

Sie grinste und mochte ihn trotz allem gern. »Erzählen Sie weiter!«

»Nun, wenn die Dinge einen anderen Lauf nehmen als geplant, wenn die Menge außer Rand und Band gerät, und ihn bei lebendigem Leibe verbrennen will, so hat er auch dafür vorgesorgt. Wenn Angel über dem Publikum schwebt, ertönt ein Geräusch wie von einem zerspringenden Draht, und Angel hängt an einem Arm in der Luft. Das zerstört zwar in gewisser Hinsicht die Schau, aber es überzeugt sie davon, dass alles nur Schwindel ist, und nicht Teufelswerk. Es ist erst einmal vorgekommen. Wir waren damals in dieser kleinen Stadt in North Carolina, glaube ich, zur gleichen Zeit mit einem Prediger. Dieser Prediger hielt es ebenfalls nicht für wirklich, aber er musste so tun als ob, weil zu viel Geld, statt in seinen Opferteller, in unsere Kasse floss.«

»Warum sind Sie geblieben, wenn Haverstock so ist, wie Sie sagen?«

Er setzte sich die orangerote Perücke fester auf den Kopf. »Was hätte ich sonst tun sollen? Ich bin schon fast fünfundzwanzig Jahre bei ihm. Ich kenne nichts anderes. Davon abgesehen, würde er mich wahrscheinlich gar nicht gehen lassen. Ich weiß zu viel.«

Er stand auf und rückte sein Kleid zurecht. »Ich muss zurück. Es dürfte fast Zeit für meinen Auftritt sein. Haverstock leitet die Vorstellung. Louis ist irgendwo unterwegs, wahrscheinlich auf der Suche nach Angel. Ich weiß immer noch nicht, was ich tun soll. Ich muss mit Tim sprechen. Vielleicht weiß Tim, was zu tun ist.« Er blickte Evelyn an und runzelte die Stirn. »Es besteht kein Grund für Sie, sich in die Sache hineinziehen zu lassen. Warum sollten Sie sich in Gefahr begeben? Fahren Sie doch einfach nach Hause und vergessen Sie uns. Tim und ich werden uns etwas ausdenken.«

»Fahren Sie morgen früh weiter?«

»Nur wenn Haverstock Angel heute Abend findet. Ohne Angel geht er nicht.«

»Warum ist Angel so wichtig für ihn?«

Er hob die Augenbrauen. »Ich habe es bisher nicht gewusst, aber jetzt ist es ganz offensichtlich: Angel hat die Gabe auch. Er kann ihn nicht frei herumlaufen lassen. Er wäre nie wieder sicher. Gute Nacht, Miss Bradley. Bitte, fahren Sie nach Hause und halten Sie sich aus der Sache heraus!«

Er wandte sich ab und eilte in die Dunkelheit hinein.

Evelyn blieb noch einen Augenblick lang sitzen und ging dann eilig zu Dr. Lathams Haus zurück. Sie schaute zu Angel hinein, aber er schlief, immer noch in derselben Lage, in der sie ihn zurückgelassen hatte. Sie betrachtete ihn eine Weile und ging dann nach oben zu Bett.

Vierundzwanzigstes Kapitel

Die Vorstellung lief schlecht. Das Zelt war kaum halb voll, und von denen, die da waren, gingen noch ein paar, als der Donner noch lauter wurde. Haverstock zog das Programm schnell durch, um es hinter sich zu bringen. Alle waren nervös und unruhig. Tim fiel beim Tanzen hin und erntete einen mörderischen Blick. Der Minotaurus war unverschämt und schien es darauf angelegt zu haben, die Frauen im Publikum in Verlegenheit zu bringen. Die Schlangenfrau wollte nicht mitspielen, wollte ihren üblichen Ausflug den Gang hinunter nicht antreten. Selbst die Handlanger waren zappelig, standen herum und flüsterten miteinander.

Haverstock sah es und hasste sie alle.

Aber es war schnell vorbei. Die letzten paar Leute gingen, als Henry vorgestellt wurde. Sie hatten von Henry-etta gehört und hielten ihn nicht für so sehenswert, dass sie seinetwegen vom Gewitter überrascht werden wollten. Henry schaute eine Weile auf das leere Zelt, ein absurder Anblick in seiner verschmutzten grünen Robe, und ging dann in den Wagen zurück, um mit Tim zu sprechen.

Die Lichter, die über der Wohnwagenreihe hingen, wurden ausgeschaltet, und ein Handlanger löschte die Fackeln. Die Wunderschau lag schweigend und still wie ein bemalter Leichnam unter dem schwarzen Himmel, und ihre Silhouette zeichnete sich scharf vor dem Wetterleuchten im Süden ab.

Finney und Jack standen auf der anderen Seite auf Beobachtungsposten. Sie kauerten hinter einem Busch und fühlten, wie ihre Herzen in ihrer Brust hämmerten. Sie schauten angestrengt in die Dunkelheit hinein und versuchten zwischen den bemalten Wagen eine Bewegung zu erspähen, aber da war nichts.

Sie schlichen über die Straße, in der Hocke wie Indianer, die lautlos ein Siedlerhaus einkreisen. Dann hielten sie die Luft an und rannten und tauchten unter den nächsten Wagen, als Autoscheinwerfer über die Eisenbahnschienen sprangen. Dicht aneinandergedrängt spähten sie durch die Speichen des Wagenrades, als der schwarze Ford klappernd zum Stehen kam. Louis stieg aus und ging zu Haverstocks Wagen.

Finney und Jack zogen sich vorsichtig auf allen vieren zurück, bereit zu erstarren, falls Louis in ihre Richtung schauen sollte. Jack zuckte plötzlich zusammen, hielt inne und stieß gegen Finney.

»Verdammich!«, murmelte er.

»Was ist los?«, flüsterte Finney.

»Ich bin mit dem Knie an ein Metallstück gestoßen«, zischte Finney zwischen schmerzlich zusammengebissenen Zähnen hervor.

Die Tür von Haverstocks Wagen öffnete sich, und Licht ergoss sich auf den Boden. Finney und Jack starrten mit weit aufgerissenen Augen und Mündern auf die Erscheinung, die im Türrahmen stand, eine Gestalt in schwarzem, wallendem Gewand, von Licht umflutet wie von einem Elfenbeinnebel. Dann atmeten sie erleichtert auf und sahen sich grinsend an, weil sie so dumm gewesen waren. Es war nur Haverstock, der immer noch das Gewand anhatte, das er in der Vorstellung trug.

»Er war nicht da«, hörten sie Louis sagen. »Nach dem, was ich durch das Fenster gehört habe, ist das Mädchen bei einer Übernachtungsparty in der Stadt. Ich habe die Scheune durchsucht, aber nichts gefunden. Wenn er dort ist, dann ist er gut versteckt, und das Mädchen weiß offensichtlich nichts davon.«

Haverstock nickte. »Wir reden mit ihr, wenn sie morgen früh zurückkommt, um ganz sicher zu gehen.«

Er schloss die Tür, und Louis ging in den Wagen des Minotaurus. Henry und Tim hörten auf zu flüstern und blickten erschrocken zur Tür, als Louis, ohne zu klopfen, eintrat. Louis schaute sie nachdenklich an, und ein Lächeln flatterte um seine Lippen. Er trat an die Pritsche des Minotaurus und beobachtete eine Weile die nackte, schlafende Gestalt. Dann wandte er sich ab und ging, ohne ein Wort zu sagen.

Jack und Finney schossen zurück unter den Wagen, als Louis herauskam. Er hielt auf den Stufen kurz inne, und das Lächeln ließ sich auf seinen Lippen nieder. Er ging in seinen eigenen Wagen, wo er warten sollte. Die Jungen beobachteten ihn, bis er nicht mehr zu sehen war.

»Was meinst du, in welchem Angel ist?«, flüsterte Jack.

»Ich weiß nicht«, antwortete Finney, »aber ich würde sagen, er ist in dem, auf dem sein Bild ist.«

Jack nickte zustimmend. Sie krabbelten auf allen vieren unter den Wagen durch. Sie hielten inne, und Finney streckte den Kopf heraus und schaute an der Seite des Wagens hinauf. Er reckte den Hals und schaute auch die anderen Wagen an.

»Es ist der nächste«, sagte er, als er wieder untertauchte. Sie krabbelten weiter und streckten die Köpfe heraus und schauten vorsichtig in die Runde. Sie nahmen keine Bewegung wahr und putzten sorgfältig ihre bloßen Füße an ihren Beinen ab. Finney legte seine Hand auf die Türklinke, und seine Muskeln .spannten sich unwillkürlich an. Er blickte zurück zu Jack und zog dann vorsichtig die Tür auf.

Sie spähten hinein, und Jack bemühte sich, über Finneys Schulter zu sehen. Das Innere des Wagens war pechschwarz. Jack umklammerte fest Finneys Arm, aber Finney spürte es nicht. Sie schraken beide zusammen, als es plötzlich donnerte und blitzte. Der Blitz erhellte das Innere des Wagens einen Augenblick lang, und sie sahen eine Gestalt auf einer Pritsche liegen.

Die Jungen gingen, kaum atmend, auf Zehenspitzen zu der Pritsche hin. Ein Geräusch drang an ihre Ohren, ein Rascheln von Bettzeug, und ein noch dunkleres Dunkel erhob sich von dem Bett. Tief aus Jacks Kehle kam ein kleines Quieken, und sie wichen zurück, bis sie gegen die Wand stießen.

»Angel?«, flüsterte Finney fast unhörbar.

Auf der Pritsche entstand neuerlich Bewegung. Ein Streichholz wurde angerissen, das sie für einen Augenblick blendete. Sie blinzelten und drückten sich an die Wand. Das Streichholz bewegte sich auf eine Kerze zu. Die angezündete Kerze wurde aufgehoben, und das Licht fiel auf einen Knäuel von Schlangen, die sich über einem Paar glitzernder Augen ringelten.

Finney und Jack kreischten auf und umklammerten sich gegenseitig. Sie verbargen ihre Augen, wandten sich ab und kauerten sich gegen die Wand und fühlten schon, wie ihr Fleisch zu Stein wurde. Die Medusa saß auf der Pritsche und beobachtete sie neugierig.

»Ich habe sie angesehen und bin nicht zu Stein geworden«, sagte Jack mit einem langgezogenen Seufzer.

»Ich schätze, der Teil der Geschichte war doch nur ein Märchen«, sagte Finney mit einer gewissen Enttäuschung. »Aber sie ist eine richtige Medusa, das steht fest.«

»Wie willst du das wissen?«, fragte Jack zweifelnd. »Sie hat uns nicht in Stein verwandelt.«

Finney seufzte und sah ihn von der Seite an. »Wenn sie ein Schwindel wäre, dann würde sie doch wohl ihre Schlangen abnehmen, wenn sie zu Bett geht, oder?«

Jack verzog den Mund und dachte ernsthaft nach. »Ja, du hast Recht«, sagte er. »Sie ist schon eine richtige Medusa.«

Sie schauten sich im Wagen um. Die Meerjungfrau trieb in ihrem Tank; möglicherweise schlief sie, aber sie sah eher so aus, als sei sie tot. Hinter ihr lag die Schlangenfrau zusammengerollt in ihrem Käfig.

»Schau, Finney!«, zischte Jack aufgeregt. »Die Schlangengöttin! Ich möchte sie mir näher ansehen.«

»Wir suchen doch Angel, Jack«, sagte Finney ungeduldig und kam sich etwas verraten vor.

»Wir haben doch wohl so viel Zeit, dass wir uns die Schlangengöttin ansehen können«, sagte Jack fordernd und wölbte seine Augenbrauen.

Finney rollte die Augen und nickte widerstrebend.

»Entschuldigen Sie, meine Dame«, sagte Jack mit brüchiger Stimme zur Medusa. »Verzeihen Sie, dass wir hier eingebrochen sind. Wir suchen Angel und haben den falschen Weg erwischt. Ist es Ihnen recht, wenn wir uns die Schlangengöttin genauer ansehen?«

»Und könnten Sie uns sagen, in welchem Wagen Angel ist?«, fügte Finney hinzu.

Die Medusa schaute von einem zum anderen und bewegte dabei ihren ganzen Kopf und nicht nur ihre Augen. Ihr Gesicht drückte nur Neugier aus. Jack und Finney sahen sich an.

Jack machte eine rasche Kopfbewegung. Sie gingen vorsichtig auf den Schlangenkäfig zu und hatten dabei ein wachsames Auge auf die Medusa. Die Schlangenfrau schlief, rührte sich aber, als sie näherkamen, und das Kerzenlicht funkelte matt auf ihren graublauen, metallischen Schuppen.

Die Medusa verfolgte sie mit ihrem fasziniert-starren Blick und bewegte nur ihren Kopf. Finney und Jack knieten nieder und pressten ihre Gesichter gegen die Gitterstangen. Die Schlangenfrau schaute zurück; mit ihrem silbernen Haarbusch sah sie aus wie ein aufgescheuchter Kakadu. Ihr Schlangenschwanz bewegte sich leicht, sie rückte näher zu ihnen heran, und ihr Kopf machte dabei schnelle vogelartige Bewegungen. Sie beobachtete sie einen Augenblick und streckte dann ihre kleine Hand aus und legte sie zart auf Jacks braune, schmutzige Finger, die eine der Stangen umklammerten.

»Heh«, hauchte er, »sie mag mich.«

Er griff plötzlich nach oben und öffnete den Riegel an der Käfigtür.

»Das solltest du nicht tun«, protestierte Finney.

»Seht!«, zischte Jack und öffnete die Käfigtür. Die Schlangenfrau sah ihn erwartungsvoll an. Jack hielt seine Hand hinein.

Da stand die Medusa auf, kam näher und beugte sich vor, um zu sehen, was sie machten. Finney und Jack fuhren herum und starrten in ein Schlangennest, zwei Zoll vor ihren Nasen. Jack schlug die Käfigtür zu, und sie schossen davon. Sie polterten über den Fußboden des Wagens, trampelten die Stufen hinunter und waren auf der Straße, bevor sie auch nur langsamer wurden.

Die Medusa wandte sich um und beobachtete ihren Abgang mit erschrockenem Blick. Sie hörte hinter sich ein Quietschen und wandte den Kopf. Die Tür des Käfigs der Schlangenfrau öffnete sich langsam unter ihrem eigenen Gewicht. Eine Angel erhob einen dünnen, rostigen Protest. Die Schlangenfrau beobachtete die aufgehende Tür und wiegte sich leicht hin und her. Sie zögerte einen Augenblick, dann ringelte sie sich aus dem Käfig, über den Fußboden, durch die Wagentür und die Stufen hinunter, ihre kleinen Arme vor sich haltend und eilte der Nacht entgegen.

Die Medusa beobachtete, wie sie sich entfernte, und nur ihr Kopf bewegte sich.

Finney und Jack kamen mit einem Satz zum Stehen und rangen keuchend nach Luft. Sie blickten zurück auf die Wunderschau, und Donner rollte über ihren Köpfen.

»Komm, Finney, gehen wir nach Hause!«, sagte Jack, während sich seine Brust heftig hob und senkte. »Wir können Angel morgen früh suchen. Außerdem fängt es jeden Moment an zu regnen, und wenn deine Mutter meiner Mutter sagt, dass ich draußen im Regen geblieben bin, dann darf ich einen Monat lang nicht mehr am Samstag bei dir übernachten.«

Finney antwortete nicht, aber er stimmte missmutig zu, indem er kurz mit dem Kopf nickte. Sie machten sich zum Haus der Bowens auf und schossen dann wie die Pfeile hinter die Ladebühne des Eiskellers, als Sheriff Dwyers Auto vorbeifuhr. Sie verfolgten es mit weit aufgerissenen Augen, sahen, wie es an der Wunderschau hielt und der Sheriff und drei andere Männer ausstiegen. Finney und Jack sahen sich verdutzt an.

»Ich hab's dir gesagt: Hier geht etwas Verdächtiges vor«, sagte Finney.

Fünfundzwanzigstes Kapitel

Haverstock saß an seinem Schreibtisch, tief in Gedanken versunken und immer noch in dem schwarzen Gewand, das er während der Vorstellung trug. Er blickte verärgert auf, als jemand an seine Tür klopfte. »Wer ist da?«, knurrte er böse.

»Der Sheriff«, sagte eine Stimme. »Ich muss Sie sprechen!«

Haverstock erhob sich murrend. Er stieß die Tür auf, wobei er nur knapp den Sheriff verfehlte, und starrte die vier Männer gallig an. »Was wollen Sie zu dieser Nachtzeit?«

»Darf ich eintreten?«, fragte Dwyer mit formeller Höflichkeit.

Haverstock trat, einen Schritt zurück und machte eine unverschämte Armbewegung. »Natürlich. Kommen Sie herein! Ruinieren Sie meinen Schlaf.«

Der Sheriff trat ein, aber die übrigen drei blieben draußen; sie beobachteten den Himmel und hofften, dass der Regen sie nicht überraschen würde. Sheriff Dwyer sah sich um und ignorierte Haverstocks Sarkasmus.

»Es tut mir leid, dass ich Sie stören muss, aber es ist wichtig. Ein Mädchen ist heute Nacht ermordet worden. Dr. Lathams Tochter. Sie wurde sexuell missbraucht.«

»Und da kommen Sie natürlich sofort zu mir gerannt«, sagte Haverstock im Ton eines Märtyrers. »Das passiert jedes Mal, sobald auch nur eine Flasche Milch sauer wird. Wir sind immer schuld. Die Fremden.«

»Dies ist doch wohl ein wenig ernster als saure Milch«, sagte Dwyer, seinen Ärger unterdrückend, und es keimte in ihm die Hoffnung, dass dieser großmäulige, abgefeimte Flegel irgendetwas damit zu tun haben könnte.

»Natürlich.« Haverstock deutete mit einem Achselzucken eine Entschuldigung an. »Tut mir leid. Natürlich finde ich das mit dem Mädchen sehr bedauerlich. Die Statistiken scheinen allerdings zu beweisen, dass in fast jedem dieser Fälle der Mörder jemand ist, den das Mädchen gekannt hat. Haben Sie schon ihren Freund verhört?«

»Mr. Haverstock, das Mädchen starb an den Folgen einer brutalen Vergewaltigung. Sie starb an schweren inneren Blutungen. Der Täter warf das Mädchen in eine alte Zisterne, als er mit ihr fertig war, und dort ist sie dann verblutet. Ich möchte bezweifeln, dass Billy Sullivans größer ist als mein Daumen.« Der Sheriff sah Belustigung in den Augen des anderen Mannes angesichts seines Ausbruchs. »Soweit wir das feststellen können«, fuhr er fort und versuchte einen ruhigen, offiziellen Ton zu finden, »fand das Verbrechen etwa um die Zeit statt, als Ihre erste Vorstellung anfing. Ich möchte wissen, wo sich Ihr gesamtes Personal zu diesem Zeitpunkt aufgehalten hat.«

»Was das anbelangt, Sheriff, gibt es kein Problem. Jeder der hier Beschäftigten hat bestimmte Pflichten zu erfüllen, und ich kann Ihnen persönlich versichern, dass alle diesen Pflichten nachgekommen sind.«

»Dann haben Sie nichts zu befürchten. Ich möchte trotzdem mit allen sprechen, aber das hat Zeit bis morgen. Was ich sofort benötige, ist eine vollständige Liste Ihrer Beschäftigten mit allem, was Sie von ihnen wissen.«

»Sheriff, wir brechen morgen sehr früh auf. Wir haben in zwei Tagen einen Termin in Liberal.«

»Sie werden erst aufbrechen, wenn ich eindeutig geklärt habe, dass keiner Ihrer Leute etwas mit dem Tod des Mädchens zu tun hat«, sagte Dwyer boshaft und kostete die hasserfüllte Miene seines Gegenübers aus. »Würden Sie mir also bitte diese Liste machen?«, sagte er milde. »Ich komme morgen früh wieder.« Er wandte sich ab und ging, ohne sich noch einmal umzusehen.

Haverstock stand in der Tür und sah zu, wieder Sheriff und seine Leute in ihr Auto stiegen und davonfuhren. Sein Gesicht war schwärzer als die Wolken, die am Himmel brodelten. Als das Auto außer Sichtweite war, ging er die Stufen hinunter und marschierte an der Wagenreihe entlang wie eine Lokomotive; die Windböen erfassten sein Gewand, ließen es anschwellen und flattern wie Todesschwingen. Er stieg die Stufen zum Wagen des Minotaurus hinauf und riss mit einem Ruck die Tür auf.

Henry und Tim hatten miteinander geredet, seit Henry in den Wagen zurückgekommen war. Sie flüsterten, um den Minotaurus nicht zu wecken, obwohl sie sich nicht sicher waren, ob es ihm etwas ausmachen würde, wenn Angel weglief oder nicht, aber sie wollten nichts riskieren. Sie hatten die Sache gedreht und gewendet, waren aber zu keinem Schluss gekommen. Es schien nur zwei Möglichkeiten zu geben: entweder nichts zu tun oder versuchen, Angel bei seiner Flucht zu helfen. Beide Positionen schienen unhaltbar.

Sie fuhren beide zusammen, als die Tür krachend aufging. Blitze zuckten hinter dem schwarzen Gespenst, das im Türrahmen stand. Donner zerriss den Himmel. Haverstock stürzte herein, sein Gesicht eine Studie der Wut.

»Was ist los?«, fragte Henry zu aufgeschreckt, um den Mund zu halten.

Haverstock gab ihm keine Antwort, schien ihn nicht einmal zu bemerken. Er ging zu der Pritsche, auf der der Minotaurus, die Hand schützend um seine Genitalien gelegt, immer noch schlief. Ein Gebrüll rasender Wut brach aus Haverstocks Kehle. Er trat dem Minotaurus in die Rippen. Der Minotaurus setzte sich langsam auf, rieb sich seine Seite und schaute Haverstock aus großen, sanften, verwirrten Augen an.

Henry und Tim betrachteten nervös das Bild. Der Minotaurus schwang seine Hufe auf den Boden; er saß nackt auf der Pritsche und schaute fragend auf den Mann, der in Raserei erstarrt über ihm stand.

»Du verdammtes Ungeheuer!«, schrie Haverstock, nachdem er endlich seine Stimme wiedergewonnen hatte. »Du verdammtes Vieh! Du konntest nicht warten, was? Du konntest nicht warten, bis wir eine Schlampe aufgetrieben hatten, die sich von dir hätte besteigen lassen. Du musstest gehen und dir ein Mädchen aus der Stadt holen. Du blödes Monstrum! Sieh dich doch an!« Er zeigte auf die Genitalien des Minotaurus. »Du dreckiges Vieh! Du hast dich nicht einmal gewaschen! Du bist immer noch blutbeschmiert! Begreifst du nicht, in welche Gefahr du mich damit bringst? Ich habe geglaubt, ich hätte es das letzte Mal ganz klar gemacht: es kommt nicht wieder vor! Hat die kleine Lektion, die ich dir damals erteilt habe, überhaupt keinen Eindruck auf dich gemacht? Ist mein Versprechen, dir die

Eier abzuschneiden, dich in einen Ochsen zu verwandeln, nicht zu dir durchgedrungen?«

Er holte tief Luft und versuchte, sich zu beruhigen. »Nun, es wird nicht wieder Vorkommen«, sagte er mit tödlich ruhiger Stimme. »Du brauchst keine Angst zu haben, dass ich dich kastriere. Ich habe euch Missgeburten zu Tode satt. Ich will eure abscheulichen Gesichter nie wieder sehen. Ihr tut nichts anderes, als meine Arbeit in Gefahr bringen.«

Der Minotaurus stand auf und schaute ihn unsicher an. Haverstock war einen Kopf kleiner als er.

»Du konntest nicht an mich oder meine Arbeit denken. Alles, woran du denken konntest, war dein schmerzendes Fleisch. Es wird nicht wieder Vorkommen! Nie! Nie wieder!«

Der Minotaurus griff sich plötzlich an die Brust und holte mehrmals keuchend Luft. Seine Kehle rasselte, und seine Augen quollen hervor.

Henry und Tim starrten den getroffenen Minotaurus an, dann packte Henry Tim und rannte davon, so schnell er konnte.

Der Minotaurus taumelte. Seine Hufe klapperten unsicher auf dem hölzernen Boden. Haverstock starrte ihn mit lustvoll brennenden Augen an. Der massive Körper des Minotaurus begann zu beben. Seine seidige Haut wurde aschfahl. Er streckte eine zitternde Hand flehentlich aus und fiel schwer auf die Knie. Haverstock lachte und ließ das Blut des Minotaurus zu seinen Lenden strömen. Sein Phallus schwoll und richtete sich auf. Seine Augen wurden glasig und verwirrt, so als wisse er nicht, warum er sterbe. Blut sickerte aus seiner flachen Nase. Sein Körper wurde wieder von Zuckungen erfasst, und er presste qualvoll seine Arme an die Brust. Die Muskeln in seinen Armen und Schultern verknoteten sich und zitterten. Der Minotaurus war unglaublich stark und brauchte lange, um zu sterben, aber schließlich wurden seine Augen blicklos und stumpf, wie von einem Film überzogen. Er kippte nach vorn und krachte zu Boden. Sein Atem entfloh langsam in blutigem Schaum.

Haverstock wandte sich ab; sein eigener Atem ging stoßweise, und in seinen Augen war ein irres Glitzern. Er schaute auf Henrys leeres Bett, und ein Wimmern entrang sich seiner zugeschnürten Kehle. Er stieß Tims Kiste um und durchwühlte ihren Inhalt. Er schmiss das Wrack auf den Boden. Er ergriff die Lampe und schleuderte sie an die Wand über der Pritsche des Minotaurus. Das Glas zerschellte, und brennendes Kerosin lief die Wand herunter und über den Boden und füllte den Wagen mit Flammen.

Haverstock ging hinaus und schritt an der Wagenfront entlang. Er öffnete eine Tür. Er hob die Hand. Ein Feuerball bildete sich um seine Finger, der brannte wie eine kleine Sonne. Sein Arm holte aus, und der Feuerball zerspritzte im Wagen. Die verstreuten Trümmer klebten an Holz und Stoff und Fleisch, fraßen und verbreiteten sich mit unnatürlicher Schnelligkeit. Die Handlanger erwachten schreiend. Haverstock knallte die Tür zu, aber selbst in seiner Raserei entging ihm nicht, dass sich nur fünf Männer in dem Wagen befanden. Die Tür ratterte, als Fäuste dagegen hämmerten, aber sie wollte nicht aufgehen, obgleich sie nicht verschlossen war. Die Drahtgitter an den Fenstern sangen, als Finger wie Klauen an ihnen rissen. Die Schreie der Panik und Todesqual erstarben. Flammen fraßen sich durch die Halteseile, und die Jalousien schlugen zu. Rauch quoll aus den Ritzen, dann schossen Flammen hervor.

Die Pferde begannen zu wiehern und an ihren Zügeln zu reißen, und ihre Hufe stampften Klumpen aus der festgetretenen Erde. Schon nervös durch den Donner und die Blitze, brachen sie los und nahmen Reißaus. Sie fegten um das Zelt wie ein trommelnder Fluss. Einige verfingen sich in den Haltetauen und stürzten, eines lag strampelnd und schnaubend da und konnte nicht wieder aufstehen. Pflöcke lösten sich aus der Erde, und eine Ecke des Zeltes sank ein, blähte sich auf und fiel zusammen.

Haverstock ging zum nächsten Wagen und öffnete die Tür. Die Medusa erhob sich von ihrer Pritsche und sah ihn an, und in ihren Augen spiegelten sich flackernde rote Lichter. Die Meerjungfrau trieb reglos in ihrem Tank. Er sah den leeren Käfig der Schlangenfrau und knurrte laut. Mit noch größerer Wut schoss er die Feuerkugel in den Wagen.

Die Medusa rannte an ihm vorbei; ihre Kleider standen in Flammen. Ihr Mund war offen, und ihre Augen starrten. Sie rannte über den Platz, mit ausgestreckten Armen, die etwas suchten, was nicht existierte. Die Schlangen auf ihrem Kopf wanden sich wie rasend und bissen ihr ins Gesicht, in den Hals, in die Schultern. Die Luft entströmte ihrem weitgeöffneten Mund in einem lautlosen Schrei. Dann strauchelte sie und fiel in einem Flammenhaufen zu Boden. Sie starb ohne einen Laut.

Die Meerjungfrau erwachte und schwamm in kleinen Kreisen in den engen Grenzen ihres Tanks herum, und ihre runden Fischaugen glühten rot von den Flammen, die sie umringten. Sie presste sich gegen das Glas, wich aber zurück, weil es zu heiß geworden war. Sie schwamm schneller, und Wasser schwappte über den oberen Rand des Tanks. Ihre lidlosen Augen starrten, und ihr Mund öffnete und schloss sich in schneller Folge. In ihrer Panik schlug sie gegen die Wände des Tanks, bis das Wasser rot war von ihrem Blut.

Das Wasser begann zu dampfen. Dann wurde die Hitze zu groß und das Glas zersprang. Wasser ergoss sich in einem Schwall über den brennenden Boden. Der Wagen füllte sich mit heißem Dampf. Die Meerjungfrau lag auf dem Boden des Tanks. Ihr weißlich verfärbter Körper zitterte und lag dann still. Nur ihr Mund öffnete und schloss sich krampfhaft, und bald hörte auch das auf. Sie starb qualvoll und verwirrt.

Haverstock schickte einen Flammenball zum Zelt. Es loderte auf, als sei es mit Benzin getränkt. Er kam bei Louis'

Wagen an und fand Louis im Bademantel draußen stehen und ihn beobachtend. Sie musterten sich eine Weile, wogen ab, schätzten ein. Dann forderte Haverstock Louis mit einer Handbewegung auf, ihm zu helfen und kehrte zu seinem eigenen Wagen zurück. Louis ging wieder nach drinnen und kam mit einem Armvoll Kleider und der verängstigten Frau zurück. Sie war nur halb angezogen: ihr Mund war ein kleines rundes Loch, und ihre Augen waren weit aufgerissen. Louis gab ihr mit der Hand einen Schubs, und sie stolperte auf bloßen Füßen in die Dunkelheit hinein davon.

Schon begann das hintere Ende von Louis Wagen zu qualmen.

Auf Roses Party rannten zwanzig kichernde, schwatzende Mädchen ans Fenster und starrten mit Käferaugen auf die Flammen, die über den Baumwipfeln auf der anderen Seite des Platzes auflodertern. Unter allerhand Getue und Durcheinander begannen sie sich anzukleiden.

Finney und Jack hatten gerade ihre Nachthemden angezogen und machten sich zum Schlafengehen fertig. Sie schauten aus dem Fenster, als sie die Feuerglocke hörten, und kletterten aus dem Haus, ohne sich wieder umzuziehen.

Die Menschenmenge wimmelte um das Feuer herum wie Nachtfalter, manche angezogen, andere in Schlafröcken über Nachthemden und Pyjamas. Die Männer halfen, Haverstocks Wagen von den Flammen wegzurollen. Louis fuhr den schwarzen Ford mit seinen Kleidern auf dem Nebensitz ein Stück weiter die Straße hinunter außer Gefahr. Alles Übrige brannte lichterloh. Über dem Zelt loderten die Flammen so hoch, dass sie die Unterseite der schwarzen Wolken kupfern tönten. Dann sanken sie zusammen, als das Zelt verzehrt war.

Das Orchestrion begann plötzlich zu spielen, aber nur für einen Augenblick. Dann zerstörte das Feuer das Spielwerk.

Finney und Jack kamen angerannt, und ihre bloßen Füße trommelten auf der Straße. Sie standen traurig vor dem Schauspiel. »Da geht die alte Wunderschau dahin«, sagte Finney feierlich. »Nie wieder wird es eine solche geben.«

Jack nickte in ernster Zustimmung, als Rose und die Mädchen eintrafen. Sie schnatterten und setzten erschrockene Gesichter auf.

Die Nachricht machte in der Menge schnell die Runde: »Es sind alle umgekommen. Alle, bis auf die beiden dort drüben bei dem Ford.« Wo genau die Nachricht ihren Ursprung genommen hatte, wusste niemand so recht, aber sie war zu furchtbar, um nicht weitergegeben zu werden. Rose hörte sie, und Frost schien sich auf ihrer Haut zu bilden.

Kelsey Armstrong!

Die Bilder, die sie aus ihrem Gedächtnis glücklich verbannt hatte, kamen wieder, Kelsey Armstrongs fordernder Mund auf dem ihren, seine harten Arme, die sie umfingen, sein nackter Körper an dem ihren. Sie fühlte einen Schmerz in den Schenkeln und ein Loch in der Magengrube. Dann brachte die Hitze der Erleichterung den Frost zum Schmelzen und linderte den Schmerz. Jetzt würde es niemand je erfahren. Der Gedanke hatte an ihr genagt. Was, wenn Kelsey es jemandem erzählt hatte? Wenn er es den anderen Männern im Zirkus gesagt hatte? Wenn alle sechs sie hätten haben wollen? Wenn sie nachts um ihr Haus geschlichen wären und sie gerufen hätten? Jetzt war sie sicher, jetzt würde er es niemals erzählen, niemand würde es je herausbekommen.

Haverstock und Louis standen neben dem schwarzen Ford. Haverstock schaute in die Flammen, sein Gesicht war selbstzufrieden, seine Wut verraucht. Aber Louis hatte kein Auge für die Flammen. Vielmehr beobachtete er den anderen Mann und machte sich seine eigenen Gedanken.

Auf der anderen Straßenseite, hinter der Klettertrompete der alten Miss Sullivan schauten auch Henry und Tim zu.

Dann, endlich, brach das Gewitter los. Der Wind trieb die Leute auseinander wie welkes Laub. Sie trabten zu ihren Häusern und Sturmkellern und umklammerten Schlafröcke, die drohten weggepeitscht zu werden. Donner sprengte die sich abkühlende Luft und ließ die Erde erbeben. Blitze rissen den Himmel auf und fuhren in den Boden. Ein Strahl fand die Natursteinmauer der Redwines. Ein Teil davon brach heraus, mit einem Schlag, der jeden weckte, der es fertiggebracht hatte, die Feuerglocke zu verschlafen.

Evelyn Bradley setzte sich im Bett auf, ohne zu wissen, was sie geweckt hatte. Sie ging nach unten, um zu sehen, ob bei Angel alles in Ordnung war, und fand ihn in tiefem Schlaf. Sie stieg die Treppe hinauf und ging wieder zu Bett.

Der Wind peitschte über das Feuer und verstreute glühende Trümmer hundert Meter weit nach Norden. Kinder sausten in schriller Aufregung herum und stampften die Flammen aus. Die alte Miss Sullivan raste in ihrem Flanellnachthemd durch die Gegend, schwang ihren Besen und fluchte wie ein Scheunendrescher.

Henry und Däumling Tim zwängten sich hinter das Spalier mit der Klettertrompete.

»Wir müssen Angel finden und hier weg«, sagte Tim ungeduldig.

»Aber wir wissen doch nicht, wo das Haus des Doktors ist«, sagte Henry gereizt. »Wenn wir es jetzt suchen gehen, sieht uns bestimmt jemand. Es wimmelt von Menschen.«

»Wir können ihn nicht einfach dort lassen. Was wird er tun, wenn er am Morgen aufwacht? Wir finden ihn vielleicht nie wieder, wenn er auf eigene Faust loszieht. Haverstock dagegen wahrscheinlich sehr wohl.«

»Ich glaube nicht, dass wir befürchten müssen, er ginge auf eigene Faust los. Nicht, solange das Mädchen in der Nähe ist.«

»Das ist nicht sicher. Sie könnte ja deinen Rat befolgt haben und nach Hause gefahren sein.«

Henry schüttelte den Kopf. »Keine Chance. Unsere Miss Bradley hat es erwischt. Ich weiß genau, wo Angel morgen sein wird. Los, komm!«

Sie verließen das Klettertrompetenasyl, schlugen einen Bogen um die alte Kornmühle und wateten über den Crooked Creek.

Die Bürger von Hawley bejubelten sarkastisch die Ankunft des Feuerlöschwagens. Harley Overcash fuchtelte mit seinen ölverschmierten Händen und erklärte jedem, der es wissen wollte, dass der Wagen nicht hatte anspringen wollen. Als sie dann den Schlauch in Betrieb hatten, blies der Wind das meiste Wasser zurück auf die Menge.

Rose Willet hielt mit der einen Hand ihren flatternden Schlafrock zusammen und ihr Haar mit der anderen. Die anderen Mädchen waren die Straße hinauf und hinunter verstreut; einige eilten zum Haus zurück, die anderen standen noch um das Feuer herum.

Rose ging gerade am Eiskeller vorüber, als sie glaubte, ihren Namen zu hören. Es war nur der Wind, dachte sie. Sie hörte ihn wieder und drehte sich um, blinzelte gegen den Wind. Kelsey Armstrong stand im Dunkel und winkte ihr zu. Freude und Schrecken trafen sich in ihrem Blut zum Duett. Er war nicht tot; Furcht und Verlangen mischten sich mit den Erinnerungen an ihn.

Sie ging langsam auf ihn zu und vergaß ihren Schlafrock und vergaß ihr Haar. Er zog sie in seine Arme.

»Sie haben gesagt, du seist tot«, sagte sie tonlos.

»Ich war an der Spinnerei und habe auf dich gewartet«, sagte er und drückte sie an sich.

»Ich habe dir gesagt, ich würde nicht kommen.«

»Ich weiß. Ich habe darauf gesetzt, dass du es dir anders überlegen könntest.«

»Sie haben gesagt, du seist tot.«

»Ich liebe dich, Rose.«

»Ich habe Angst.«

»Ich liebe dich, Rose. Komm mit mir heute Nacht!«

»Nein. Nein, ich kann nicht.« Sie drängte von ihm weg, aber er hielt sie immer noch an den Schultern. »Mein Vater...«

»Zum Teufel mit deinem Vater.«

»Nein. Mein Vater würde uns umbringen.«

»Denk an gestern Nacht. Denk daran, wie schön es war.«

»Ich denke daran.«

»Wir passen zusammen, Rose. Wir hätten ein wunderbares Leben zusammen.«

»Nein. Mein Vater...«

»Hör auf, deinen Vater vorzuschieben!«

Ihr Gesicht zuckte. »Es gibt keine Zukunft mit dir.«

»Es gibt Liebe und Glück.«

»Ich brauche mehr als das.«

»Was gibt es noch mehr? Liebe und Glück sind alles.«

»Das ist nicht genug.«

»Ich bin jung, Rose. Ich bin erst zweiundzwanzig. Ich bin stark und nicht dumm. Ich kann noch alles werden, was du haben willst. Bitte, Rose, komm mit mir!«

»Du bist zu stark, Kelsey«, sagte sie, und ihre Kehle war so zugeschnürt, dass sie kaum sprechen konnte. »Ich habe Angst. Bitte. Geh fort!« Sie ging rückwärts von ihm weg. »Geh fort, Kelsey! Ich habe Angst.« Sie wandte sich um und rannte die Straße hinunter. Sie kümmerte sich nicht um den Wind, beachtete nicht, dass er ihre sorgfältig gewellte Frisur zerstörte, tat nichts dagegen, dass er ihren Schlafrock blähte und ihr Nachthemd an die Beine klebte.

Kelsey sah ihr nach, bis sie außer Sichtweite war. Er fühlte ein großes Loch in seinem Leib und eine Schwäche in seinen Gliedern. Dann ging er an die Bahnstrecke, in der Absicht, auf den nächsten Güterzug aufzuspringen.

Baby Sis Redwine beobachtete das Feuer von ihrem Schlafzimmerfenster im ersten Stock aus und überlegte, ob sie hingehen und helfen sollte. Aber es schienen schon hundert andere dort herumzurennen. Sie kam zu dem Schluss, dass sie wenig tun könnte, außer zu der allgemeinen Verwirrung beizutragen, und außerdem war ja endlich das Löschfahrzeug angekommen. Dann hörte sie über das Krachen des Donners und das Toben des Windes hinweg ein Geräusch.

Vor sich hin schimpfend zog sie sich ein Paar Overalls über das Nachthemd und holte die Schrotflinte aus dem Schrank.

»Was ist los?«, fragte ihre Mutter. Sie war in Sis' Zimmer gekommen, um sich das Feuer anzusehen; ihr Zimmer lag auf der anderen Seite des Hauses.

»Es ist etwas im Hühnerstall.«

Sie eilte aus dem Zimmer, und ihr Nachthemd hing an den Seiten des Overalls heraus. Ihre Mutter wackelte hinterher.

Der Wind ergriff die Fliegengittertür und schlug sie gegen die Wand. Die Blitze hinterließen weiße, tanzende Streifen vor Sis' Augen. Sie watschelte über die Veranda und die Stufen hinunter und horchte auf das panische Gackern, Schreien und Flattern der Hühner.

Ihre Mutter rannte hinterher; sie hielt mit der einen Hand krampfhaft ihren Schlafrock unten, der ihr über den Kopf zu schlagen drohte, und umklammerte mit der anderen das Geländer, um nicht den Boden unter den Füßen zu verlieren und weggeblasen zu werden.

Sis öffnete die Tür des Hühnerstalls und schaute hinein, die Flinte schussbereit in ihren Händen. Der Wind wirbelte Federn durch die Luft. Das misstönende Konzert tat ihren Ohren weh, aber sie konnte eine dunkle Gestalt erkennen, die den Wirbel aus kreischenden, flügelschlagenden Hühnern verursachte.

Sie hob die Flinte und feuerte. Das Zinn-Dach klang wie eine Glocke, und ein unirdischer Schrei gellte durch den Stall. Ein Blitzstrahl leuchtete auf, und Sis machte einen Schritt zurück; sie hielt die Flinte in tauben Fingern.

Die Schlangenfrau fasste sich mit ihren winzigen Händen an ihre blutige Brust und richtete sich auf ihrem Schlangenleib auf. Sie stieß krachend gegen das Dach und fiel dann gegen die Wand. Blut und Federn klebten um ihren offenen Mund. Ihr Reptilschwanz drosch wie rasend, zertrümmerte Roste, warf Nester um. Gackernde Hühner flogen um Sis herum ins Freie, aber sie bemerkte sie kaum.

Die Schlangenfrau rutschte langsam an der Wand herunter, ihr Reptilschwanz wand und zog sich zusammen. Dann lag sie still. Alles, was sich noch regte, war ein leichtes Zittern in ihrem Schlangenleib, dann lag auch er still.

Sis Mutter packte sie beim Arm. »Hast du's erwischt? Was war es?«

»Schau!«, sagte Sis und deutete mit einer zittrigen Hand nach vorn.

Ihre Mutter kniff die Augen zusammen und schaute angestrengt ins Dunkel. Es dauerte nur eine Sekunde, bis ein Blitzstrahl aufleuchtete. »Ach du großer Gott!«, keuchte sie. »Das ist doch dieses Geschöpf aus dem Zirkus! Vielleicht hättest du es nicht erschießen sollen. Es muss eine Menge Geld wert sein.«

Augenblicklich gewann Empörung die Oberhand über Sis' Schuldgefühle. »Es hat meine Hühner gemordet, oder vielleicht nicht? Das werden wir ja sehen, wenn die etwas aus der Sache machen wollen.«

Dann kam der Regen. Die das Feuer bekämpften, hörten ihn kommen, ein zischendes Rauschen, das näherkam wie der Nachtgüterzug nach Wichita und von Sekunde zu Sekunde weiter anschwoll. Sie seufzten erleichtert auf, als die Wasserwand aufprallte, und rannten dann los, um Schutz vor den erbsengroßen Körnern des Hagels zu suchen, der mit dem Regen einherging.

Harley Overcash rollte den Schlauch zurück zum Löschwagen, und der Hagel prasselte tosend auf seinen Helm hernieder. Er wünschte, der Regen wäre ein klein wenig früher gekommen.

Die brennenden Wagen dampften und zischten unter dem Guss. Bald waren sie nur noch Haufen nasser Holzkohle, aus denen gelegentlich Dampf hervorzischte, wenn der einsickernde Regen auf noch glühende Überreste traf.

Der Regen ließ schnell nach. Die Leute krochen aus ihren Sturmkellern und gingen wieder zu Bett. Bald waren im Süden Sterne zu sehen, aber es gab niemanden, der sie betrachtet hätte. Das einzige Licht in der Stadt brannte in Haverstocks Wagen, wo er und Louis Zuflucht gesucht hatten.

Sechsundzwanzigstes Kapitel

Angel wachte langsam auf, streckte sich und gähnte. Einen Augenblick lang konnte er sich nicht erinnern, wo er war, dann erstarrte er, und seine Blicke schossen unruhig hin und her. Die in ihm aufsteigende Panik legte sich, als er in Evelyns lächelndes Gesicht blickte. Sein Körper entspannte sich wieder, und er legte sich auf dem Notbett in Dr. Lathams Praxis zurück. Er lächelte sie unsicher an und spürte ein merkwürdiges Gefühl in seiner Kehle. Er setzte sich auf.

»Wie fühlst du dich?«, fragte sie leise.

Sein Lächeln wurde breiter, und es schien, als sei das Zimmer sonniger geworden.

»Gut«, sagte sie und hatte ein warmes Gefühl. »Ich weiß nicht, wo Dr. Latham ist. Es war niemand hier, als ich aufgestanden bin. Er hat gesagt, alles, was du brauchst, ist, dass du dich einmal gründlich ausschlafen musst.«

Sie sahen sich gegenseitig eine Weile an.

»Ja, was machen wir nun mit dir?«

Sein Blick drückte Zweifel aus und schien um Entschuldigung dafür zu bitten, dass er ein Problem darstellte.

»Ich habe gestern Abend mit Henry gesprochen.«

Angels Augenbrauen hoben sich interessiert.

Sie zuckte die Achseln. »Er hat sich auch keinen Rat gewusst. Er hat sich große Sorgen um dich gemacht.«

Angels Gesichtsausdruck bat wieder um Entschuldigung.

»Er hat gesagt, dass er mit Tim reden muss, dass sie sich zu zweit etwas ausdenken würden. Ich habe ihm gesagt, wo du bist. Ich habe gedacht, sie würden herkommen.« Ihr Gesicht verfinsterte sich, als der Gedanke sie durchzuckte, sie könnten vielleicht beschlossen haben, Angel nicht zu helfen, weil sie zu sehr um ihre eigene Sicherheit besorgt waren. Aber sie schob den Gedanken gleich wieder weg, weil sie das einfach nicht glauben konnte. Es gab offenbar irgendeinen anderen Grund. Sie dachte eine Weile nach und fasste dann einen nervösen Entschluss. »Es gibt nur eines, was wir tun können. Du musst mit zu mir nach Hause kommen, und ich werde Henry benachrichtigen, wo du bist.« Sie warf ihm einen schnellen Blick zu. »Ich meine, hier kannst du nicht bleiben. Haverstock und dieser Mexikaner sind hinter dir her, und das hier ist etwas zu nahe, um sich sicher zu fühlen. Unser Haus liegt draußen auf dem Land; sie würden nie darauf kommen, dort nach dir zu suchen.«

Er schaute sie mit einem Ausdruck an, den sie nicht deuten konnte, aber sie hatte wieder das gleiche Gefühl, das sie schon am Abend zuvor auf der Straße gehabt hatte, als er in ihrer Seele zu lesen schien. Dann nickte er und schaute auf seine Kleider, die über einen Stuhl gelegt waren. Er grinste und bedeutete ihr mit einer Handbewegung, dass sie sich umdrehen solle.

Sie tat es und zog dabei ein Gesicht, weil sie an seine Nummer im Zirkus dachte, in der er splitternackt über dem Publikum schwebte. Natürlich, mit der Wasserkugel und den Wolken und den Blitzen hätte er genauso gut voll angekleidet sein können, nach dem, was man sah. Fast hätte sie etwas gesagt, aber ihr fiel ein, was Henry gesagt hatte, dass Angel sich nie an das erinnern konnte, was er während der Vorstellung tat.

Angel schlug das Laken zurück und zog sich die Hose über seine kurze Unterhose. Er klopfte mit den Knöcheln seiner Hand an den Stuhl, und sie drehte sich um. Seine Augen funkelten wie rote Steine, während er sein Hemd und seine Schuhe anzog.

»Das Bad ist dort drüben«, sagte sie mit einer Kopfbewegung in die Richtung, »falls du kurz verschwinden musst.«

Evelyn drosselte das Tempo und starrte verblüfft auf die abgebrannte Wunderschau. Der Sheriff und eine Gruppe von Männern stocherten in den durchweichten Trümmern herum, auf der Suche nach den verkohlten Leichen. Sie griff nach hinten und tippte Angel an, der sich auf dem Rücksitz zusammenkauerte. Er richtete sich hoch genug auf, dass er sehen konnte. Kummer überschattete sein Gesicht. »Was machen wir jetzt?«, flüsterte Evelyn.

Er ließ sich in den Sitz zurückfallen und zuckte ratlos die Achseln.

Ausgerechnet in dem Augenblick trat Louis aus Haverstocks Wagen und sah sie. Sie schaltete schnell in den zweiten Gang und fuhr davon. Louis beobachtete, wie der Wagen über die Eisenbahnschienen rumpelte und die Brücke überquerte. Seine Lippen zuckten in einem Lächeln.

Evelyn fuhr langsam über die nasse Straße, platschte durch Schlaglöcher, in denen das Wasser stand, und beschaute den Weizen. Er war gebeugt und von der Feuchtigkeit starr, schien aber keinen Schaden genommen zu haben. Einige wenige heiße Sonnentage, und er würde wieder trocken und aufrecht dastehen. Sie wusste, was ein starker Regen und Hagel anrichten konnten, die den Weizen oft so zu Boden schlugen, dass nur noch ein verfilzter Teppich übrig blieb, den niemand mehr abernten konnte.

Angel beugte sich vor an die Sitzlehne, stützte das Kinn auf seine verschränkten Unterarme und betrachtete alles mit Augen, als habe er es nie zuvor wirklich gesehen. Sie drehte sich um und lächelte ihm zu. Er lächelte zurück wie ein kleines Kind am Weihnachtsmorgen. Sie erklärte ihm alles über den Weizen und den Regen und den Hagel, nicht weil sie glaubte, dass ihn das wirklich interessieren würde, sondern weil es ihr Freude machte, mit ihm zu reden. Er betrachtete ihr Gesicht, während sie sprach, und auf seinen Lippen lag ein kleines, zufriedenes Lächeln.

Das Auto machte einen kurzen Ausrutscher im Schlamm, als sie zu schnell in den Seitenweg einbog. »Duck dich!«, sagte sie. Er ließ sich hinter den Sitz auf den Boden fallen. Sie parkte das Auto in der Nähe der Scheune und sprach mit Angel, ohne den Kopf zu wenden.

»Warte, bis ich im Haus bin, und dann lauf in die Scheune! Ich glaube, ich sondiere erst einmal das Terrain, bevor ich meinen Eltern von dir erzähle. Ich bin mir nicht sicher, was sie zu all dem sagen werden.« Sie lachte nervös.

Ihre Eltern und Harold kamen ihr auf der Veranda entgegen, und auf ihren Gesichtern flackerten Zorn und Erleichterung im Wechselspiel.

»Wo bist du gewesen?«, fragte Bess anklagend und mit gepresster Stimme. »Wir haben uns den ganzen Morgen zu Tode geängstigt.«

»Junge Frau«, sagte Otis streng, »ich hoffe für dich, dass du eine gute Erklärung parat hast.«

»Das sieht dir doch gar nicht ähnlich«, sagte Bess, und ihre Hände auf ihrer Schürze flatterten.

Evelyn sah sie völlig verstört an. »Was ist denn los?«, fragte sie mit aufgerissenen Augen.

»Wo bist du die ganze Nacht gewesen?« Otis Hand zitterte leicht unter der sich lösenden Anspannung. »Rose hat gesagt, du warst nicht bei ihr.«

»Dann haben wir das von der armen Francine erfahren...« Bess schluchzte und drehte ihre Schürze zu einem Knoten zusammen.

»Ich wollte schon den Lastwagen nehmen und dich suchen gehen«, unterbrach Otis seine Frau.

»Wir haben die Zentrale angerufen, und nicht einmal Reba hat gewusst, wo du bist.« Bess steigerte sich immer mehr hinein. »Reba hat gesagt, du hast Rose angerufen...«

»Was ist mit Francine geschehen?«, fragte Evelyn nüchtern und wünschte, sie würden mit dem Getue aufhören und ihr erklären, was eigentlich los war.

»Hast du es denn nicht gehört?«, fragte Harold und hob die Augenbrauen.

»Nein!«

»Sie ist - ermordet worden, Liebling«, sagte Bess leise.

»Ermordet?« Evelyn hatte ein Gefühl, als habe sie ein Buch in der Mitte angefangen.

»Sie wurde auch - belästigt«, presste Otis hervor.

»Deshalb hatten wir solche Angst um dich, Liebling«, wimmerte Bess.

»Belästigt?«

»*Vergewaltigt*«, schnappte Harold ungeduldig.

»Harold, gebrauche dieses Wort nicht«, flüsterte Bess und griff sich mit der Hand an den Hals.

»Man hat sie auf dem Grund der alten Zisterne gefunden, da wo das Haus der Overstreets abgebrannt ist«, erklärte Otis ruhig. »Dr. Latham ist sie suchen gegangen, nachdem er erfahren hatte, dass sie nicht bei den Willets eingetroffen war. Er hat ihren Übernachtungskoffer in der Nähe der alten Grundmauern gefunden. Als ersieh dort umgesehen hat, hat er bemerkt, dass einige von den alten Brettern von der Zisterne entfernt worden waren... Und dann ist der Zirkus abgebrannt.«

»Das habe ich gewusst. Ich habe es auf dem Heimweg gesehen.«

»Alle diese Leute sind tot.« Bess fröstelte. »Alle dort sind umgekommen, bis auf diesen Haverstock und den Mexikaner.«

Evelyn sah sie entgeistert an. Wenn Henry und Tim tot waren, was sollte Angel dann tun?

»Ich warte immer noch auf eine Erklärung, wo du gestern Nacht gewesen bist.« Otis brachte sie zum Thema zurück.

»Ach das...« Sie wurde zappelig.

»Ja, das! Ich warte.«

Evelyn schaute zum Wagen. Harold sah sie misstrauisch an und folgte ihrem Blick. Evelyn ging auf das Haus zu und versuchte, die anderen hinterherzuziehen. »Ich war die Nacht über bei Francine«, sagte sie lahm.

»Bei Francine?« schnaufte Bess.

»Warum hast du das Auto zur Scheune gefahren?«, fragte Harold, und seine Augen verengten sich zu schmalen Schlitzen.

Evelyn beachtete ihn nicht. »Francine war nicht da. Ich habe nichts davon gewusst, dass sie... Ich habe gedacht, sie ist bei Rose.«

»Und was hast du dann dort gemacht?«, fragte Otis streng.

»Es war ein Unfall. Ich...«

»Ein Unfall?« Bess' Hände flatterten. »Bist du verletzt worden? Warst du deswegen beim Doktor?«

Evelyn ging durch die Tür, und ihre besorgten Eltern folgten ihr auf dem Fuß. Harold blieb kurz stehen. Er warf einen nachdenklichen Blick auf das Auto und ging dann hinter ihnen ins Haus.

»Nein, ich bin nicht verletzt worden. Ich hatte nur keine Lust mehr, auf Roses Party zu gehen.«

»Warum hast du uns nicht angerufen?«

»Es tut mir leid. Ich glaube, ich habe einfach nicht daran gedacht. Ich hatte ja keine Ahnung, dass ihr euch Sorgen machen würdet.«

Angel beobachtete, wie sie ins Haus gingen, dann schlüpfte er auf der entgegengesetzten Seite aus dem Auto und lief gebückt in die Scheune. Er schaute sich um und suchte nach einem Versteck. »Angel!«, zischte es von oben. Er riss den Kopf hoch und sah Henry zu ihm heruntergucken. »Hab' ich mir doch gedacht, dass du früher oder später hier aufkreuzen würdest«, sagte Henry.

Ein Grinsen des Entzückens und der Erleichterung brach aus Angels Gesicht hervor. Er rieb seine feuchten Handflächen an seinem Hosenboden ab und trat von einem Fuß auf den anderen.

»Komm schon rauf!«, sagte Henry und lächelte. »Wir haben ein paar schwere Entscheidungen zu treffen.«

Bald darauf fuhren Otis und Bess zur Kirche, aber Evelyn bettelte, dableiben zu dürfen. »Mir ist wirklich nicht danach zumute«, sagte sie, als sie auf der Veranda standen.

Bess strich einen Fussel von Otis' Ärmel. »Also gut, Schatz. Ich weiß allerdings nicht, was die Leute denken werden, wenn du und Harold beide nicht erscheint.«

Otis zerrte an seinem engen Kragen. »Harold ist ein erwachsener Mann. Wenn er heute nicht mehr in die Kirche gehen will, sollten wir seinen Wunsch respektieren.«

Bess seufzte und streifte sich die Handschuhe über. »Alles ist heute Morgen so durcheinander. Ich weiß selbst nicht, ob ich komme oder gehe.«

Sie stiegen ins Auto und fuhren weg. Evelyn sah dem Auto nach, wie es den Weg entlangfuhr und an der Hauptstraße abbog. Dann schaute sie sich nach Harold um und fragte sich, aus welchem rätselhaften Grund er zu Hause geblieben war. Sie sah ihn nirgends und ging verstohlen zur Scheune hinüber.

Ein Dutzend Amseln pickten und zankten an der Futterstelle und flogen dann mit lautem Geflatter auf, als sie sich näherte. Als sie hineinging, ließen sie sich wieder nieder, als ob nichts geschehen wäre. Drinnen war es still und warm und roch würzig nach Heu und Alfalfa, und auch der Geruch von Kühen hing noch in der Luft da, wo ihr Vater und Harold heute früh am Morgen gemolken hatten.

Sie schaute sich um und sah Angel nicht. Eine momentane Panik erfasste sie, dass er vielleicht nicht gewartet haben könnte.

»Angel!«, rief sie leise und hörte, dass sich über ihr etwas bewegte. Angels grinsendes Gesicht und Henrys verdrießliches Antlitz blickten auf sie nieder.

»Wir sind hier oben«, sagte Henry.

Sie schnaufte auf. »Henry!«, rief sie voller Entzücken. »Ich habe geglaubt... Alle glauben, dass Sie bei dem Brand ums Leben gekommen sind.«

»Es wäre mir nur zu recht, wenn alle das glaubten«, sagte er säuerlich. »Aber es gibt ein paar, die wissen, dass es nicht so ist.«

Evelyn kletterte die Leiter hinauf zum Heuboden und stieg mit ihnen in den Kasten für den Baumwollsamen.

»Tim! Dir geht es auch gut«, sagte sie und strahlte.

»Im Augenblick schon.« Er zog eine Grimasse.

»Was ist geschehen?« Sie setzte sich auf den weichen Baumwollsamen neben Angel und fühlte warm seine Nähe.

Henry lehnte sich verdrießlich an die Wand des Kastens. »Gestern brach die Hölle los. Der Minotaurus hat ein Mädchen aus der Stadt vergewaltigt und getötet.«

»Francine!«, schrie Evelyn und hatte dabei das seltsamste Gefühl in ihren Schenkeln.

»Ich weiß nicht, wie sie hieß.«

»Der Minotaurus?« Sie erinnerte sich, wie er in dem Zwischengang gestanden und sich über Francine gebeugt hatte, damit Harold seine Hörner begutachten konnte. Sie erinnerte sich seines massigen Körpers, seiner seidigen Haut und des vorgewölbten Lendentuchs. Sie erinnerte sich auch Francines merkwürdiger Tränen und ihrer übertriebenen Reaktion, die sie nur für Verwirrtheit gehalten hatte. Francine war so leicht zu verwirren. Und der Doktor hatte gesagt, sie sei schon den ganzen Samstag so komisch gewesen. Die Gedanken verflochten sich miteinander in ihrem Kopf, und sie schauderte. Aber sie blickte auf und sah, dass Angel wieder in ihrer Seele las. Er nahm ihre Hand, und Wärme vertrieb ihr Frösteln.

»Es war nicht das erste Mal«, fuhr Henry ohne es zu bemerken fort. »Haverstock ist es bisher immer gelungen, es zu vertuschen, aber gestern Nacht ist er Amok gelaufen. Er hat den Minotaurus getötet und dann alles angezündet und alle anderen umgebracht. Tim und ich konnten entkommen. Haverstock hat es in seiner blinden Wut nicht bemerkt.«

»Meine Mutter hat gesagt, der Mexikaner...«

»Louis!« Tim spuckte den Namen heraus.

»Ja«, schnaubte Henry. »Ich nehme an, er hat geglaubt, dass Louis ihm noch nützlich sein könnte. Das ist ein ideales Gespann, wenn ich jemals eines gesehen habe.« Er sah Evelyn ernst an. »Hören Sie zu, Miss Bradley, wir wissen alles, was Sie für Angel getan haben, sehr zu schätzen, aber wir können nicht hierbleiben. Er weiß von Ihnen und wird zwangsläufig hier auftauchen und uns suchen. Unsere einzige Chance besteht darin, ihm aus dem Weg zu gehen. Wenn er uns findet, sind wir tot. Es gibt nichts, womit wir uns gegen ihn wehren könnten.«

»Wie kommt es, dass er von mir weiß?«

»Ich habe es ihm gesagt«, sagte Tim leise. In seiner Stimme klang Scham, und Schmerz zeichnete sein hässliches, kleines Gesicht.

»Sie haben es ihm gesagt? Warum?«, fragte Evelyn ungläubig.

»Sie dürfen Tim keinen Vorwurf machen, Miss Bradley«, versicherte Henry. »Niemand wäre imstande, Haverstocks Fragen sehr lange standzuhalten.«

»Eines habe ich ihm nicht gesagt«, sagte Tim. »Ich habe ihm nicht gesagt, dass wir wissen, dass auch Angel die Gabe hat und dass Angel sie gestern Morgen gebraucht hat, als er Sie vor dem Sturz ins Wasser bewahrte. Aber der einzige Grund, warum ich es ihm nicht gesagt habe ist, dass er mich nicht danach gefragt hat.« Seine Stimme zitterte bei der bloßen Erinnerung. »Das Wichtigste ist, er weiß nicht, dass Angel sich seiner Gabe bewusst ist. Ich glaube, das letzte, was Haverstock will, ist, dass Angel das weiß.«

»Wenn Angel die gleiche Macht hat, können wir uns denn dann nicht wehren?«, fragte Evelyn.

»Er weiß nicht, wie er sie gebrauchen muss«, seufzte Henry. »Und Haverstock hat nicht vor, ihn lange genug leben zu lassen, dass er es herausfinden kann.«

»Dann ist das einzige, was wir tun können, ihm aus dem Weg zu gehen, so lange, bis Angel es gelernt hat«, sagte Evelyn logisch.

»Miss Bradley«, sagte Henry entschieden, »es wäre sehr gefährlich für Sie, sich einzumischen.«

»Dr. Latham hat mir gestern Abend fast das gleiche gesagt, aber ich glaube, dass es schon zu spät ist.«

»Sie hat Recht«, sagte Tim. »Es wird ihm nicht gefallen, dass sie uns geholfen hat. Es ist nicht auszudenken, was er tun könnte.«

»Nein«, sagte Henry finster. »Wenn wir jetzt auf der Stelle von hier verschwinden, hat er keinerlei Anhaltspunkt, dass sie irgendetwas mit uns zu tun gehabt hat.«

»Er wird es herausbekommen«, sagte Tim mit kaltem Grauen in der Stimme. »Du weißt, dass er es herausbekommen wird.«

»Also, dann steht alles fest«, beendete Evelyn die Diskussion.

»Na, da haben wir ja eine gemütliche Runde beisammen«, sagte Harold strahlend. Sie wirbelten entsetzt herum und sahen ihn oben auf der Leiter stehen und sie beobachten. Er lächelte freundlich und hatte ein Bein lässig um den Balken geschlagen. »Ich habe mir gedacht, dass du etwas vorhast, Evie.«

»Harold«, stöhnte sie, »warum musst du so verdammt schlau sein? Komm her und setz dich hin, bevor du herunterfällst und dir den Hals brichst!«

Also erzählten sie ihm alles.

»Ihr erwartet hoffentlich nicht, dass ich all den Unsinn glaube?«, sagte er ungläubig.

»Es ist mir egal, ob du ihn glaubst oder nicht«, sagte Evelyn unwirsch. »Aber halt dich raus!« Sie seufzte und schüttelte den Kopf. »Bitte, Harold!«

»Wenn dieser Kerl versucht, euch umzubringen, warum geht ihr dann nicht zu Sheriff Dwyer?« Er breitete die Arme aus, das Problem war für ihn damit gelöst.

»Dem Sheriff zuliebe wagen wir es nicht«, erklärte Henry geduldig. »Haverstock ist absolut skrupellos. Der Sheriff hätte keine Chance. Wir bringen jeden Menschen in Lebensgefahr, den wir mit einweihen, und ich glaube, unsere kleine Gruppe hier sollte die Grenze sein.«

Er runzelte die Stirn. »Die Schwierigkeit ist die, dass wir nicht wissen, wie stark seine Kräfte sind. Wir wissen nicht, wieviel von dem, was er in der Vorstellung macht, sein Anteil ist, und wieviel Angels.«

»Weiß Angel es denn nicht?«

»Nein«, seufzte Henry. »Er wird hypnotisiert, bevor er anfängt. Er hatte bis gestern überhaupt keine Ahnung, dass er die Gabe hat.«

»Ich glaube immer noch nicht an eure magischen Kräfte«, knurrte Harold und sah Angel an. Er blickte missbilligend auf Angels blasse Hand, die die Hand Evelyns hielt. Angel schüttelte den Kopf und zuckte hilflos die Achseln.

»Es ist auch nichts Magisches daran«, sagte Henry. »Der menschliche Geist, mein Freund, ist ebenso geheimnisvoll wie der Grund des Meeres oder die Berge auf dem Mond.«

Harold rutschte auf dem Baumwollsamen hin und her und schaute in ihre angespannten Gesichter. »Okay, ich glaube euch, wenn ihr sagt, dass der Sowieso euch nach dem Leben trachtet und helfe euch auch, ihm zu entkommen, aber ich werde nicht erlauben, dass Evie mitgeht.«

»Ihr Leben ist ebenso in Gefahr wie unseres«, sagte Tim ruhig. »Und wie Ihres, wenn er dahinterkommt.«

»Er hat Recht«, stimmte Henry zu. Angel nickte und sah Harold eindringlich an.

»Was sollte ich wohl unserem Vater und unserer Mutter sagen?« Harold warf die Arme in die Luft. »Ihr könnt doch nicht einfach verschwinden. Sie würden den halben Bezirk auf die Beine bringen, um euch zu suchen. Ich bin sicher, Haverstock wüsste die Hilfe zu schätzen.«

»Ich weiß«, sagte Evelyn leise.

Alle fünf saßen niedergeschlagen da, bis Harold aufblickte.

»Ihr könntet zu der alten Farm der Hindleys gehen. Niemand würde euch dort finden.«

»Wo ist das?«, fragte Henry mit neuer Hoffnung auf eine Lösung.

»Es ist etwa drei Meilen von hier.« Auch Evelyn fasste wieder Mut. »Sie steht schon seit zehn Jahren leer, aber es gibt Wasser dort. Und die Straße ist durch Zäune versperrt und umgepflügt worden. Man kann nur zu Fuß hingelangen oder zu Pferd. Und sie ist von der Hauptstraße aus nicht zu sehen.« Sie runzelte die Stirn. »Ich nehme zumindest an, dass sie immer noch steht. Ich bin schon jahrelang nicht mehr dort gewesen.«

»Vater und ich sind vor ein paar Wochen in die Richtung gefahren. Sie sieht immer noch so aus wie früher.« Er lachte in sich hinein. »Wir haben alle geglaubt, dass es dort spukt, als ich noch klein war. Und ich schätze, die anderen tun das noch immer.«

»Das klingt gut«, sagte Henry. »Aber ich bin nicht sicher, ob Haverstock eine Straße braucht.«

»Was tut er?« schnaubte Harold. »Fliegt er?«

»Nun, ich habe ihn noch nie fliegen gesehen. Aber ihr alle habt gesehen, dass Angel geflogen ist.«

Harold machte ein saures Gesicht und wandte sich dann an Evelyn. »Ich schätze, wir könnten Mutter sagen, dass wir ein Picknick machen wollen. Aber das löst das Problem auch nur für heute Nachmittag.«

Plötzlich fuhr Angel zusammen. Er hob die Hand und horchte, und sein Gesicht verfinsterte sich. Er stand auf und kletterte bis zur Vorderfront der Scheune und schaute hinaus. Er winkte wie wild die anderen heran, und sie kamen eilig nach.

Der schwarze Ford kam den Weg zum Farmhaus herangeklappert.

Louis hielt an und schaute sich um. »Scheint niemand zu Hause zu sein.«

»Im Gegenteil«, sagte Haverstock milde. Er hob die Hand und deutete in Richtung Scheune. Harold trat heraus, blieb kurz stehen und ging dann auf sie zu. Er legte seine Hände auf die Autotür und beugte sich hinunter, um in Haverstocks Gesicht zu sehen. Sein Herz hämmerte und seine Kehle war trocken.

»Guten Tag. Hat mir leid getan, zu hören, dass Ihr Zirkus abgebrannt ist«, sagte er und war überrascht, dass seine Stimme normal klang. »Was kann ich für Sie tun?«

»Ja, ein höchst bedauerlicher Unglücksfall«, sagte Haverstock heiter. »Wir haben uns gefragt, ob Sie uns vielleicht helfen können. Es ist ein junger Mann bei der Truppe - Angel, der Zauberknabe.«

Harold nickte stumm.

»Sehr netter Kerl, vollkommen harmlos natürlich, aber ein bisschen weggetreten, geistig zurückgeblieben, stumm. Er hat Angst vor dem Feuer bekommen und scheint fortgelaufen zu sein.«

»Nimmt man an, dass er in diese Richtung gelaufen ist?«

»Wir haben keine Ahnung. Man hat ihn gestern Morgen mit Ihrer Schwester zusammen gesehen.« Er lächelte. »Ihre Schwester ist ein sehr anziehendes Mädchen. Evelyn, so heißt sie doch?«

»Ja.«

»Hübscher Name. Nun, wir gehen einfach jeder Spur nach und haben geglaubt, dass er möglicherweise hierhergekommen ist.«

»Nein.« Harold zuckte die Achseln, und sein Gesicht blieb ohne Ausdruck. »Er hat sich hier nicht sehen lassen, jedenfalls nicht, dass ich wüsste.«

»Nun, es war auch nur eine Möglichkeit.« Haverstock spitzte mürrisch die Lippen. »Es liegt uns sehr viel daran, ihn zu finden. Er kann wirklich nicht für sich selber sorgen.« Er lächelte wieder. »Ist vielleicht Ihre Schwester da?«

Harolds Herz schlug einen Purzelbaum. »Nein, tut mir leid. Sie ist mit meinen Eltern für den Tag nach Liberal gefahren... um meine... Großmutter zu besuchen.«

»Wie schön.« Haverstocks Lächeln verschwand. »Aber dann hat sie ihn wahrscheinlich auch nicht gesehen, sonst hätte sie es gewiss Ihnen gegenüber erwähnt.« Er wandte sich an Louis.

»Durchsuch das Haus und die Scheune, Louis!«, befahl er barsch. Louis stieg aus dem Auto und trottete ins Haus. Haverstock wandte sich wieder Harold zu und lächelte. Harold erwiderte seinen Blick, und sein Gesicht drückte höfliches Interesse aus, aber seine Augen zwinkerten nicht. Haverstock legte seine Finger sacht auf Harolds Hand, die auf der Autotür lag. Er ließ seine Hand an Harolds Arm hinauf bis zu seinem Gesicht gleiten. Dort verweilte sie einen kurzen Augenblick und bewegte sich dann hinunter auf seine Brust.

Louis durchsuchte alle Zimmer im Haus und ging dann in die Scheune. Er sah sich um, schaute in alle Boxen, stieg die Leiter zum Heuboden hinauf, fand aber nichts. Er schaute durch die Heubodentüren an der Rückseite über das wellige Weideland, auf dem die Kühe verstreut grasten.

In einer Wasserrinne saßen zusammengekauert Evelyn, Angel, Henry und Tim und beobachteten ihn durch das hohe Büffelgras hindurch und atmeten erleichtert auf, als er sich abwandte.

Louis stieg zurück ins Auto. »Hab' nichts gesehen.«

»Ja, ich bin sicher, das hätte sie«, sagte Harold.

»Nun, vielen Dank, junger Mann. Tut uns leid, Sie belästigt zu haben. Sie lassen es uns doch wissen, falls Sie etwas von Angel zu hören oder zu sehen bekommen sollten?« Haverstock lächelte liebenswürdig.

»Selbstverständlich«, sagte Harold und trat von dem Auto zurück, als Louis den Motor anließ.

»Auf Wiedersehen!«, rief Haverstock und winkte mit der Hand aus dem Fenster. Das Auto fuhr knatternd den Weg zurück.

Harold sah ihnen mit verdutztem Gesicht nach. Er fühlte sich sonderbar und ein wenig leicht im Kopf. Er schüttelte sich und ging in die Scheune zurück.

Siebenundzwanzigstes Kapitel

Hochwürden Pomeroy verkündete vor seiner Predigt an jenem Sonntag in der Ersten Methodistenkirche von Hawley, dass Francine Lathams Begräbnis am Dienstagmorgen, zehn Uhr, in der Ersten Christlichen Kirche stattfinden werde. Sie sei in Redwines Leichenhalle aufgebahrt für alle jene, die ihr die letzte Ehre erweisen wollten. Dann hielt er eine Blut- und-Donnerpredigt über die Göttliche Vergeltung und die Dämonen Satans. Obwohl er sich großzügig der Umschreibung, der Allegorie und der Parabel bediente, unter besonderer Berücksichtigung der gefallenen Engel und der Schlange im Garten Eden, hatte niemand in der Gemeinde den leisesten Zweifel, dass er über den Zirkus und das Feuer sprach, das ihn verstörte. Sie kannten ihren Pastor und erwarteten etwas in dieser Richtung. Einige von den Weltlicheren in Hochwürden Pomeroys Herde bemerkten, dass sie in der Tat von Glück reden konnten, dass Gott ein so wachsames Auge auf Hawley, Kansas, hatte.

Als der Gottesdienst vorüber war, ging Rose Willet schon voraus, und ließ den Richter, ihre Mutter, Lilah, Grace Elizabeth und Wash Peacock bei ihrem allwöchentlichen Nach- der-Kirche-Plausch mit dem Pastor zurück. Wash war ein Neuerwerb in der Gruppe. Er sagte nie etwas, außer man richtete direkt eine Frage an ihn, sondern litt nur still vor sich hin, um es hinter sich zu bringen; anschließend war auch noch das Sonntagsessen bei den Willets durchzustehen, dann konnte er endlich nach Miller's Corners zurück, zu den Arbeiten, die dort zu tun waren.

Der Richter würde den Pastor zum Sonntagsessen einladen, wie der Pastor es erwartete; der Pastor würde dankend ablehnen, wie der Richter es erwartete, und dann würde es vorbei sein.

Rose war fast die einzige, die die Kirche verließ. Es gab an jenem Sonntagvormittag viel, zu viel zu bereden. Der Zirkus war Hauptgesprächsthema, aber die Vorstellung selbst war durch das Feuer und die vielen Toten in den Hintergrund gedrängt worden. Die Zahl der Toten war in den verschiedenen Gesprächen verschieden hoch. Und da waren auch noch das Gewitter und natürlich die arme Francine.

Rose war tief in ihre eigenen Gedanken versunken gewesen und hatte von der Predigt nicht viel gehört, aber das, was sie gehört hatte, wühlte nur Erinnerungen auf, die sie zu vergessen versuchte. Es war ihr noch nie schwergefallen, unangenehme Erinnerungen in dunkle Ecken abzuschieben, wo man sie mit Erfolg ignorieren konnte, aber diesmal war es anders. Die Erinnerungen waren nicht unangenehm. Sie brannten mit einem klaren, heißen Feuer, das eine Lust hervorrief, die bis zum Schmerz ging. Aber die schrecklichen Folgen einer Entdeckung machten den Genuss der Erinnerung unmöglich. Wenn sie sich nur von dem Gedanken an die Folgen befreien könnte, um sich weiter in der Flamme der Erinnerung zu baden - aber sie konnte es nicht. Beides war unerbittlich miteinander verknüpft. Die einzige Lösung war, beides zu verbannen, sowohl die Lust als auch den Schmerz von sich abzuschütteln.

Sie ging die schattige Straße hinunter. Ihre Hand umklammerte ihre Bibel und ihre Handschuhe. Sie sah eigentlich nicht, wohin sie ging, und war sich ihrer Bewegungen gerade noch soweit bewusst, dass sie den schon schrumpfenden Pfützen auswich. Ihre Sinne nahmen ihn wahr, bevor er sprach; seine Nähe jagte ihr ein Prickeln die Wirbelsäule hinauf.

»Rose«, sagte er.

Sie erstarrte, blieb stehen. In ihrem Kopf begann ein Dröhnen, das immer lauter wurde, bis sie nichts anderes mehr hören konnte. Sie blickte auf. Ein Wimmern verfing sich in ihrer Kehle. Sie wollte tausend Dinge sagen, wollte ihn anschreien, er solle sie in Ruhe lassen, wollte ihn anflehen, sie zu berühren, aber nichts von alledem würde gegen das Dröhnen ankommen.

»Rose«, sagte er wieder. Sie war überrascht, dass sie bei dem Lärm in ihrem Kopf überhaupt etwas hören konnte. Er stand hinter einer Gruppe von Fliederbüschen; er sah müde aus, hatte eine Rasur nötig.

Sie konnte auf der Straße hinter sich die Leute spüren, die aus der Kirche kamen. Sie zwang ihre Beine, sich zu bewegen. Er trat zurück, tiefer in die Büsche hinein.

»Am selben Ort«, sagte er. »Ich warte auf dich.«

Sie machte einen Schritt, dann noch einen, zwang einen Fuß vor den anderen, bis sie zu Hause war. Sie zog sich um und setzte sich auf die unterste Treppenstufe, während Grace Elizabeth und Lilah ihrer Mutter halfen, das Essen aufzutragen. Als ihre Mutter sie rief, ging sie ins Esszimmer, aber sie konnte nicht essen. Der Richter schimpfte mit ihr, und ihre Mutter redete ihr gut zu, und sie entschuldigte sich, dass sie keinen Hunger habe und einen Spaziergang machen wolle. Sie ging in die entgegengesetzte Richtung, fand sich aber dennoch an der Baumwollspinnerei stehen. Sie ging hinein, und er legte seine Arme um sie und küsste sie und führte sie in den Raum, wo der weiche Baumwollsamen aufgehäuft war. Sie klammerte sich an ihn und ließ ihre Hände hart über seine Brust und Schultern gleiten. Er küsste sie wieder und löste ihre Kleider. Ihr Kleid fiel zu ihren Füßen nieder, und sie blieb weiter an ihn geschmiegt. Als alle ihre Kleider unten waren und um sie herum verstreut lagen, zog er sich aus. Sie berührte jeden neuen Teil seines Körpers, während er ihn entkleidete. Ais er nackt war, versuchte sie ihn überall gleichzeitig zu berühren, und wollte schreien, weil sie es nicht konnte.

Sie lag auf dem Baumwollsamen; ihr Körper war durch ihre Bewegung halb drinnen begraben. Er saß neben ihr und grinste sie an und rauchte eine Zigarette. Er blies ihr frech einen Rauchring ins Gesicht, dann beugte er sich über sie und küsste sie und legte seine Hand auf ihre Brust. Sie legte ihre Arme um seinen Hals und zog ihn an sich, bis er lachte und sich befreite.

Sie zitterte und wich vor seiner Kraft zurück.

Kelsey streckte die Arme über seinen Kopf, dann ließ er seine Schultern rollen und aus seiner Kehle kam ein Laut der Trägheit. Er erhob sich und ging zur Tür und streifte den Baumwollsamen ab, der auf seinen Hinterbacken klebte, so unbekümmert in seiner Nacktheit wie ein Löwe. Er öffnete die Tür einen Spalt weit und blinzelte in das plötzliche Licht und schnippte mit den Fingern die Zigarettenkippe nach draußen. Er schaute eine Weile hinaus und zog dann die Tür zu. Er kam zurück und ließ sich neben ihr auf die Knie fallen.

»Was machen wir, Rose?«, fragte er.

Sie schaute weg und folgte mit den Augen einem dünnen Sonnenstrahl, der durch ein Nagelloch im Zinn-Dach fiel. Schließlich sagte sie: »Warum bist du nicht fortgegangen?«

Er seufzte und ließ seine Schultern herabfallen. »Ich hätte es fast getan. Nachdem ich gestern Abend mit dir gesprochen hatte, bin ich an die Bahnstrecke gegangen in der Absicht, auf den ersten besten Güterzug aufzuspringen. Ich habe zwei Stunden im Graben gesessen und gewartet.« Er schnaubte und grinste. »Als er dann endlich kam, fuhr er so verdammt schnell, dass ich mir den Hals gebrochen hätte, wenn ich aufgesprungen wäre. Also bin ich hierher zurückgekommen. Oh, Rose«, sagte er und legte seine Hand auf ihren Leib. »Ich liebe dich und ich glaube, du liebst mich auch. Wir gehören zusammen. Nach unserer Nacht und jetzt wieder kannst du nicht leugnen, dass wir zusammengehören.«

Sie wandte ihm ihr Gesicht zu. »Ich laufe nicht mit dir weg. Also rede nicht weiter davon.«

»Na, dann«, sagte er, »bleibe ich eben hier.«

Plötzlich war seine Hand eine Tonne schwer; sie drückte ihr die Luft ab. Rose setzte sich auf und schob seine Hand fort. »Ich will nicht, dass du hierbleibst. Ich laufe nicht mit dir weg und ich will nicht, dass du hierbleibst.« Sie taumelte wackelig auf die Füße.

Er blickte auf seine Hände hinunter. »Sag das nicht, Rose.«

Sie begann, ihre Kleider aufzulesen. »Geh fort, Kelsey! Geh fort und lass mich in Ruhe!« Sie zog sich schnell an, so als hätte er keine Macht mehr über ihren Körper, wenn er ihn nicht mehr sehen konnte. Ihre Worte purzelten mit sachlicher Präzision aus ihrem Mund. »Ich habe Pläne für mein Leben. Mein Leben wird sicher, bequem und respektabel sein. Ich werde einen Mann heiraten, der in dieser Stadt seinen festen Platz hat, und der mir all die Dinge geben wird, die ich brauche. Ich werde nicht irgendeinen Leichtfuß nehmen, der sich einen Job als Erntehelfer suchen muss, oder im Lebensmittelladen Säcke auf- und ablädt. Ich werde nicht in irgendeiner Zweizimmerbude hausen und anderer Leute dreckige Wäsche waschen, damit ich mir einmal im Jahr ein neues Kleid leisten kann. Es gibt zu viele arme Leute hier in der Gegend, und zu denen werde ich nicht gehören, nicht für dich und nicht für sonst irgendjemand. Ich will dich nicht Wiedersehen, Kelsey. Geh fort und lass mich in Ruhe!« Sie sah weg und rückte ihr Kleid zurecht.

»Wenn das wahr ist«, sagte er leise, »warum bist du dann heute zu mir gekommen?«

Sie hielt inne und sah ihn an. »Das hat nichts damit zu tun.«

»Es hat sogar sehr viel damit zu tun. Verstehst du das nicht? Die Dinge, die du willst, sind nicht wichtig, wenn du mit jemandem zusammen bist, den du liebst, wenn du glücklich bist. Übrigens, wer sagt, dass ich dir nicht alle diese Dinge bieten kann?«

»Kelsey, geh fort und lass mich in Ruhe!«

»Nein«, sagte er und grinste. »Du glaubst dieses ganze Zeug ja in Wirklichkeit gar nicht, sonst wärest du gar nicht gekommen. Ich bleibe hier und werde dich dazu bringen, dass du deine Meinung änderst.«

Sie sah ihn an, wie er nackt dasaß und sie angrinste. Sie wusste, dass er Recht hatte. Schon konnte sie spüren, wie er ihr Fleisch in seine Gewalt zog. Bald würde diese Gewalt übermächtig werden, und sie würde zu ihm gehen, ihm völlig ausgeliefert sein.

Sie seufzte auf. »Und was wirst du tun? Den Rest deines Lebens hier in der Baumwollspinnerei hocken?«

»Ich werde mir einen Job besorgen, vielleicht tatsächlich für das Lebensmittelgeschäft Säcke schleppen, werde eine Wohnung beschaffen, etwas Geld zusammensparen, nach einer angemessenen Frist, damit du dir wegen deines Vaters keine Sorgen mehr machen musst, deiner Familie einen Besuch abstatten und um deine Hand anhalten, alles ganz so wie sich's gehört.«

»Du hast dir das schon alles ausgerechnet, was? Und was, wenn mein Vater dich hinauswirft?«

»Das wird er nicht tun. Ich werde so fleißig und angesehen sein, dass er mich mit offenen Armen aufnehmen wird.« Er grinste wieder.

»Und was willst du in der Zwischenzeit machen, bis du diesen Job hast und all das Geld sparen kannst?«

»Oh«, sagte er leichthin, »ich habe jetzt schon Geld. Haverstock hat verdammt gut bezahlt, und ich habe meines nicht bei Fuselschmugglern und leichten Weibern gelassen. Sobald Haverstock und Louis weg sind, verschaffe ich mir eine Bleibe und fange an, mir eine Stelle zu suchen.«

Sie sah ihn neugierig an. »Was haben die damit zu tun?« Sie zog die Stirn in Falten. »Du hast dich vor ihnen hier versteckt, nicht wahr?«

»Vor wem denn sonst?«

»Ich weiß nicht. Ich nehme an, ich habe geglaubt, vor meinem... Warum bist du nach dem Brand fortgelaufen?«

»Ich wollte kein Risiko eingehen.«

»Was für ein Risiko?«

»Das Risiko, mich wie alle übrigen knusprig braten zu lassen.«

Sie runzelte wieder die Stirn. »Was bedeutet das?«

»Ich nehme an, er hat allen beigebracht, dass es ein Unfall war oder so etwas.«

»War es denn keiner?«

Er schnaubte verächtlich. »Ich bin eine ganze Weile bei Haverstock gewesen, länger als alle anderen, von den Monstern abgesehen, und ich halte meine Augen und Ohren offen. Ich weiß viel mehr über ihn, als er glaubt. Er ist ganz schön verrückt, darauf kannst du dich verlassen, und gemein wie eine Schlange. Einige von den Monstern haben mir manchmal direkt leidgetan. Mir persönlich hat er allerdings nie etwas getan. Ich habe schnell kapiert, dass man viel weiter kommt, wenn man ein bisschen »kooperativ« ist.« Er zuckte die Achseln. »Es wurde sowieso langsam Zeit, zu gehen. Haverstock ödet der Laden an. Gestern Nacht, nachdem der Minotaurus dieses Mädchen getötet hat...«

»Francine?«, sagte Rose und spürte ein sonderbares Gefühl in ihrer Magengrube.

»Weiß nicht, wie sie hieß. So etwas ist auch früher schon vorgekommen. Danach, schätze ich, hat Haverstock durchgedreht und hat alle ausgelöscht, außer dem guten, alten Louis.«

»Er hat mit Absicht Feuer gelegt und all diese Leute umgebracht?«

»Jawohl.«

»Das weißt du doch nicht sicher.«

»Ich weiß es sicher genug, um mich so lange versteckt zu halten, bis er endgültig fort ist.«

»Er würde dich auch umbringen? Warum? Was hast du getan?«

»Ich habe nichts getan. Verrückte brauchen keine Gründe.« Er legte sich zurück und verschränkte die Arme unter dem Kopf. »Komm heute Abend wieder. Ich warte hier auf dich.«

»Das kann ich nicht.«

»Und bring mir was zu essen mit. Ich sterbe vor Hunger.« Er schloss die Augen und wälzte sich in eine bequeme Lage.

Rose stieß die Tür auf, dann drehte sie sich um und betrachtete ihn eine Weile, sagte aber nichts. Kelsey lag ausgestreckt auf dem Baumwollsamen, nur in seine stolze Nacktheit gekleidet, bequem und zufrieden und seiner Macht gewiss. Dann schaute sie sich vorsichtig um, schaute, ob jemand in Sicht war, und ging, die Tür hinter sich zuschiebend, fort.

Rose trat in den Schatten des Zirkuswagens, weil die Sonne stach, und sie ohne ihren Sonnenschirm fortgegangen war. Es waren auch noch andere Leute da, die herumwanderten und in den geschwärzten Trümmern stöberten. Rose konnte sich nicht erinnern, wie sie von der Spinnerei zu dem abgebrannten Zirkus gekommen war. Sie war sicher, dass sie nicht beabsichtigt hatte, dorthin zu gehen. Sie runzelte die Stirn und konnte nicht begreifen, warum sie da war.

Sie hatte erst ganz kurz dagestanden und den Gedanken beunruhigt hin und her gewälzt, als die Tür des Wohnwagens aufging. Sie fuhr zusammen und blickte auf. Haverstock stand im Türrahmen und Louis unmittelbar hinter ihm. Ein Lächeln zuckte um Haverstocks Mund.

»Guten Tag, junges Fräulein«, sagte er.

»Oh«, sagte sie. »Hallo.«

Er kam die Stufen herunter, und Louis folgte ihm. »Sind Sie gekommen, um die letzten Überreste zu besichtigen?«

Sie schüttelte den Kopf. »Nein... ich meine, ich bin nur vorbeigekommen und stehengeblieben. Das mit dem Brand tut mir leid. Es war eine so gute Vorstellung.«

Er lächelte traurig. »Ach ja. Alles tot. Die Wunder ganzer Zeitalter in Rauch aufgelöst. Aber man muss es philosophisch nehmen. Das Leben geht weiter, wie es so schön heißt. Wenn eine Tür zugeht, muss man nur eine andere öffnen.«

»Ja«, sagte sie langsam. Sie hatte plötzlich das Gefühl, dass sich ein Wind erhob, aber nichts regte sich. »Es ist jedenfalls ein Glück, dass nicht alle umgekommen sind.«

»In der Tat. Louis und mir hat das Glück gelächelt. Und heute Morgen haben wir erfahren, dass auch Angel nicht unter den Unglücklichen war. Aber der arme Junge hat sich erschreckt und ist fortgelaufen. Sie haben ihn nicht zufällig gesehen?«

»Oh«, sagte sie leicht irritiert. »Nein. Nein.«

»Sie werden uns doch benachrichtigen, falls Sie ihn noch sehen sollten?«

»Oh, ja, natürlich. Ich freue mich, dass Angel davongekommen ist. Aber ich habe den anderen Mann gemeint.«

Haverstocks Gesicht wurde einen Augenblick lang hart, dann kehrte sein Lächeln zurück. »Welchen Mann, liebes Fräulein?«

»Ja, ich kenne seinen Namen nicht. Er war beim Zirkus beschäftigt. Er hat, glaube ich, am Freitagabend, als ich da war, die Karten entgegengenommen.«

»Kelsey«, sagte Louis milde.

»Und woher wissen Sie, dass er noch zu den Lebenden zählt?«, fragte Haverstock immer noch lächelnd.

»Ich habe ihn gesehen. Er ist in die alte Baumwollspinnerei gegangen.«

»Und wann war das?«

»Erst vor ein paar Minuten. Ich habe einen Spaziergang gemacht.«

»Das Glück scheint uns in der Tat von Stunde zu Stunde mehr zu lächeln.«

»Nun«, sagte sie, »ich muss zurück nach Hause. Auf Wiedersehen.«

»Auf Wiedersehen, liebes Fräulein.«

Sie ging weiter, und der Wind umwirbelte sie. Er pfiff durch ihren Kopf, eisig und feucht.

Und sicher.

Achtundzwanzigstes Kapitel

Will Hindley baute das Haus, als Hawley noch eine Ansammlung von Saloon-Bars auf der Strecke von Texas nach Dodge City war. Er züchtete prachtvolle Hereford Rinder und heiratete eine Lehrerin aus St. Louis. Er war neunzehn, als er mit der Herde anfing, dreißig, als er das Haus baute, und fünfunddreißig, als er heiratete. Er war vierzig, als sein erstes und einziges Kind geboren wurde, dreiundvierzig, als er seine erste Million verdiente, und siebenundvierzig, als er von einem betrunkenen Cowboy erschossen wurde.

Mit ihrem siebenjährigen Sohn fest an der Hand nahm seine Witwe noch am selben Tag, an dem sie den Cowboy hängten, die Kutsche nach Dodge City. Von Dodge City nahm sie den Zug zurück nach St. Louis und sah Kansas nie wieder. Sie ließ die Ranch in den Händen von Bankiers und baute eine große Villa, wo sie wie eine Herzogin residierte, bis sie an Diphtherie starb, als ihr Sohn fünfzehn war. Über eine halbe Million war verbraucht.

Zur Ehre der Bankiers muss gesagt werden, dass sie taten, was sie konnten. Sie verkauften das Vieh, verpachteten das Land, vermieteten das Haus. Aber als der Sohn dreißig war, hatte er die zweite halbe Million durchgebracht. Er hatte Schulden, die zu bezahlen für ihn keinerlei Möglichkeit bestand. Deshalb gab er den Bankiers den Auftrag, alles zu verkaufen. Das Haus in St. Louis war bereits unter den Hammer gekommen.

Die Ranch war zu groß, um sie an eine Person im Ganzen zu verkaufen, deshalb wurde sie parzelliert, hier in tausend Morgen, da in hundert, die sowohl an Rancher, als auch an ärmere Bauern abgegeben wurden. Der Mann, der das Stück mit dem Haus erstand, hatte ein schönes Heim in Wichita und keine Verwendung dafür. Also wurde es ausgeschlachtet und wie ein viktorianischer Grabstein mitten im Niemandsland zurückgelassen.

Nun grasten Rinder, aber keine Hindley Rinder, darum herum und tranken Wasser aus dem Crooked Creek etwa hundert Meter hinter dem Haus.

»Es ist nicht gerade das Savoy«, sagte Henry, während er sich Nadelgras aus den Socken zupfte und das leere Zimmer mit seinem Girlanden-Schmuck aus abblätternden Tapeten in Augenschein nahm, »aber es wird unseren Ansprüchen vollauf genügen.«

Evelyn lachte leise. »Nach dem, was ich über dieses Haus gehört habe, hätte es sich vor fünfzig Jahren neben dem Savoy sehr wohl sehen lassen können. Aber es ist nicht ganz so groß, wie ich es in Erinnerung hatte.«

Sie wanderten eine Weile herum, gingen von Zimmer zu Zimmer und betrachteten die geplünderte Eleganz des alten Hauses. Löcher klafften in den Wänden, wo einmal bunte Glasfenster gewesen waren, leere Türstöcke, wo kunstvoll geschnitzte Mahagonitüren gehangen hatten, und freigelegtes Lattenwerk, wo reiche Paneele herausgerissen worden waren. Selbst die Geländer im Treppenhaus hatte man weggenommen.

»Oh, schaut nur!«, stöhnte Evelyn, als sie in ein Zimmer hineinguckte, in dem bis hoch oben Heuballen gestapelt waren. »Sie lagern Heu im - wie hieß das doch? - im Wintergarten.«

»Es sieht mir eher nach einer Glasveranda aus«, sagte Harold.

»Ich bin sicher, Mrs. Hindley hat es den Wintergarten genannt«, sagte Evelyn.

Sie ließen sich schließlich in einem kleinen Zimmer neben der Küche nieder, das immer noch Türen und Fenster hatte, und einigermaßen frei von Unrat und Wespen war. Henry rieb sich die Hände. »So, ihr Kinder, es ist absolut keine Zeit zu verlieren. Angels Training beginnt mit dieser Minute. Ich kann mir nicht denken, dass Haverstock lange brauchen wird, bis er uns findet. Wenn Angel sich nicht als gelehriger und gutwilliger Schüler erweist, dann, fürchte ich, sieht unsere Zukunft reichlich trübe aus.«

Also fingen sie an. Sie setzten sich im Kreis auf den verblichenen Linoleumboden und redeten Angel zu, testeten ihn, drangsalierten ihn, versuchten es mit Liebe, aber nichts fruchtete. Angel probierte, ging eifrig auf jeden Vorschlag über diese und jene Art des Vorgehens ein, aber nichts funktionierte.

Dann war es schließlich später Nachmittag. Evelyn gab ihnen aus dem Picknickkorb, den sie mitgebracht hatten, zu essen, und sie arbeiteten essend weiter.

Ein vertrockneter Grashalm lag auf dem Linoleumboden vor Angels gekreuzten Beinen. Er konzentrierte sich auf ihn, versuchte ihn mit der Kraft seines Willens zu bewegen, forderte, schmeichelte, dass er wenigstens zittern solle. Er blickte durch die offene Tür hinaus über das Weideland, horchte auf das spröde Surren der Grashüpfer, das Trillern der Wiesenstärlinge, das metallische Zetern der Grillen, nahm von dem Grashalm keine Notiz. Er versuchte, ihn mit seinem Willen zu bewegen, ohne an ihn zu denken.

Aber er lag da, als klebe er auf dem Boden. Angel schnaufte hörbar und ließ sich zurückfallen, um die Schmerzen in seinem Rücken zu verringern. Er schaute auf, und sein Blick war hoffnungslos.

»Ich weiß, dass es schwer ist, Angel«, sagte Henry ruhig. »Dein Problem besteht darin, dass du deine Gabe niemals mit Bewusstsein gebraucht hast. Du bist wie der berühmte Tausendfüßler, der sehr gut laufen konnte, bis ihn ein Käfer fragte, wie er denn um des Himmels willen alle diese Beine beherrschen könne. Der Tausendfüßler fing an, darüber nachzudenken, und konnte nie mehr etwas anderes tun, als zuckend im Graben zu liegen.

Denk an den Augenblick am Fluss, als Evie fast hineingefallen wäre. Kannst du dich erinnern, was du da getan hast?«

Angel schüttelte ratlos den Kopf.

»Mach die Augen zu und stell es dir vor«, sagte Evelyn und nahm seine Hand. Er schloss die Augen und senkte in dem Bemühen, sich zu konzentrieren, den Kopf, während er fest ihre Hand hielt. »Wir haben am Ufer gesessen«, sagte sie langsam und beobachtete, wie auf seinem Gesicht eine Furche erschien. »Tim war neben dir. Er hat etwas in dem Sinn gesagt, dass ihr die Wagen eigentlich nicht verlassen dürftet, dass er aber der Meinung gewesen war, du bräuchtest etwas Sonne und frische Luft, weil du etwas spitz aussehen würdest.«

Ein Lächeln huschte über Angels Lippen.

»Ich bin aufgestanden, um zu gehen«, fuhr Evelyn fort. »Du bist auch aufgestanden. Ich wollte gehen, aber mein

Fuß ist auf einem glitschigen Stein abgerutscht. Ich habe schon angefangen zu fallen. Du hast die Hand nach mir ausgestreckt...«

Angel konzentrierte sich. Sein Gesicht war eine Zeitlang ruhig, dann bildete sich eine winzige Falte zwischen seinen Augen und breitete sich über seine Stirn aus. Seine Lippen pressten sich zusammen, und ein Schweißtropfen rollte seine Schläfe herunter. Er begann schwer zu atmen, und sein Gesicht zuckte. Der Atem zischte stoßweise in seiner Kehle. Plötzlich hämmerte er mit den Fäusten auf seine Knie ein. Evelyn ergriff seine Hände und hielt sie in den ihren und spürte die gleiche Qual wie er.

»Wir packen die Sache irgendwie falsch an«, seufzte Henry.

»Wie sollen wir sie denn sonst anpacken?«, knurrte Tim verdrießlich.

»Du willst es zu sehr erzwingen, Angel. Ich zweifle langsam daran, dass du jemals imstande sein wirst, die Gabe bewusst zu beschwören. Wenn einer von uns ein Hypnotiseur wäre, dann wäre das Problem gelöst.«

Sie legten eine Verschnaufpause ein und saßen, jeder in seine eigenen Gedanken versunken, da. Angel lehnte in sich zusammengesunken und tief niedergeschlagen an der Wand. Evelyn saß dicht neben ihm und fühlte, wie seine Wärme sie trotz seiner Stimmung einhüllte.

Plötzlich blickte Harold auf, und das vage Stirnrunzeln, das seit ihrem Aufbruch von zu Hause über seinem Gesicht gehangen hatte, vertiefte sich. »Ihr seid wirklich absolut sicher, dass dieser Mexikaner in der Scheune war?«, sagte er.

Alle wandten sich ihm zu und versuchten, die Belustigung, die sie spürten, zu verbergen. »Ja, Mr. Bradley«, sagte Henry. »Wir haben Ihnen alles erzählt, so wie es war.«

»Aber ich habe die ganze Zeit in das Auto hineingeschaut. Ich kann beschwören, dass er sich zu keiner Zeit entfernt hat.«

»In dem Moment, als du durch die Vordertür hinausgegangen bist«, sagte Evelyn, »sind wir durch die Hintertür hinausgegangen. Wir haben uns in der Wasserrinne versteckt und haben ihn alle in der Scheune gesehen.«

Harold schüttelte den Kopf. »Er hat das Auto nicht verlassen.«

»Es ist vielleicht ganz günstig, dass das geschehen ist«, sagte Henry. »Vielleicht überzeugt es Sie, dass Haverstocks Kräfte tatsächlich so groß sind, wie wir das behauptet haben, dass die Gefahr, in der wir schweben, wirklich so groß ist, dass Geheimhaltung unbedingt wichtig ist, dass jede nur erdenkliche Vorsichtsmaßnahme getroffen werden muss...«

Harold hob die Hand. »Okay. Ich bin überzeugt. Zumindestens glaube ich, dass ich überzeugt bin. Ich habe immer noch nichts mit eigenen Augen gesehen.« Er stand auf und streckte sich. »Nun, es wird Zeit für mich, dass ich mich auf den Heimweg mache.«

Evelyn ging mit ihm bis auf die Veranda. »Was wirst du Mama und Papa sagen?«, fragte sie.

»Ich werde mir schon etwas ausdenken.« Plötzlich grinste er. »Wie wäre es damit: du bist von bemalten Wilden entführt worden, die nur mit Bananenblättern und einem Knochen in der Nase bekleidet waren, und sollst ihrem Vulkangott geopfert werden.«

»Es könnte dir passieren, dass sie dich einliefern.«

»Einliefern würden sie mich, wenn ich ihnen die Wahrheit erzählen würde«, sagte er und grunzte.

»Ja, ich schätze auch, dass wir die Wahrheit besser umgehen. Es besteht immerhin die Möglichkeit, dass sie dir glauben würden, und dann wären sie auch in Gefahr.«

Er nagte einen Augenblick lang an seiner Unterlippe, dann blickte er auf. »Sei vorsichtig, hm?« Er nahm ihre Hand und sah sie mit einer solchen Großer-Bruder-Sorge und Liebe an, dass ihre Augen zu stechen begannen.

»Verlass dich drauf.« Sie drückte fest seine große, starke Hand. »Harold, danke. Ich nehme alle Scheußlichkeiten zurück, die ich je von dir gedacht habe.«

»Hm«, brummte er. »Wiedersehen, Evie. Ich schmuggle euch morgen wieder etwas zu essen her.«

»Auf Wiedersehen, Harold.«

Er ließ ihre Hand los und ging durch das trockene Gras davon, und Grashüpfer sprangen in surrender Panik auseinander. Sie sah ihm nach, bis er die Anhöhe erreicht hatte. Er drehte sich noch einmal um und winkte und ging dann auf der anderen Seite hinunter. Sie ging ins Haus zurück zu den anderen.

Das Hindley-Haus bei Nacht schien den Ruf, den es unter den kleinen Buben von Hawley hatte, zu verdienen. Es sah aus, als spuke es in ihm, und vielleicht war das auch so. Welches Haus hätte mehr Recht auf Geister gehabt, die keine Ruhe finden konnten? Will Hindley hatte von Größe, ja von Herrschaft geträumt und dafür gearbeitet, nur um zu erleben, dass sein Traum an der Schwelle seiner Erfüllung von einem betrunkenen Rancharbeiter zerstört wurde. Selbst das hätte den Traum nicht beenden müssen; der Traum hätte in seinem Sohn fortleben können. Aber was der betrunkene Cowboy begonnen hatte, wurde durch Hindleys kraftlose Frau und seinen Taugenichts von Sohn vollendet. Welcher Geist hätte eine bessere Entschuldigung für ewige Unrast gehabt als der seine, der sehen musste, wie aus dem Mittelpunkt seines Reiches ein dem Wetter preisgegebener, von Termiten benagter Haufen Gerümpel geworden war, in dem Heu gestapelt wurde?

Hätten die Buben von Hawley das Haus in jener Nacht gesehen, wäre auch der allerskeptischste Realist überzeugt worden, dass es hier spukte. Es ragte, vom Mond versilbert, als schwarzes barbarisches Gebilde auf der flachen Prärie auf. Gespensterwolken streiften den Himmel. Die Luft funkelte und glitzerte von Glühwürmchen, die das Haus umschwirrten wie wandernde Seelen.

Im Inneren des Hauses, immun gegen den Zauber, waren alle außer Angel eingeschlafen. Henry und Tim lagen unbequem auf dem harten Boden in nervösem Schlaf, in angstvollen Träumen befangen. Tim schlief dicht bei Henry, in Berührung mit ihm, voller Furcht, weil es Anzeichen dafür gab, dass Eulen im Haus nächtigten, und, noch schlimmer, abgenagte Knochen da, wo vierbeinige Räuber die zerstörten Räume aufgesucht hatten.

Angel lag schläfrig auf dem Rücken und hatte seinen Arm um Evelyn geschlungen, die an seiner Seite schlief. Ihr Kopf lag auf seiner Schulter, ihr kurzes Haar kitzelte seinen Nacken. Ihr Haar roch nach Sonne, und ihr Arm lag angenehm schwer auf seiner Brust. Er war einem Mädchen noch nie so nahe gewesen, hatte nie auch nur eines berührt, soweit er denken konnte, hatte noch nie Atem an seinem Hals gespürt, wenn sie schlief.

Er machte eine kleine Bewegung, weil seine Schulter einschlief, und ihr Kopf rutschte in eine andere Lage. Sie regte sich und seufzte durch die Nase, wachte aber nicht auf. Ihr Bein bewegte sich und drückte gegen das seine, und er spürte wieder diesen köstlichen Schmerz in seinem Geschlecht. Er hatte ihn viele Male zuvor gefühlt, aber noch nie so stark. Am Morgen war er immer undeutlich dagewesen, war im Laufe des Tages angenehm stärker geworden, aber nach seinen verlorenen, erinnerungslosen Nachmittagen mit Haverstock war er immer verschwunden. Oft hatte er sich gewünscht, dass er anhalten und sich zu größeren Höhen von Lust und Schmerz steigern würde, aber am Nachmittag klang er stets ab, um sich dann von neuem wieder aufzubauen.

Die Bewegung unterhalb der Zimmerdecke hatte schon vor einiger Zeit seine Blicke auf sich gezogen. Er hatte sie beobachtet, ohne sie eigentlich zu sehen. Er trieb irgendwo zwischen Wachen und Schlafen dahin, und Traum mischte sich mit Wirklichkeit. Bilder tauchten vor ihm auf und verschwanden wieder, strahlende Bilder, an die er sich nicht mehr erinnern konnte, nachdem sie vorbeigezogen waren. Aber die Bewegung an der Decke war etwas Konstantes, sie hörte nicht auf zu existieren, sobald er über sie nachdachte. Ganz allmählich zog sie seine Aufmerksamkeit auf sich und ließ die zufälligen Bilder verblassen.

Ein Netz aus gesponnenem Glas, dünner gesponnen als das feinste Haar, hing im Raum und erglänzte in einem Mondstrahl. Die Bewegung war schwarz und flink. Sie lief um das silberne Netz herum, vergrößerte es nach geometrischen Gesetzen, tauchte in den Schatten am oberen Ende des Gewebes und tauchte wieder auf wie ein Tropfen Pech mit Füßen, wenn sie die Unterseite des Kreises umrundete.

Angels schläfrige Lider hoben sich leicht, und seine Augen nahmen die Spinne aufs Korn, gaben der Bewegung einen Namen. Er schaute zu, wie sie ihre geschäftigen Runden drehte. Rund herum und rund herum und rund herum.

Dann wurde sie müde oder hatte vielleicht etwas Besseres vor. Sie ließ sich hinab, stieß auf einem silbernen Faden zum Boden hinunter. Innehalten, weiterfallen. Innehalten, weiterfallen. Es schien, als wisse sie selbst noch nicht so recht, was sie wolle. Ein Lüftchen erfasste sie und ließ sie ein paar Zoll nach der Seite schwingen. Sie rotierte benommen am Ende des Fadens.

Angel beobachtete, wie sie kehrt machte und den Faden ein paar Zoll wieder hinaufkletterte und innehielt. Hatte die Bewegung sie erschreckt? wunderte er sich. Die Spinne schaukelte wieder, diesmal in einem weiteren Bogen. Bist du durcheinander? dachte Angel. Die Spinne drehte sich im Kreis, wobei sie die Beine regungslos hielt, als hoffe sie, unbemerkt zu bleiben.

Die kreisende Bewegung kam wieder zur Ruhe. Die Spinne hing weiter regungslos und wartete darauf, die Quelle einer möglichen Gefahr zu entdecken. Dann drehte sie sich vorsichtig um, und machte sich daran, den Faden wieder hinaufzukrabbeln.

Plötzlich begann die Spinne wie ein Gewicht an einem Gummiband auf und ab zu hopsen.

Angels schläfrige Lider öffneten sich ganz, und ein Stirnrunzeln kräuselte seine Nasenwurzel.

Die Spinne wippte heftig auf und nieder, und ihre Beine strampelten hilflos in der Luft.

Das Stirnrunzeln wich aus Angels Gesicht, und ein Lächeln schlich über seine Lippen.

Die hüpfende Spinne begann in einem immer größer werdenden Kreis zu schwingen.

Angels Lächeln blühte zu einem breiten Grinsen auf.

Die Spinne segelte durch den Raum und blieb einen Fuß hoch über Angel in der Luft hängen und schlug frustriert um sich.

Angel grinste sie an.

Die Spinne torkelte zurück zur Decke und ließ sich in ihr Netz plumpsen. Dort verharrte sie eine Sekunde lang regungslos und kletterte dann hinauf in die Dunkelheit.

Angel zog seinen Arm unter Evelyns Kopf hervor, ohne sie zu wecken, und verließ leise das Haus. Er stellte sich an den Rand der Veranda und streckte seine Arme der Nacht entgegen. Sein Mund öffnete sich zu einem stummen Ruf.

Es war alles in ihm. Es war schon immer dagewesen, aber Haverstock hatte es unter Verschluss gehalten, hatte bewirkt, dass er vergaß, wie der Riegel zu bedienen war. Jetzt hatte er die Tür wieder geöffnet, und es war alles da. Alles. Es floss in seinem Blut, sickerte aus seinen Poren und drängte nach draußen.

Strom.

Kraft.

Macht.

Er lief über das Gras, kaum imstande, an sich zu halten. Die Glühwürmchen umfunkelten ihn, und es sah aus, als würde Energie seinem Körper entströmen. Er fiel in dem Schneesturm aus Licht auf die Knie. Er pflückte einen trockenen Grashalm und formte mit seinen Händen eine Schale. Er betrachtete ihn mit Augen wie Flammen. Der Grashalm stieg aus seinen Händen auf, schwebte in der Luft und umkreiste ihn wie ein kleiner Fisch, der im Mondlicht schwimmt. Er drehte sich und folgte ihm mit den Augen, nach hinten gelehnt auf dem Boden sitzend, auf seine Hände gestützt, und ließ seinen zurückhängenden Kopf kreisen. Immer schneller und schneller drehte sich der Halm und erzeugte dabei ein dünnes, trockenes Summen, bis er durch seine eigenen Vibrationen zerfiel.

Angel pflückte noch einen Grashalm, ohne ihn mit den Händen zu berühren, und schoss ihn hinauf, immer höher und höher und überließ ihn dann sich selbst. Er wurde von den oberen Luftströmungen erfasst und fiel drei Tage später in der Nähe von Jefferson City, Missouri, von niemandem beachtet zur Erde.

Angel strampelte sich wieder auf die Beine und rannte vor schierem Entzücken los. Er trug den Wind mit sich, beugte das hohe Gras um sich herum, trieb die Glühwürmchen in Wirbeln und Strudeln aus Lichtstäubchen auseinander. Er blieb stehen und umarmte sich selber, schlang seine Arme fest um seine Brust, um nicht vor Freude zu explodieren. Er warf den Kopf zurück und schrie stumm zum Mond hinauf.

Er ließ sich zu Boden fallen und rollte durch das spröde Gras und die würzig duftenden Kräuter, räkelte sich lächelnd und schwer atmend mit ausgebreiteten Armen und Beinen auf dem Rücken. Dann hob er seine Arme und brachte sie zusammen und sammelte einen Armvoll Mondlicht ein. Die Glühwürmchen sausten aus allen Richtungen auf ihn zu, in Bächen und Flüssen und Strömen aus Licht und bildeten einen Wirbel von hundert Metern Länge, der sich in einer Spirale auf seinen helleren Mittelpunkt zubewegte. Sie trafen über seinem ausgestreckten Körper aufeinander wie Ozeanbrecher und schleuderten Kaskaden, Fontänen in die Luft.

Er schwenkte die Arme, als dirigiere er eine Sinfonie. Die Glühwürmchen gehorchten jeder Bewegung, jeder Geste, und wirbelten und tanzten in einem phantastischen Schauspiel. Dann verließ der Ausdruck unbändigen Überschwangs Angels Gesicht und wurde von emsiger Konzentration abgelöst. Die Glühwürmchen gaben ihren selbstvergessenen Wirbeltanz auf und begannen miteinander zu verschmelzen, Gestalt anzunehmen.

Ein riesenhaftes, schimmerndes Nacktbild von Evelyn erstand über ihm. Es war ein geisterhaftes, unwirkliches, idealisiertes Bild, aus Elfenlicht gebildet. Es schwebte in der Luft und verlor sich unterhalb der Knie, um mit der Nacht zu verschmelzen. Das Bild beugte sich über ihn, schien ihn anzusehen und streckte funkelnde Arme nach ihm aus. Er hielt die Hände zu ihr empor. Ihre großen Hände umschlossen die seinen, und seine Arme wurden schwarz von krabbelnden, verwirrten Insekten.

Er verjagte sie und das Bild von Evelyn bewegte sich etwas von ihm weg. Es wuchsen ihr riesige Schmetterlingsflügel, die sie fortbewegten und trugen. Das Bild flog um ihn herum und löste sich in eine glitzernde Wolke auf, die sich auf den Boden niederließ.

Angel sprang auf die Füße und rannte auf die Anhöhe hinauf. Seine Silhouette hob sich gegen den Mond ab, wie er dastand mit gespreizten Beinen und zurückgeworfenem Kopf. Er hob die Arme und rief einen warmen Wind herbei, der ihn umheulte, sein Baumwollhaar peitschte und ihm die Kleider gegen den Leib presste.

Er schloss seine Finger zu Fäusten. Die Muskeln schwollen in seinen ausgestreckten Armen. Der Wind erstarb, und sein angespannter Körper erzitterte. Sein Gesicht gefror in eisiger Entschlossenheit. Konzentration furchte seine Stirn. Die Erde zu seinen Füßen erschauerte und seufzte, dann riss sie mit mahlendem Krachen auf. Ein Feuerklumpen schoss hervor und zwischen seine Arme. Angels Augen leuchteten klar und hart wie Granate. Die Flamme umkreiste ihn, umwirbelte ihn in einem Ring, breitete sich mehr aus, wirbelte immer schneller und schneller, versengte die Luft mit ihrem Ton und verschwand.

Angels Körper entspannte sich langsam. Seine Arme fielen wieder an den Seiten herab, und das harte Licht verließ seine Augen. Er setzte sich auf den Boden und ging an die Arbeit.

Ein Sonnenstrahl kroch über den Boden und weckte Evelyn auf. Sie spürte Angels Abwesenheit, noch bevor sie den leeren Platz neben sich sah. Sie atmete tief ein und drehte den Kopf nach der anderen Seite. Henry und Tim schliefen noch. Angel saß mit gekreuzten Beinen auf dem Boden und lächelte sie an.

Sie wollte etwas sagen, aber er legte den Finger an die Lippen. Er stand auf, mit einer Bewegung, die so geschmeidig war wie die einer Katze, und streckte ihr die Hand entgegen. Verdutzt nahm sie sie. Er zog sie auf die Füße und führte sie mit einem rätselhaften Lächeln aus dem Haus.

Er zog sie mit sich und lief mit ihr über das Gras, und sein Glück war so groß, dass sie zu ahnen begann, was geschehen war. Er bedeutete ihr, an einem Ort stehenzubleiben, stellte sie hin und hob die Hand, dass sie so bleiben solle. Sie sah ihn in lächelnder Verwirrung an und spürte ein Brennen in ihrer Kehle. Er rannte etwa zehn Fuß weit von ihr weg und wandte sich zu ihr um. Grinsend streckte er ihr die Arme entgegen. Sie beobachtete ihn erwartungsvoll.

Das Gras zwischen ihnen begann sich plötzlich zu bewegen, so als gehe ein Wind darüber hin, aber es war kein Wind da. Das Gras raschelte und raunte. Evelyn blickte vom Boden zu Angel auf, und ihre Augen glänzten vor Aufregung. Das Rascheln im Gras veränderte sich ganz fein. Es raunte und flüsterte verschwommene Worte.

»Evie. Evie«, sagte es.

Evelyn starrte ihn staunend an. Er lächelte stolz und schüchtern. Er ging langsam auf sie zu und die Unbestimmtheit und Verletzlichkeit waren aus seinen Augen verschwunden. Er bückte sich und pflückte einen Grashalm und hielt ihn zwischen ihre Gesichter. Der Halm begann schnell zu vibrieren und ein flüsterndes Summen zu erzeugen. Aus dem Summen formten sich Worte, trockene säuselnde Worte.

»Evie. Evie. Ich liebe dich, Evie«, raunte das Gras. Seine Rubinaugen forschten unsicher und hoffend in ihrem Gesicht.

Sie konnte nicht anders; Tränen stiegen ihr in die Augen, und sie schluchzte glücklich. Er blickte sie erschrocken und besorgt an. Er ließ den Grashalm fallen und legte seine Arme um sie. Sie ließ sich hineinfallen, schluchzte und lachte an seiner Brust. Er drückte sie fest an sich und fühlte Elektrizität in seinen Adern.

»Evie«, sagte die Stimme, nicht die papierene Stimme des Grases, sondern eine normale Stimme an ihrem Ohr.

Sie warf den Kopf herum und griff sich ans Ohr. Sie blickte ihn verdutzt an.

»Was hast du gemacht?«

Er nahm ihre Hand von ihrem Ohr und hielt sie fest. »Ich spreche, Evie. Ich spreche.« Aber seine Lippen bewegten sich nicht.

Sie legte den Kopf schief, als irritiere es sie, woher der Ton kam. »Ich höre eine Stimme in meinem Ohr. Was machst du?«, flüsterte sie.

»Ich bringe dein Trommelfell zum Schwingen, so als ob es von Schallwellen getroffen würde«, sagte die Stimme. Sie wusste, dass seine Stimme so klingen würde: leise, sanft und liebevoll.

»Angel!«, sagte sie und lachte und rieb ihr tränenfeuchtes Gesicht. »Das ist wunderbar!«

»Klingt es richtig?«, fragte er und blickte sie unsicher an. »Ich habe es mit mir selbst geübt, aber ich bin mir nicht sicher, ob es für jemand anderen richtig klingt. Ich glaube, wenn ich noch etwas länger daran arbeiten würde, könnte ich gleichzeitig beide Trommelfelle bewegen und den Eindruck erzeugen, als komme es von mir, anstatt von jemandem, der in deinem Ohr sitzt.«

»Es klingt wunderbar«, sagte sie. Sie warf ihre Arme um seinen Hals und küsste ihn voller Freude. Dann sahen sie einander ernst an.

»Hast du es auch gemeint?«, fragte sie.

»Evie, Evie, ich liebe dich, ich liebe dich«, sang die Stimme in ihrem Ohr. Aber sie bedurfte der Stimme nicht, weil seine Augen sprachen.

»Ich liebe dich auch, Angel«, flüsterte sie und war selbst ein wenig überrascht, aber sie wusste, dass es wahr war.

Angel blickte einen Augenblick lang in ihr Gesicht, und seine Augen waren groß wie Monde. Dann neigte er den Kopf und küsste sie, und sein Mund auf dem ihren war leicht wie Distelflaum. Sie fühlte, wie seine Lippen zitterten. Dann hielten seine Arme sie fester. Sein Hunger verzehrte sie. Er wollte ihre Körper zu einem verschmelzen, sie mit seiner Haut umhüllen.

Er warf den Kopf zurück und schüttelte sein Haar wie ein Pferd. Evelyn schnappte nach Luft und lachte dann. Das Lachen wandelte sich zu einem erschrockenen Schrei, plötzlich und spitz. Sie klammerte sich an ihn, während sie sich langsam in die Luft erhoben. Er nahm ihr Gesicht in beide Hände und rieb seine Lippen an den ihren.

»Hab keine Angst, Evie. Hab niemals Angst vor mir oder vor dem, was ich tun kann«, sagte die Stimme leise und ernst in ihr Ohr.

Seine Augen lasen wieder in ihrer Seele. Sie nickte. Er grinste breit. Er legte seine Hände um ihre Taille und warf sie höher hinauf. Sie schrie wieder auf und lachte dann.

»Gib mir wenigstens eine kleine Vorwarnung!«, jammerte sie und schaute nach unten. Sie schwebten etwa dreißig Fuß hoch über dem Boden.

Angel lachte mit ihr und lachte ihr zu und lachte für sie. Er machte einen Salto rückwärts und drehte einen Looping, schwamm im Sonnenlicht, umkreiste sie, liebkoste sie. Er stand über ihr auf dem Kopf und küsste sie mit dem Kopf nach unten. Er nahm ihre Hand, und sie segelten hinauf und im Kreis und wieder hinunter wie Schwalben.

Sie hörten, wie Henry zu ihnen heraufschrie und wie wild mit den Armen fuchtelte. Sie schwebten zu ihm hinunter.

»Ich fühle mich wie Peter Pan«, lachte Evelyn.

»Angel!« Henry klatschte in die Hände. »Angel!« Henry machte Luftsprünge. »Angel!« Henry lachte. »Du hast es geschafft! Du hast dich erinnert! Das ist wunderbar!«

Tim ritt auf Henrys Schulter und klammerte sich verzweifelt an seinen Haaren fest, um nicht hinunterzufallen, aber ein Grinsen zog sich über sein hässliches, kleines Gesicht.

»Als ich eines machen konnte, war auf einmal alles da.«

Henry schaute befremdet und legte seine Hand an sein Ohr. »Was ist geschehen?«, fragte er.

»Angel kann sprechen, indem er Ihr Trommelfell in Schwingungen versetzt«, erklärte Evelyn strahlend. »Was hat er gesagt?«

»Ich glaube, ich kann das bei zweien auf einmal«, sagte die Stimme in ihrer beider Ohren.

»Tut mir leid«, sagte die Stimme in den Ohren von allen dreien.

Tim klopfte sich mit der Hand auf das Ohr und schnitt eine Grimasse. »Nicht so laut!« beklagte er sich.

Sie lachten alle in einem Taumel von Glück. Henry umarmte Angel, dann umarmte er Evelyn, dann umarmte er den Pfosten, der die Veranda trug.

Angel nahm Evelyns Hand, und sie liefen auf den Bach zu. Henry begann hinter ihnen herzulaufen. »Angel!«, rief er. »Warte!«

»Nein, Henry«, erhob Tim Einspruch. »Lass sie allein!«

Henry blieb stehen und wandte dem Winzling auf seiner Schulter stirnrunzelnd das Gesicht zu. »Aber was ist mit Haverstock? Er kann uns jeden Augenblick finden. Wir müssen darauf vorbereitet sein.«

»Das hat noch eine Weile Zeit. Ich habe Angel noch nie so gesehen. Ich habe ihn noch nie wirklich glücklich gesehen. Ich glaube, Evie hat mehr damit zu tun als die Tatsache, dass er gelernt hat, die Gabe zu gebrauchen. Lass sie sich eine Weile aneinander freuen. Lass ihn glücklich sein, bevor er um unser Leben kämpfen muss.«

Tim beobachtete einen Augenblick lang den Jungen und das Mädchen, wie sie fröhlich dahinsprangen. »Es könnte auch sein, dass er nicht gewinnt«, sagte er leise.

Angel ließ sich im Schatten einer Pappel in den Sand plumpsen und streckte sich lang aus. Evelyn ließ sich neben ihn fallen und grinste. Er atmete schwer, seine Brust hob und senkte sich heftig, und er blinzelte in den strahlenden Himmel. Sein Gesicht war vollkommen friedlich. Er ließ seine Hand unter sein Hemd gleiten und kratzte sich träge den Bauch.

»Ich bin müde«, sagte er. »Ich möchte einfach so daliegen und mich in den Sand eingraben und mich nicht rühren.«

»Wenn du so erschöpft von dem Gerenne bist, hätten wir ja fliegen können«, bemerkte sie.

»Davon bin ich doch erschöpft!« Er sah sie herausfordernd an. »Dir ist es leicht erschienen - du hast ja auch nichts dazu getan. Ich habe die ganze Arbeit gemacht. Dieser angeberische Klamauk verlangt einem ganz schön viel ab.«

»Na ja, dann hör eben auf mit der Angeberei.« Sie schnitt eine Grimasse, und er grinste sie angriffslustig an.

»Du bist heute Morgen ganz schön übermütig geworden«, sagte sie und hob eine Augenbraue. »Ich bin mir nicht sicher, ob du mir nicht lieber warst, als du noch so verloren und hilflos gewesen bist, und ich für dich sorgen konnte. Ich bin mir nicht sicher, ob du mich noch brauchst. Ich bin mir nicht mehr sicher, ob du überhaupt noch irgendjemanden brauchst.«

Er setzte sich auf und sah sie an. Sein Gesicht war ernst, und in seinen Augen stand Sorge. »Ich brauche dich«, sagte die Stimme in ihrem Ohr. »Die Gabe ist nur etwas, was ich kann. Ich weiß weder, wie ich es mache, noch warum ich es kann. Ich weiß nicht, warum manche Menschen singen können und andere nicht, oder warum manche Menschen malen oder schreiben oder komponieren können und andere nicht. Ich bin ein sehr ungebildeter Mensch. Es gibt so vieles, was ich nicht weiß. Ich bin immer noch verloren und hilflos und ich möchte, dass du für mich sorgst, und möchte für dich sorgen. Ich brauche dich, um sicher zu sein, dass ich nicht übermütig werde, und dass die Gabe nicht von mir Besitz ergreift. Gestern Nacht, als ich mir ihrer bewusst geworden bin, wurde mir klar, wie leicht, wie furchtbar leicht es wäre, wie Haverstock zu werden, das Gefühl zu haben, dass die Gabe mich zu etwas Besonderem macht und über die anderen Menschen hinaushebt. Du weißt nicht, was es für eine Freude, für eine Freiheit ist, wenn du fast alles machen kannst, was du willst. Du weißt nicht, wie leicht es wäre, sich vorzukommen wie ein Gott.«

Evelyn sah ihn an und hätte am liebsten geweint, weil er so feierlich und so ernst war, und dabei das Gesicht eines kleinen Jungen hatte, der versucht, einem Erwachsenen etwas klarzumachen, und nicht sicher ist, ob er verstanden wird. Sie beugte sich vor und küsste ihn leicht auf den Mund und sagte: »Ich weiß immer noch nicht, ob ich mich jemals daran gewöhnen werde, dich sprechen zu hören, ohne dass deine Lippen sich bewegen.«

Er umarmte sie und gab ihr einen kräftigen Kuss. »Auf die Weise kann ich dich küssen und dir gleichzeitig lustige Geschichten erzählen. Kennst du schon die von der wandernden Monsterschau und der Farmerstochter?«

Sie schubste ihn weg und schnitt ein Gesicht und musste gleichzeitig lachen. Er saß ganz still da und runzelte in tiefer Versunkenheit die Stirn.

»Evelyn Bradley«, sagte die Stimme in ihrem Ohr und seine Lippen formten die Worte. »Du bist das Schönste auf der Welt, und ich liebe dich.« Er lächelte befriedigt. Dann fiel er stöhnend in den Sand zurück. »Das macht zu viel Mühe.«

Sie knurrte und fiel über ihn her und schlug den Atem aus ihm heraus. Er packte sie und rollte sich herum. Sie kreischte. Als sie innehielten, war sein Gesicht über dem ihren. Er küsste sie und sein Mund formte die Worte: »Wie war es?«

»Der Kuss?«

»Nein, meine Mundbewegungen.«

»Oh, ganz gut. Aber deine Stimme ist immer noch in meinem Ohr.«

Er nickte, dann konzentrierte er sich. »Evelyn Bradley, du bist das Schönste auf der Welt, und ich liebe dich.« Er warf den Kopf hoch. »Na?«

Sie grinste. »Nicht schlecht. Nur, deine Stimme scheint gleichzeitig von überallher zu kommen.«

Er grinste zurück. »Ich habe dir gesagt, ich werde üben müssen.« Er rollte von ihr herunter und legte sich neben sie und kuschelte sich an. »Ich muss das noch hinkriegen. Ich kann nicht herumlaufen und in den Ohren sämtlicher Leute sprechen. Das könnte sie doch etwas nervös machen. Ich muss soweit kommen, dass ich es kann, ohne daran zu denken.«

Sie drehte ihr Gesicht zu seinem Haar. »Das wirst du auch.«

Sie blieben eine Weile so liegen und genossen es, wie ihre Unbeschwertheit in Befriedigung überging.

»Angel«, sagte sie nach einer Weile, »heißt du tatsächlich Angel?«

»Es ist der einzige Name, den ich jemals gehört habe.« Sie spürte, wie er die Achseln zuckte.

»Wo warst du, bevor du zum Zirkus gekommen bist?«

»Ich bin immer beim Zirkus gewesen.«

»Nein. Henry hat gesagt, dass du etwa fünf Jahre alt warst, als Haverstock dich gefunden hat.«

»Ich kann mich nicht daran erinnern.«

»Kannst du dich an nichts aus der Zeit erinnern, bevor er dich gefunden hat?«

»Nein.«

»Das solltest du aber. Ich kann mich erinnern, dass ich drei war und dass eine Hündin, die wir hatten, gestorben ist. Sie war schwarz, mit einem weißen Fleck am Hals, und sie hieß Lady. Aber ich kann mich nur daran erinnern, dass sie gestorben ist und dass mein Papa sie hinter der Scheune begraben hat. Wie weit zurück kannst du dich erinnern?«

Sie spürte wieder, wie er die Achseln zuckte. »Ich weiß nicht. Alle Tage waren gleich. Entweder waren wir in den Wagen unterwegs, oder wir haben in irgendeiner kleinen Stadt für die Vorstellung aufgebaut. Im Winter hat Haverstock immer irgendwo weitab vom Schuss ein Haus gemietet, und wir haben dort gewohnt. Ein Tag war wie der andere. Wie sollst du einen vom anderen unterscheiden?«

Sie drehte sich herum, um ihn anzusehen, legte ihre Hand in seinen Nacken und ließ ihre Finger in sein Haar hinaufgleiten. So lagen sie eine Weile in friedlicher Schläfrigkeit.

Evelyn sagte: »Dein richtiger Name ist wahrscheinlich Horatio Prendergast oder so ähnlich.« Sie spürte sein Lächeln an ihrem Hals.

»Ich bin in Wirklichkeit der verschwundene Erbe der Vanderbilt-Millionen, der noch als kleiner Knirps von Zigeunern verschleppt wurde.« Er setzte sich plötzlich auf und grinste zu ihr hinunter. »Eines Tages wird jemand auf meiner Schulter das Muttermal der Vanderbilts entdecken, und ich werde mit meiner Familie und meinen Millionen vereint sein und fortan ein glückliches Leben führen. Gehen wir schwimmen!«

»Ich habe gedacht, du willst dich hier nicht wegrühren.«

»Ich verfüge über ein ungeheures Regenerationsvermögen!« Er stand auf und hielt ihr die Hand entgegen. Sie nahm sie, und er zog sie hoch.

»Hier können wir nicht schwimmen«, sagte sie. »Das Wasser ist nicht tief genug.«

»Gibt es eine Stelle?«

Sie deutete mit der Hand. »Dort unten, ein paar Meilen weiter in Richtung Stadt, aber es ist vielleicht jemand dort. Die Kinder gehen immer dorthin baden.«

»Schauen wir hin«, sagte er und versuchte, seine Stimme so klingen zu lassen, als komme sie aus seinem Mund. »Sag's mir, wenn ich es geschafft habe.«

»Schon besser. Diesmal ist sie von etwa drei Fuß hinter dir gekommen. Du würdest einen guten Bauchredner abgeben«, sagte sie und grinste. »Möchtest du wirklich schwimmen gehen? Es ist ein weiter Weg.«

Er grinste sie an und ob die Augenbrauen.

Sie lachte. »Okay. Ich habe dir gesagt, ich werde lange brauchen, bis ich mich daran gewöhnt habe.«

Er nahm ihre Hand, und sie glitten über dem Wasser dahin wie Libellen.

Etwa zwei Meilen südwestlich von Hawley machte der Crooked Creek eine scharfe Biegung nach Norden. Die Wirbelbewegung des Wassers hatte eine tiefe Mulde in den weichen Grund gehöhlt, und die Stelle war schon immer ein beliebter Badeplatz gewesen, solange die meisten Leute aus der Gegend zurückdenken konnten. Eine große, alte Pappel krallte sich zäh ans Ufer; sie spendete Schatten und bot den Badenden einen Ort zum Hineinspringen. Zwei Stricke hingen von einem Ast herunter, der parallel zum Ufer wuchs, ein kurzer, grauer, am Ende ausgefranst, wo er vor Jahren gerissen war, und ein neuer, der fast bis auf den Boden hing und mehrere Knoten hatte.

Angel sah sich mit beifälligen Blicken um und zog sein Hemd aus. Evelyn beobachtete, wie unter seiner elfenbeinfarbenen Haut die Muskeln spielten, als er seine Schuhe und seine Hose auszog. Er stand in seiner Unterhose da und sah sie mit einem leichten Lächeln an, und seine Augen schickten eine rubinrote Herausforderung zu ihr hinüber.

Sie trat ihre Schuhe herunter. Ihr Mund war trotzig, aber ihre Augen lachten. Sie rollte ihre baumwollenen Strümpfe herunter und blieb dabei ständig in Blickkontakt mit ihm. Sie stieg aus ihrem Kleid, zog sich ihr Hemd über den Kopf und drehte in Hose und Leibchen eine zierliche Pirouette. Dann schoss sie geradewegs auf das Wasser zu und sprang hinein.

Angel beobachtete sie grinsend, dann ging er zu dem Strick, der vom Baum hinunterhing. Er packte ihn über seinem Kopf und zog probeweise daran. Evelyn beobachtete ihn vom Wasser aus, das ihr jetzt bis zum Kinn reichte. Mit dem Strick in der Hand kletterte er am Ufer höher hinauf. Er drehte sich um, packte den Strick mit beiden Händen, hob die Füße und schwang sich über das Wasser. Er schwang sich höher und höher, bis er fast mit dem Kopf nach unten hing. Dann blieb er mitten in der Luft stehen und grinste zu ihr hinunter. Sie lachte und zog ein Gesicht. Plötzlich ließ er sich in einem Wirbel von Armen und Beinen senkrecht nach unten fallen, dass das Wasser in einer Welle über sie hinwegschwappte.

Sie wandte sich ab, damit ihr das Wasser nicht ins Gesicht schlug. Als sie sich wieder umdrehte, kam er schon wieder mit einem Ruck an die Oberfläche und prustete.

»Mir ist etwas eingefallen«, sagte seine Stimme in ihrem Ohr. »Kann ich überhaupt schwimmen?«

»Das ist doch wohl ziemlich egal, oder?«

Er grinste und zuckte die Achseln. Dann nahm sein Gesicht einen jammervollen, mitleidheischenden Ausdruck an, und er begann zu sinken. Er hob eine Hand, winkte ihr traurig zu und glitt langsam unter das Wasser. Das nächste, was sie spürte, war, dass er sie bei den Knöcheln hatte und hinunterzog.

Sie lachten und planschten und spielten im Wasser wie zwei Otter, bis sie müde waren. Dann legten sie sich in den Sand und dösten und ließen die Sonne ihre Körper trocknen.

Nach einer Weile erhob sich Evelyn auf einen Ellbogen und schaute in Angels Gesicht. Sie prägte sich jede Linie ein. Seine Augen waren geschlossen, als ob er schlafe. Sie nahm eine Handvoll Sand und ließ ihn auf seine Brust hinunterrieseln, aber der Sand hörte einen Zoll weit von seinem Körper auf zu fallen und blieb in der Luft liegen. Sie blickte aus zusammengekniffenen Augen in sein Gesicht, aber er schien immer noch zu schlafen. Sie schaute auf den Sand und dann wieder in sein Gesicht. Dann gab sie ihm einen Klaps auf den Bauch.

Er fuhr halb hoch und riss Mund und Augen auf, als hätte sie ihm den Atem aus dem Leib geschlagen. Der Sand fiel auf seine Brust und rieselte auf seinen Bauch hinunter. Er schaute erst den Sand und dann sie an. Sie begann von ihm abzurücken.

Er packte sie plötzlich und sie rollten lachend ein paarmal herum. Als sie zur Ruhe kamen, lagen sie nebeneinander und schauten sich an und beteten sich an wie die Kinder. Sie legte ihren Finger auf seine Stirn, ließ ihn langsam an seiner Nase hinuntergleiten, und von da über seine Lippen, und bemerkte zum ersten Mal, dass ersieh nicht rasieren musste. Sie fuhr mit ihrem Finger die Konturen seines Gesichts nach und modellierte sein Bild in ihrem Geist.

Er stützte sich auf seinen Ellbogen und beugte sich langsam über sie. Er gab ihr einen federleichten Kuss auf die Lippen und spürte wieder den lustvollen Schmerz in seinem Geschlecht, der sich in seine Schenkel hinunter und seinen Leib hinauf ausbreitete.

Er legte seine Hand an ihre Wange, und sie kehrte ihr das Gesicht zu und schmiegte es zärtlich hinein. Er bewegte seine Hand zu ihrem Nacken und ließ sie dann langsam über ihre glatte, warme Schulter ihren Arm hinuntergleiten. Er verschränkte seine Finger mit den ihren und hob ihre Hand, und ihre Unterarme lagen aneinander. Er betrachtete den Kontrast zwischen ihrem braunen Arm und der Blässe seiner eigenen Haut und fühlte sich plötzlich wie früher. Sie schien es zu spüren und drückte seine Hand, und ihre Augen waren tief wie Brunnen.

Dann war es vorüber und alles stimmte wieder. Er wusste, dass es nicht wichtig war, aber er fragte sich, ob er seinen Körper genügend unter Kontrolle habe, um seine Pigmentierung zu verändern. Er beugte sich über sie und küsste sie und ließ sie merken, dass alles wieder in Ordnung war.

Er legte sich wieder in den Sand, ihr zugekehrt, und löste seine Finger von den ihren. Er ließ seine Hand an ihrer Seite hinuntergleiten und spürte, dass ihre Wäsche immer noch feucht war. Seine Hand strich über ihre feste Hüfte, und seine Handfläche wurde heiß. Sie atmete tief ein, als seine Finger ihren Rücken hinauf und unter ihr Leibchen glitten. Er löste es ungeschickt und schob es über ihre Schulter und machte ihre Brüste frei.

Sie wandte ihr Gesicht ab, aus Furcht zu erröten. Sie hatte ihre Brüste nie gemocht; sie waren zu groß, um mit ihnen schick und flach auszusehen.

Angel nahm sie in seine Hände und küsste Evelyn seitlich auf den Hals. Sie machte einen kleinen Laut in ihrer Nase. Er neigte den Kopf und küsste ihre Brust und berührte ihre Brustwarze mit seiner Zunge. Die Muskeln ihres Leibes und ihrer Schenkel zogen sich zusammen und sie schien nicht mehr richtig atmen zu können. Ihr Mund war trocken, und sie hatte ein Gefühl in ihrem Magen, als ob sie falle. Sie legte ihre Handflächen an seine Brust und schloss die Augen.

Seine Hand strich wieder an ihrer Seite hinunter und glitt unter das Taillenband ihrer Hose. Als er sie hinunterschob, hob sie leicht ihre Hüften, um es ihm leichter zu machen. Sie war wie elektrisiert, als seine Hand und Finger sie erforschten. Ihre Hände bewegten sich rastlos über seine Schultern und seine Seiten und seinen Rücken.

Der Druck in Angels Geschlecht wurde schmerzhaft. Er entzog sich ihren Armen und richtete sich auf die Knie auf und zog seine Shorts aus. Evelyn sah fasziniert und neugierig und ein wenig ängstlich zu, denn es war das erste Mal.

Er legte sich neben ihr zurück und nahm sie in die Arme und drückte sie an sich. »Verzeih mir«, flüsterte seine Stimme in ihrem Ohr. »Ich weiß nicht, wie es richtig geht.«

Angel war langsam und zärtlich. Sie erforschten, berührten, untersuchten, erkundeten ihre Körper und machten erstaunliche, wunderbare Entdeckungen. Er war am Anfang unsicher und unbeholfen, aber sie hatte keine Vergleichsmöglichkeiten. Sie half ihm, wenn sie konnte, verzieh ihm seine Ungeschicklichkeit, liebte ihn für seine Unschuld. Sie wimmerte beim ersten Schmerz, und er hielt inne und liebkoste sie. Als er behutsam wieder anfing, war es leichter für sie beide. Aber der Druck war zu groß geworden, und er ergoss sich zu früh.

Er lag schwer gegen ihren Körper und spürte ihr spannungsvolles Unbefriedigtsein, ihren Hunger. Dann war der Druck wieder da, aber nicht mehr so wild, nicht mehr so fordernd.

Er bewegte sich sicherer als beim ersten Mal, kostete es aus, ließ es dauern, und beide waren befriedigt.

Evelyn lächelte gesättigt und kuschelte sich in den Sand. Angel beugte sich über sie und gab ihr einen leichten Kuss. Er grinste sie an, schüchtern, aber nicht ohne ein gewisses Maß an Stolz. Sie griff nach oben, und ihre Finger glitten in sein zerzaustes weißes Haar, und sie zog seinen Kopf herunter für einen zweiten Kuss.

Neunundzwanzigstes Kapitel

Harold Bradley machte mit kaltem Roastbeef belegte Brote und fragte sich, wie lange er die Fragen seiner Eltern wohl noch unbeantwortet lassen könne. Wenn das Telefon nicht wäre, das verdammte Telefon, dann wären ihm jede Menge Orte eingefallen, an denen Evelyn sich logischerweise aufhalten konnte. Er hatte sich schließlich für Millers Corners entschieden. Evelyn hatte Grace Elizabeth Willet begleitet, um ihr zu helfen, Wash Peacocks Vater zu betreuen, den plötzlich eine zwar nicht tödliche, aber doch eindeutig hinfällig machende Krankheit befallen hatte.

Die Peacocks hatten kein Telefon - der Teil der Sache war also in Ordnung. Wenn seine Eltern nicht in der Stadt Wash oder seinem Vater oder Grace Elizabeth oder Rose oder Lilah oder Richter Willet in die Arme liefen, konnte es vielleicht gut gehen. Es hatte ihnen ganz und gar nicht gefallen, dass Evelyn mitgegangen war, ohne zu fragen, und ihm war fast das Herz stehengeblieben, als sein Vater hinausfahren wollte, um nachzuprüfen, ob sie auch wirklich dort war.

Das, worüber er sich jetzt Gedanken machen musste, war: wo würde Evelyn heute Nacht sein? Würde Mr. Peacocks mysteriöse Krankheit noch einmal herhalten können? Er war sich sicher, dass sein Vater, falls er überhaupt bereit war, sie noch eine Nacht dort zu lassen, ganz bestimmt nach Millers Corners fahren und nach dem Rechten sehen würde. Aller Wahrscheinlichkeit nach würden sie jedoch in der Leichenhalle jemandem in die Arme laufen, der wusste, dass Mr. Peacock nicht krank war.

In Harolds Kopf drehte sich alles, und er wusste, dass er nicht zum Geheimagenten geboren war. Er stellte sich am besten gleich darauf ein: wenn er heute Abend vom Hindley Haus zurückkam, musste er Farbe bekennen. Ihm fiel einfach absolut nichts mehr ein. Er schob die ganze Sache von sich weg und packte die belegten Brote in eine Schachtel.

»Guten Tag, Mr. Bradley«, sagte eine aalglatte Stimme hinter ihm. Er wirbelte herum und stieß dabei gegen die Schachtel, so dass sie auf den Boden fiel und die Brote in alle Richtungen auseinanderflogen. Haverstock und Louis kamen in die Küche.

Haverstock lächelte ihn an. »Ich habe vor einer kleinen Weile in der Stadt mit Ihren Eltern gesprochen.« Er hob den Zeigefinger und ließ ihn hin und her wackeln. »Es scheint, dass Sie mir eine freche Lüge erzählt haben, Mr. Bradley. Eine törichte Lüge - so leicht zu überprüfen. Ihre Schwester hat gestern doch nicht Ihre Großmutter besucht. Warum haben Sie das getan, Mr. Bradley?«

Harolds Mund war trocken, und er schluckte. »Es geht Sie nichts an, wo meine Schwester ist.«

Haverstock schüttelte den Kopf. »Meine Interessen sind sehr breit gestreut, Mr. Bradley. Ich glaube, dass Sie mir ziemlich viel zu sagen haben.«

Harolds Zähne pressten sich zusammen. Blut von seiner durchbissenen Zunge breitete sich auf seinen Lippen aus. Seine Muskeln verknoteten sich schmerzhaft. Er konnte nicht zu Atem kommen, und als er es konnte, schrie er.

Louis schaute ihm zu. Ein Lächeln schwebte über seinen Lippen.

Dreißigstes Kapitel

Die Sonne hing tief im Westen und verwandelte das Präriegras in Bronze. Angel und Evelyn saßen nebeneinander im Sand und beobachteten das Wasser im Crooked Creek. Ein Regenpfeifer spazierte am Rand entlang und stocherte zwischen den Flusssteinen nach Schnecken und Insekten. Der einsame Schrei eines Ziegenmelkervogels wurde durch die stille Luft herübergetragen und erfüllte Evelyn mit einem Gefühl der Schwermut.

Sie lehnte ihren Kopf an Angels Schulter. »Was soll aus uns werden, Angel«, fragte sie wehmütig. »Evelyn Bradley aus Hawley, Kansas, und Angel, der Zauberknabe. Eine sehr unwahrscheinliche Verbindung.«

»An mir ist kein Zauber, Evie«, sagte er leise. Er hatte seine Stimme und seine Lippenbewegungen schon fast so aufeinander abgestimmt, dass sie manchmal vergaß, was er in Wirklichkeit tat. Er rückte herum und setzte sich mit gekreuzten Beinen ihr gegenüber. »Schau«, sagte er. Er machte zwischen ihnen mit seinen Händen eine Schale. Die Luft über seinen Händen verdichtete sich zu Nebel, der immer dicker und konzentrierter wurde, bis nach einer Weile eine kleine Wasserkugel von der Größe eines Tennisballs dort schwebte und wie ein Wackelpudding zitterte.

»Ich weiß, es sieht aus wie Zauberei, aber es ist keine. Alles, was ich gemacht habe, war, dass ich die Feuchtigkeit aus dem Boden und aus der Luft herausgezogen und zu einer Kugel geformt habe.« Er ließ seine Hände sinken. Die Wasserkugel wurde wieder zu Nebel und verflüchtigte sich.

»Ich schätze, es macht mir immer noch ein bisschen Angst.«

Er schaute sie in trauriger Hilflosigkeit an. Sie lächelte und nahm seine Hände. »Gib mir eine Chance, mich daran zu gewöhnen. Es ist ganz schön viel zu verkraften für einen Tag, verstehst du?«

Er hob ihre Hände und führte sie kurz an seine Stirn. »Wir sollten jetzt lieber zurückgehen«, sagte er und vergaß, seine Lippen zu bewegen. »Henry hat inzwischen wahrscheinlich schon fünfzehn Anfälle gehabt.«

»Mir ist etwas ganz anderes eingefallen«, sagte sie. »Wir haben den ganzen Tag nichts gegessen. Ich bin am Verhungern. Ich hoffe, Harold hat einen Haufen guter Sachen mitgebracht.«

Sie standen auf. Angel blieb stehen und sah sie an, dann legte er seine Hände um ihr Gesicht und küsste sie. Als er den Kopf zurückzog, war sein Gesicht sehr ernst.

»Danke«, sagte er ruhig.

Evelyn grinste unsicher. »Bitte«, sagte sie.

Angel packte sie in seine Arme und warf mit einem lauten Schrei den Kopf zurück. Sie schossen, sich wie ein Kreisel drehend, hinauf in die Luft.

Einunddreißigstes Kapitel

Henry und Tim saßen auf dem Boden und aßen die Reste des Huhnes auf. Henry war kribbelig und zog immer wieder seine Taschenuhr heraus, um nach der Zeit zu sehen.

»Nur keine Aufregung«, sagte Tim mit vollem Mund. »Sie kommen zurück.«

Henry warf eine halb aufgegessene Keule zurück in den Korb. »Sie sind schon den ganzen Tag weg«, schimpfte er. »Wo stecken sie nur? Sie sind zum Fluss hinuntergelaufen und dann verschwunden. Wer weiß, ob Haverstock sie nicht schon hat?«

»Wenn er sie hätte, dann hätte er uns auch«, sagte Tim milde.

»Es ist fast Sonnenuntergang«, schimpfte Henry weiter. »Wir hätten Pläne machen und uns so weit entfernen sollen, dass Haverstock uns niemals gefunden hätte.« Er ließ sich gegen die Wand fallen. »Was haben sie nur den ganzen Tag gemacht?«

Im Zimmer nebenan ertönten Schritte. Henry rappelte sich schwerfällig auf. »Angel!«, rief er.

Haverstock und Louis traten ins Zimmer. Henrys Gesicht war einen Augenblick lang wie zerstört. Tim sprang auf die Füße und wischte seine fettigen Hände nervös an seiner Hose ab.

»Ich muss schon sagen«, sagte Haverstock und lächelte, »ihr habt euch da wirklich ein malerisches Versteck ausgesucht. Wo sind Angel und das Mädchen?«

Henry schluckte. »Ich weiß es nicht.«

»Henry, mach jetzt bitte keine Faxen!«, sagte Haverstock und stöhnte. »Ich habe einen sehr anstrengenden Tag hinter mir. Wo sind sie?«

»Sie sind nicht hier«, sagte Henry, und ein flehendes Wimmern schlich sich in seine Stimme ein. »Ich weiß nicht, wo sie sind.«

Haverstock richtete seine Aufmerksamkeit auf Tim. »Stimmt das?«

Tim trat von einem Fuß auf den anderen. »Ja. Sie sind heute Morgen irgendwohin gegangen und nicht zurückgekommen. Wir wissen nicht, wo sie sind.«

»Gut.« Sein Lächeln flackerte auf und verschwand. »Ich glaube euch. Wenn sie geflohen wären, dann hätten sie euch beide nicht hier zurückgelassen, nicht wahr? Da ihr immer noch hier seid, müssen sie zurückkommen.« Er wandte sich an Louis. »Hab ein Auge auf sie! Ich gehe hinaus und schaue mich um.«

Louis nickte, zog einen Revolver aus seiner Tasche und richtete ihn auf Henry. Haverstock sah die Waffe und hob eine Augenbraue. »Louis«, sagte er milde, »du hast ja verborgene Tiefen.« Er warf einen Blick auf Henry und Tim und ging.

Louis lehnte sich mit seiner Schulter gegen den Türrahmen und hielt den Revolver weiter auf Henry gerichtet. Henry und Tim standen wie erstarrt da und stierten auf den Revolver. Henry schluckte und leckte sich die Lippen.

»Louis«, sagte er, und seine Stimme war heiser. »Warum tust du das? Wenn er uns alle erledigt hat, bist du der einzige, der noch übrig ist. Er wird dich nicht mehr brauchen, weißt du das denn nicht?«

Louis hob seine Augenbrauen, sagte aber nichts.

Henry schluckte wieder und rieb seine feuchten Handflächen an seiner Hose.

»Verschwende deinen Atem nicht, Henry«, sagte Tim. »Er ist Haverstocks dressierter Hund.«

Louis runzelte die Stirn und richtete sich auf. Er schaute sie einen Augenblick lang an, dann kehrte sein Schatten von einem Lächeln zurück. »Probier nichts aus, Henry«, sagte er leise.

»Was?«, sagte Henry.

»Probier's nicht!«

»Ich mach doch nichts«, sagte Henry. Er hatte plötzlich das Gefühl, als würde ihm sein Körper nicht mehr gehorchen.

»Ich habe dich gewarnt.«

»Ich mach doch...«

Louis feuerte zweimal in Henrys Brust und Leib. Henry schrie vor Wut und Empörung auf. Der weißglühende Hass, den er für Louis empfand, neutralisierte fast das Feuer in seinem Bauch. Er fiel zusammen wie eine ausgestopfte Stoffpuppe und verschüttete sein Blut ohne Anmut auf das verblichene Linoleum. Aus seinem schweren Körper schien die Luft zu entweichen. Er sackte, in einem unmöglichen Winkel gekrümmt, gegen die Wandleiste.

Louis feuerte dreimal auf Tims rennende Gestalt, aber alle drei Schüsse verfehlten das kleine Ziel. Zwei rissen Rinnen in den Boden und wirbelten Splitter und Staub auf. Der dritte schlug ein Stück Holz aus dem Türrahmen, als Tim sich dahinter duckte.

Tim überflog in Panik das leere Zimmer und fand keinen Ort, an dem er sich hätte verstecken können. Das muss das Esszimmer gewesen sein, dachte er ohne vernünftigen Grund. Es hatte drei weitere Türen. Er hatte keine Wahl; zwei von ihnen waren geschlossen. Er rannte auf die angelehnte Tür zu, rannte über eine Ebene von verblichenen rosa Rosen, die ihm so groß vorkam wie ein Baseballplatz. Sein krummer Körper torkelte schwerfällig vorwärts.

Louis betrat das Zimmer und lud nach. Er lächelte, als er sah, wie Tim auf die Kammer zustrebte. Er ging langsam und siegesgewiss darauf zu; er hatte seinen Spaß daran und erinnerte sich, wie er als Kind in El Paso in Mr. Waldrops Scheune auf Ratten geschossen hatte.

Er stieß die halboffene Kammertür auf und richtete den Revolver auf den Fußboden. Eine Falte erschien über seiner Nase. Die Kammer war leer. Dann sah er, wie durch das geborstene Paneel an der hinteren Wand Licht fiel. Er lief außen herum auf die andere Seite.

Tim quetschte sich hinter den Küchenschrank und stolperte über den Kram, der dahinter gefallen war und fiel fast über die Brocken von versteinertem Unrat. Es schüttelte ihn, als er in dem Halbdunkel durch Spinnweben streifte. Er blickte auf und erstarrte, und ein Schrei blieb in seiner Kehle stecken. Eine schwarze Witwe, so groß wie sein Kopf, bewegte sich zögernd auf ihn zu. Sie blieb stehen, wenn Tim stehenblieb, prüfte das Gewebe mit ihren Vorderbeinen und wartete auf ein verräterisches Zittern.

Tim bückte sich langsam und tastete auf dem Boden nach einer Waffe. Die schwarze Witwe krabbelte einen Zoll weiter nach vorn und blieb stehen. Tims Hand berührte etwas, das sich bewegte. Er zuckte zurück und schaute nach unten, aber es war nur eine Kellerassel. Sie setzte sich auf ihren vierzehn Beinen wieder in Bewegung.

Tim stellte seinen Fuß auf sie und sie rollte sich zu einer gepanzerten Kugel zusammen. Tim griff vorsichtig nach unten, ließ die Spinne nicht aus den Augen und bemühte sich, das Netz nicht zu bewegen. Er tastete nach der Assel und musste dann doch nach unten schauen, um sie ausfindig zu machen. Sie hatte sich wieder aufgerollt und war im Begriff davonzukrabbeln. Tim schlug mit der Faust auf sie, und sie rollte sich wieder zusammen. Er hob sie auf wie einen Baseball, schätzte sorgfältig die Entfernung ab und warf sie. Sie prallte an der Spinne ab und verfing sich im Netz. Die schwarze Witwe lief vorsichtshalber zurück, um ihren Eiersack zu verteidigen.

Tim drückte sich seitlich an dem Netz vorbei und blickte zurück. Die Assel rollte sich vorsichtig auf und begann zu zappeln. Die Spinne rannte hin und betastete sie mit ihren Vorderbeinen. Dann wandte sie sich um. Mit anmutigen Bewegungen ihrer Hinterbeine begann sie sie einzuspinnen.

Louis betrat die Küche und zog ein angeekeltes Gesicht. Drei Wände waren mit verstaubten, halb eingefallenen Schränken vollgestellt, die Tim viel zu viele Möglichkeiten boten, sich zu verstecken. Er ging zu dem ersten Schrank und untersuchte den Platz hinter der Rückwand. Er packte ihn an einem Ende und rückte ihn von der Wand ab. Es war nichts dahinter außer Schmutz und einer schwarzen Witwe. Er zermalmte sie mit seinem Schuh.

Tim rannte unter einen Schrank, der auf Füßen stand, und bewegte sich flink, aber so leise wie möglich. Die Spinnweben und Insekten entlockten seiner Kehle unwillkürlich ein Wimmern. Er hörte das Rumpeln und spürte die Erschütterung im Fußboden, als Louis den anderen

Schrank wegschob. Er blieb stehen und horchte und hörte Louis leise vor sich hin fluchen.

Tim bückte sich, um seinen Kopf aus den Spinnweben herauszuhalten, die wie eine Matte die Unterseite des Schrankes bedeckten. Er trat einen Schritt zurück, immer noch Louis Füße im Auge behaltend, die suchend um den anderen Schrank herumtappten. Plötzlich blieb er mit dem Absatz hängen und setzte sich hart auf den Boden, stauchte seine Wirbel. Er spürte einen Metallstab quer über seinem Rücken. Er drehte den Kopf und seine Schultern herum und fing an zu zittern. Er saß auf einer Rattenfalle, die fast so groß war wie er selbst. Dann wurde ihm schwindlig vor Erleichterung. Die Falle war schon vor langer Zeit gesprungen. Das Metall war rostig und mit einer dicken Staubschicht gepolstert. Er stolperte weg, und sein Magen drehte sich um, als er in die mumifizierten Überreste der Ratte hineintrat. Lose Knochen lagen unter seinen Füßen verstreut und die vertrocknete Haut war so hart wie Metallfolie.

Louis durchsuchte den Schrank sorgfältig. Er zog die Schubladen heraus und untersuchte die Hohlräume. Er rückte den nächsten von der Wand und passte gut auf, dass Tim nicht umkehrte und zurücklief. Er stieß die tote Ratte aus dem Weg und nahm den Schrank auseinander.

Tim erreichte den letzten Schrank vor der Tür, die in das Zimmer führte, das voller Heu war. Die Tür war entfernt worden, und das Heu war bis hinaus auf den Küchenboden verstreut. Tim schaute in das Zimmer hinein, aber er wusste, dass er sich dort nicht hineinwagen würde. In dem Heu nisteten bestimmt Ratten.

Er blickte zurück zu Louis. Er wartete, bis Louis' Kopf hinter dem Schrank verschwand, dann rannte er schwerfällig über die fünf Fuß Entfernung zum nächsten Schrank.

Er zuckte unter dem Pistolenschuss zusammen und zog den Kopf ein. Die Wand über ihm ging zu Bruch. Splitter und Holzstücke prasselten auf ihn nieder. Er war schon hinter dem Schrank auf der anderen Seite, bevor der zweite Schuss einen Schleier von Staub von der Decke rieseln ließ. Er rieb das Blut weg, das aus seinem Arm sickerte, wo ein Splitter die Haut aufgerissen hatte.

Er stolperte über etwas, das laut polternd wegrollte.

Louis grinste befriedigt und schritt an der mit Heu ausgefüllten Tür vorüber. Er schob den Schrank von der Wand. Er hielt den Revolver schussbereit und ließ sich auf die Knie hinunter, um darunter zu schauen. Er zischte einen Fluch hervor, als er Tim nirgends sah.

Aber Tim war hinter dem Schrank und klammerte sich an einen Eispickel, zwei Fuß über Louis gebeugtem Kopf. Er packte den Gegenstand, den er gefunden hatte, und drückte ihn mit beiden Armen an sich. Die Spitze war verrostet und der hölzerne Griff halb abgesprungen. Er hielt ihn mit der Spitze nach unten und sprang Louis in den Nacken. Im Fallen schlang er seine Beine um den Pickel und hoffte, dass Louis sich nicht bewegen und die Spitze sich nicht drehen würde.

Sie war nicht sehr scharf, aber Tims Gewicht lag darauf und sie fiel zwei Fuß tief. Es war genug. Sie bohrte sich in Louis' Nacken. Tim ließ durch den Aufprall los und suchte mit den Händen nach einem Halt. Er bekam Louis' Kragen zu fassen und hielt sich daran fest.

Louis erstarrte und begann langsam aufzustehen. Ein tiefes Stöhnen gurgelte tief unten in seiner Kehle. Er stand vorsichtig auf, wobei er die Hände in die Hüften stemmte. Der Revolver fiel aus seinen sich lockernden Fingern. Er hielt Kopf und Hals und Schultern vollkommen starr, als wisse er selbst in seinem Schock, dass jede Bewegung gegen den Pickel tödlich wäre.

Das Stöhnen schwoll an, wurde immer höher und schließlich zu einem schrillen Wehklagen. Es endete, als alle Luft aus seinen Lungen entwichen war. Louis machte einen stolpernden Schritt, einen zweiten, sein Kopf, sein Nacken, seine Schultern bildeten einen soliden Block. Tim klammerte sich hinten an seinen Kragen und hing fast senkrecht nach unten.

Louis' Gesicht war bleich, seine geöffneten Lippen waren fast weiß. Dann fiel er starr wie eine Statue, langsam zuerst, dann schneller. Er schlug auf den Boden auf, und die eine Seite seines Gesichts war in zerschmetterten Knochen begraben.

Tims Zähne schlugen aufeinander, als Louis aufschlug. Er lag einen Augenblick auf Louis' Rücken und versuchte zu Atem zu kommen, dann glitt er auf den Boden hinunter. Er ging um Louis' ausgestreckten Arm herum und schaute in sein Gesicht. Ein hervorquellendes Auge starrte ihn an, aber es war blicklos.

Tim räusperte sich und spuckte hinein.

Er blickte rasch auf, als er nebenan jemanden hörte, und versteckte sich wieder hinter den Küchenschränken.

Angel und Evelyn standen einen Augenblick lang auf der Veranda des alten Hauses und schauten zu, wie die Sonne hinter dem Horizont versank. Evelyn lehnte ihren Kopf an Angels Schulter. Sie fühlte sich unsagbar glücklich und zufrieden, und alle Gedanken an Haverstock waren aus ihrem Bewusstsein entschwunden. Angel legte den Arm um sie und sie gingen nach drinnen.

»Henry!«, rief Evelyn. »Harold! Ist jemand hier?« Es kam keine Antwort. Das Haus war still, nur im Obergeschoss stritten sich schläfrig ein paar Spatzen. Angel und Evelyn sahen einander an und eilten in das Zimmer, das sie für ihren Gebrauch ausgesucht hatten.

Evelyn blieb wie angewurzelt stehen, als sie Henry in seinem Blut liegen sah. Ein Wimmern entrang sich ihrer Kehle. Angel eilte zu ihm hin, kniete nieder und legte seine Hand auf Henrys Nacken.

»Er lebt noch«, sagte Angel.

Evelyn kniete sich neben ihn. Henrys Gesicht hatte die Farbe alter Asche angenommen, und sein Atem gurgelte leise. »Er ist erschossen worden«, sagte sie ungläubig.

Angel nickte und legte Henrys gekrümmten Körper gerade.

»Kannst du ihm helfen?«, fragte sie.

Angel sah sie hilflos an. »Ich weiß nicht, was ich tun soll.«

»Bring seine Wunden wieder in Ordnung, heile ihn, tu irgendetwas!«, sagte sie und hörte selbst eine hysterische Schärfe in ihrer Stimme. »Kannst du das denn nicht?«

»Ich glaube, ich könnte es tatsächlich, wenn ich wüsste, was zu tun wäre. Ich bin kein Arzt. Ich weiß nicht, was ich zu tun habe.«

Sie wollte noch etwas sagen, hielt es aber zurück, als sie sein konzentriertes Gesicht sah. Einen Augenblick später entspannte sich sein Körper wieder. Er sah sie an. »Ich habe die Blutung gestoppt. Aber ich glaube, es ist zu spät.«

Henry stöhnte leise und begann zu husten. Angel legte seine Hand auf Henrys Gesicht, und das Husten hörte auf. Henry öffnete schwach seine Augen, aber sie blickten ins Leere.

»Angel?«, sagte er, und seine Stimme flüsterte wie der trockene Grashalm.

»Ja, Henry. Wir sind hier.«

»Angel? Wo bist du den ganzen Tag gewesen?« Henrys Stimme versagte einen Augenblick lang, dann kam sie wieder. »Warum hast du uns ganz allein gelassen? Wir müssen Pläne machen.«

Evelyn sah in Angels tief bekümmertes Gesicht und fühlte einen unerträglichen Schmerz in ihrem Herzen.

»Angel?«, sagte Henry, und seine Augen schlossen sich. »Warum hast du uns nicht gerettet?« Sein Atem verflog langsam, und dann war es still.

Angel krampfte seine Hände zwischen den Knien zusammen. Er schloss schmerzhaft fest die Augen, und Tränen rollten über sein Gesicht. Seine Schultern hoben sich, und sein Mund war geöffnet, als bekomme er nicht genug Luft.

»Nicht«, flüsterte Evelyn. »Nicht.« Sie nahm ihn fest in die Arme, aber er entwand sich ihr und stolperte auf die Füße. Dann erstarrte er und zwinkerte die Tränen aus seinen Augen. Haverstock lehnte im Türrahmen und lächelte sie freundlich an.

»Hallo, Kinder«, sagte er. »Na, wie waren die Ferien?« Er winkte lässig mit der Hand. Evelyn sah, wie Angel starr wurde und wie sein Atem durch seine Kehle pfiff.

Sie sprang auf die Füße. »Angel!«, schrie sie und packte ihn beim Arm.

Haverstock wiederholte seine Handbewegung. »Die Geste ist selbstverständlich nicht notwendig, aber ich fürchte, ich bin ein Sklave theatralischer Gebärden. Machen Sie sich keine Sorgen um ihn, Miss Bradley.« Er ging lässig auf sie zu. »Ihm fehlt gar nichts. Ich weiß nicht, welche kleinen Kunststücke er gelernt hat, seit er sich meiner Obhut entzogen hat. Welcher Art sie auch sein mögen, Angel, mein Junge, probier ja keines von ihnen aus, oder die junge Dame wird dafür büßen!« Seine Augen wurden zu Achaten. »Habe ich mich eindeutig ausgedrückt?«, fragte er drohend.

Dann kehrte sein Lächeln zurück. »Bin ich in einen dramatischen Augenblick hineingeplatzt?«

»Warum tun Sie uns das an?«, fragte Evelyn mit heiserer Stimme.

»Na, na, meine Liebe«, sagte Haverstock missbilligend. »Geraten Sie nicht gleich aus der Fassung. Louis!«, rief er, aber es kam keine Antwort. Er betrachtete Henry und seufzte. »Louis ist so ungeduldig und so anarchisch, so ohne jede Finesse.« Er schnalzte mit der Zunge. »Louis, wo bist du?« Seine Stimme war scharf vor Unzufriedenheit.

Mit einer unwirschen Handbewegung bedeutete er Angel und Evelyn, voranzugehen. Sie nahm Angel beim Arm und sah ihn besorgt an. Sein Gesicht hatte einen unentschlossenen, verwirrten Ausdruck angenommen, und auf seinen Wangen trockneten Tränen. Er bewegte sich wie eine Marionette. Haverstock folgte ihnen, führte sie durch das weitläufige Haus, auf der Suche nach Louis.

»Angel, ist alles in Ordnung?«, flüsterte Evelyn.

Seine Stimme bildete sich in ihrem Ohr, aber sie war verändert und undeutlich. »Er hat irgendetwas mit meinem Kopf gemacht. Ich kann nicht...« Seine Stimme wurde zu einem undeutlichen Geräusch und verschwand ganz.

Als sie in die Küche kamen, blieb Evelyn plötzlich stehen. Haverstock ging an ihnen vorbei und zu Louis hinüber, der mit dem Gesicht nach unten auf dem Boden lag, einen verrosteten Pickel im Nacken. Haverstock stieß ihn mit der Fußspitze an.

Tim rannte hinter dem Schrank hervor, als Haverstock ihnen den Rücken zukehrte. Er lief zu Angels Fuß und kletterte auf seinen Schuh. Er duckte sich unter Angels Hosenbein hindurch und kletterte an seinem Socken hinauf. Evelyn sah die Bewegung, und ihre Augen weiteten sich. Tim ließ sich bis zur Taille in Angels Socken hinunter. Er gestattete sich einen Seufzer der Erleichterung und ein kleines befriedigtes Lächeln.

Haverstock blickte auf Louis hinab und schüttelte mit tragischer Gebärde den Kopf. »Louis. Ich bin so von dir enttäuscht.« Er wandte sich Angel und Evelyn zu und breitete mit großer Geste die Arme aus. »Es scheint, dass es Tim gelungen ist, Louis zu entgehen und sich recht geschickt zu verteidigen. Ich werde Louis vermissen. So ein gutaussehender junger Mann und so herrlich geil. Es stimmt, was man über die heißblütigen Südländer sagt.« Er begann leise zu applaudieren. »Bravo, Tim, bravo!«, rief er. »Eine hervorragende Leistung!«

Er hörte mit dem Applaudieren auf, und seine Stimme wurde unangenehm. »Ich fürchte jedoch, sie hat das Unvermeidliche nur hinausgezögert. Ich bringe Angel und Miss

Bradley jetzt in die Stadt zurück. Dir schlage ich vor, nicht hinauszugehen, Tim. Da gibt es nämlich wilde Tiere: Wölfe, Füchse, Kojoten, Stinktiere, Dachse, Wiesel, Schlangen und - oh! - Eulen. Ich weiß, dass sie da draußen sind, denn ich bin dabei, sie zu versammeln. Zu einem festen Ring, einem Ring voller Appetit um das Haus herum. Ich bin sicher, jedes von diesen Tieren wäre entzückt, dich aus dem Haus treten zu sehen. Du würdest einen sehr schmackhaften Happen abgeben.

Ich werde bald zurückkommen. Vielleicht bringe ich auch ein paar Freunde mit. Was würdest du dazu sagen, wenn ich hundert Katzen mitbringen würde, Tim?« Er lachte und führte Angel und Evelyn aus dem Haus.

Draußen wandte er sich an Evelyn. »Ich hoffe, dass Sie nicht so leicht in Panik geraten, Miss Bradley. Das, was Sie gleich erleben werden, ist wirklich ziemlich aufregend für einen Uneingeweihten.«

Alle drei hoben langsam vom Boden ab. Evelyn keuchte. »Beunruhigen Sie sich nicht, Miss Bradley. Ich bringe Sie beide zu meinem Wagen zurück, wo wir uns ein paar kreatürliche Tröstungen gönnen werden. Ich schlage Ihnen vor, die Reise schweigend zu machen. Falls Sie jemanden sehen und um Hilfe rufen sollten, haben Sie das Leben der Betreffenden verwirkt. Ist das absolut klar?«

»Ja«, hauchte sie.

»Sehr gut. Das wird jetzt recht atemberaubend, aber vollkommen gefahrlos. Bitte, bewahren Sie Ruhe.« Sie setzten sich in Bewegung, schwebten über die Landschaft, hielten sich nahe am Boden und machten einen Bogen um menschliche Behausungen. Sie folgten so etwa die letzte Meile dem Crooked Creek, flogen zwischen den Bäumen und dem Gestrüpp, das die Ufer säumte. Sie schwebten unter der Brücke hindurch, dann um den Bahnhof herum und erreichten die abgebrannte Wunderschau von hinten. Evelyn sah niemanden auf der Straße. Alles war zu, bis auf das Cafe, und das würde auch bald schließen. Sie landeten hinter dem einzigen noch übriggebliebenen Wagen. Haverstock öffnete die Tür und forderte sie auf, einzutreten. Angel ging als erster, immer noch mit mechanischen Bewegungen und ausdruckslosem Gesicht. Haverstock verriegelte die Tür hinter ihnen.

Er zündete eine hängende Petroleumlampe an. Er regulierte den Docht und setzte sich in den Stuhl an seinem Schreibtisch. Er atmete schwer und wischte sich Schweißtropfen von der Stirn. Evelyn bemerkte, dass er ebenso wie Angel körperlich müde war, nachdem er die Gabe gebraucht hatte. Er lächelte, spielte den Gastgeber und deutete auf das Bett. Evelyn und Angel setzten sich, aber sie waren sich nicht sicher, ob Angel Herr seiner Bewegungen war.

»Eine spektakuläre Art zu reisen, finden Sie nicht auch?«, sagte Haverstock lächelnd. »Fast wie Zauberei.«

Evelyn zuckte die Achseln, und er sah sie argwöhnisch an.

»Du meine Güte«, sagte er lächelnd, »sind Sie ein unerschrockenes Mädchen!« Er verengte die Augen. »Man möchte fast meinen, dass Sie mit derlei Dingen Erfahrungen haben.« Er öffnete eine Schreibtischschublade und zog eine Flasche Brandy heraus. Er hielt sie hoch und hob fragend die Augenbrauen.

Evelyn schüttelte den Kopf.

»Es ist echter«, sagte Haverstock stolz. »Noch vor der Prohibition gebrannt.«

»Nein, danke«, sagte Evelyn.

Haverstock zuckte die Achseln und schenkte sich ein Glas voll ein. »Es hat keinen Sinn, Angel welchen anzubieten. Er ist auch Antialkoholiker.« Er legte die Flasche zurück in die Schublade. »Und nun, Miss Bradley, müssen Sie mir alles über die kleinen Abenteuer erzählen, die Angel erlebt hat, seit er meine Gesellschaft zugunsten der Ihren aufgegeben hat. Was hat der liebe Junge alles angestellt?«

Tim kroch aus Angels Hosenbein heraus und zog sich unter der Koje gegen die Wand zurück. Sein Geist war ein einziger Wirbel aus Furcht und Verwirrung. Er musste etwas unternehmen, um Angel und Evelyn zu retten, aber er wusste nicht, was. Er schob den Gedanken beiseite und konzentrierte sich auf das Nächstliegende: wie konnte er aus dem Wagen entkommen? Die Tür war geschlossen und verriegelt. Er hatte das hinter Angels Fuß hervor gesehen. Der einzige andere Weg war das kleine, hohe Fenster.

Er kroch bis zum Ende der Koje und hinter einen Karton. Er schaute hinauf. Das Fenster war offen. Aber wie dort hinaufkommen? Haverstock saß fast unmittelbar darunter. Er überlegte sich, wie er Vorgehen könnte. Wenn er auf das Bücherregal kletterte, konnte er oben entlangkriechen und wäre dann bis auf etwa zwei Zoll an das Fenster herangekommen.

»Wie haben Sie uns gefunden?«, fragte Evelyn, das Thema wechselnd.

»Ach du liebe Zeit, ich hatte gehofft, Ihnen das ersparen zu können.«

»Mir was zu ersparen?«, fragte sie nervös.

»Das ist ja so betrüblich, so betrüblich. Ihr Bruder hat mir gesagt, wo Sie sind.«

Er zog bedauernd die Stirn in Falten.

»Das glaube ich Ihnen nicht«, sagte sie rundheraus, aber dann fiel ihr ein, dass Harold das Essen nicht gebracht hatte.

»Oh, Sie können versichert sein, dass er es nicht freiwillig getan hat. Nein, nein, mein Kind. Denken Sie nicht schlecht von Ihrem Bruder. Er hat Recht lange Widerstand geleistet. Aber letzten Endes natürlich...« Er breitete die Hände aus.

Sie fühlte sich schwindlig. Seine Stimme hallte in ihren Ohren. »Was haben Sie mit ihm gemacht?«

»Das würden Sie wirklich nicht wissen wollen.«

»Geht es ihm... gut?« Aber sie wusste es besser.

»Ich fürchte, nein, meine Liebe«, sagte er traurig, aber seine Augen zwinkerten vergnügt. »Ich hatte keine Wahl, verstehen Sie?«

»Sie haben ihn getötet?« Sie konnte die Worte kaum durch ihre zugeschnürte Kehle pressen.

Haverstock zuckte die Achseln. »Eine der unglückseligen Notwendigkeiten dieses Lebens, fürchte ich. Wirklich schade außerdem. Er war ein so gutaussehender Junge.« Er lächelte wehmütig und seine Augen blickten einen Augenblick lang in die Ferne.

Evelyn begann leise zu schluchzen. Angel legte seine Arme um sie und zog sie an sich. Haverstock beobachtete sie und lächelte.

Tim schob sich Zoll für Zoll auf allen vieren auf dem oberen Rand des Bücherregals vorwärts. Er erreichte das Fenster und versuchte, zu einem Schluss zu kommen, wie er am besten hinauskäme.

»Wenn Ihre Eltern nach Hause kommen...« Haverstock machte in seinem Stuhl eine Drehung und blickte zu dem hohen Fenster hinauf. Tim duckte sich und rollte sich eng an die Wagenwand. Das Herz blieb ihm fast stehen. Haverstock stand auf und schaute aus dem Fenster, und sein Kopf war nur ein paar Zoll von Tim entfernt. Vom Sonnenuntergang war nur noch ein Nachglühen übriggeblieben. Er wandte sich um und den beiden auf dem Bett zu.

»Ihre Eltern müssen längst nach Hause gefahren sein, wenn sie wie die meisten Farmersleute sind, die da sein müssen, um die Hühner ins Bett zu bringen.« Er setzte sich wieder auf den Stuhl. »Sie haben Ihren Bruder tot vorgefunden. Ein einfacher Herzanfall. Nichts, um Aufhebens davon zu machen. Nichts, um Alarm zu schlagen.«

Als Haverstock sich setzte, sprang Tim auf das Fensterbrett, ruderte mit den Armen, um sein Gleichgewicht zu finden, und ließ sich hinaus und außer Sicht fallen. Haverstock nahm die Bewegung aus dem Augenwinkel wahr. Er riss den Kopf herum, sah aber nichts. Das Fenster war leer und dunkel. Er runzelte verdutzt die Stirn und erhob sich aus dem Sessel. Er entriegelte die Tür und ging nach draußen. Er ging um den Wagen herum und schaute zum Fenster hinauf. Ein schläfriger Spatz, der auf dem Schnitzwerk über dem Fenster saß, erwiderte seinen Blick. Haverstock lächelte und das Vogelherz hörte auf zu schlagen. Der Vogel fiel zu Boden wie ein Stein.

»Kannst du irgendetwas tun?«, flüsterte Evelyn Angel zu. Er schüttelte den Kopf, und auf seinem Gesicht spiegelte sich immer noch Henrys Todeskampf. »Tim wird Hilfe holen«, flüsterte sie. Angels Gesicht drückte Zweifel aus.

Haverstock kam wieder herein und verriegelte von neuem die Tür.

Tim kroch hinter dem Wagenrad hervor und schaute auf den toten Spatz. Er wünschte sich, dass er die Gabe hätte und verbrachte einige Sekunden damit, sich wohltuende Bilder von Haverstock auszumalen, wie er Monate brauchte, um zu sterben. Aber er hatte Louis getötet; das hatte er vollbracht. Ein grimmig heiteres Lächeln zuckte um seine Lippen.

Dann sah er sich um. Louis' schwarzer Ford war neben dem Wohnwagen geparkt. Die abgebrannte Wunderschau lag in schwarzen, unordentlichen Haufen da. Tim war unentschlossen und wusste nicht, was er tun sollte. Logischerweise sollte er jetzt das Büro des Sheriffs aufsuchen, aber er wusste nicht, wo es war, es sei denn, es war im Rathaus am anderen Ende der Stadt. Er begann in diese Richtung zu laufen.

»Würden Sie mir etwas sagen?«, fragte Evelyn.

»Natürlich, meine Liebe. Alles, was Sie wissen möchten. Es kann nicht schaden. Jetzt nicht mehr.« Haverstock sah sie erwartungsvoll an.

»Erzählen Sie mir von Angel, wer er ist, seinen wirklichen Namen. Erzählen Sie mir von seinem Leben, bevor er zum Zirkus kam.«

Haverstock hob die Augenbrauen und lächelte dann über ihren Gesichtsausdruck und die Art, wie sie nebeneinander saßen, wie sie ständig miteinander in Berührung geblieben waren, seit er sie gefunden hatte. Er lehnte sich im Stuhl zurück und verschränkte die Finger hinter dem Kopf.

»Ich weiß tatsächlich praktisch nichts von ihm, aber ich will Ihnen erzählen, was ich kann. Aber lassen Sie mich weiter ausholen. Ich hoffe, es macht Ihnen nichts aus? Ich habe so selten Gelegenheit, von meinen Leistungen zu sprechen. Und die sind schon recht bemerkenswert, meine Liebe, wirklich recht bemerkenswert.«

Evelyn schüttelte den Kopf und gab ihrer Stimme einen gelassenen Klang. Ihre einzige Chance bestand darin, Zeit zu gewinnen, bis Tim Hilfe bringen konnte. »Nein. Ich möchte alles hören.«

Tim lief die Straße entlang und suchte jemanden, irgendjemanden. Aber die Straße war wie ausgestorben. Die Geschäfte waren geschlossen und dunkel. In einigen Häusern brannte Licht. Vielleicht war es besser, dorthin zu gehen, als den ganzen, langen Weg bis zum Rathaus? Das Büro des Sheriffs war wahrscheinlich ohnehin geschlossen. Er wechselte die Richtung und ging auf das nächste Licht zu.

Er blieb erschrocken stehen, als der Hund anfing zu bellen.

Er schaute sich in panischer Angst um und sah ihn. Er stand auf der anderen Straßenseite und bellte und sah ihn an. Der Hund machte einen plötzlichen Satz, riss sich los und rannte über die Straße. Seine Krallen tapsten auf dem Pflaster. Tim rannte in die entgegengesetzte Richtung, schaute nicht mehr, wohin, machte sich auch keine Gedanken darüber, war nur noch auf der Flucht. Er fand sich in einer schmalen Gasse, wo Fässer und Kisten an den Gebäuden aufgestapelt waren. Er tauchte unter eine Holzkiste, und der Hund kam rutschend zum Stehen. Tim wand sich wie ein Wurm in das bisschen Platz hinein, bis er nicht mehr weiterkonnte.

Der Hund schnüffelte, seine Schnauze steckte in der Öffnung. Er begann winselnd mit den Pfoten an der Kiste zu scharren. Dann hörte er auf und bellte wieder. Tim hielt sich gegen den Lärm die Ohren zu und hörte so die Stimme nicht, die den Hund rief. Der schaute auf das Rufen hin auf, dann wieder zurück zur Kiste, stellte den Kopf schräg und spitzte die Ohren. Dann entfernte er sich widerwillig und warf noch ab und zu einen Blick zurück.

Tim wartete da, wo er war, noch eine Weile, schaute, dass er wieder zu Atem kam und gab seinem Herzen etwas Zeit, bis es wieder langsamer schlug. Dann wand er sich Zoll um Zoll wieder heraus und sah sich um. Der Hund war nirgends zu sehen. Er schlich sich zurück zur Straße. Der Hund saß auf der anderen Seite auf den Hinterbeinen und beobachtete ihn. Er stand auf und winselte, bewegte sich aber nicht auf ihn zu. Tim zog sich rückwärtsgehend in die Gasse zurück, dann drehte er sich um, damit er sah, was hinter ihm war. Die Gasse führte so weit, wie die Rückseite des Gebäudes reichte, geradeaus und machte dann an einem soliden Holzzaun einen Knick nach links. Er lief bis zu dem Zaun und schaute. Die Gasse verlief hinter den Gebäuden durch die ganze Länge der Stadt. Seltsame Schatten drohten die ganze dunkle Strecke entlang. Tims winziges Herz hämmerte unter Schrecknissen, an die ein normaler Sterblicher nicht einmal denken würde, aber er machte sich tapfer auf den Weg.

Haverstock gab sich feierlich.
»Das alles wird auch für Angel neu sein, Miss Bradley. Ich habe es bisher für das Beste gehalten, sein Gemüt nicht mit solchen Dingen zu belasten.

Zunächst einmal glaube ich, dass jeder Mensch die Gabe hat. Schauen Sie nicht so überrascht, Miss Bradley. Auch Sie haben sie, aber sie ist so verkümmert, so unterentwickelt und untrainierbar, dass Sie sie niemals gebrauchen könnten. Das ist ein Teil des evolutionären Prozesses.« Er lächelte. »Obwohl ich nicht annehme, dass irgendjemand in diesem kleinen, rückständigen Nest etwas davon wissen könnte. Oder es auch nur akzeptieren würde, wenn Sie etwas davon wüssten. Es geht gegen Ihre gute christliche Erziehung. In einer weiteren Million Jahren oder so wird sie meiner Meinung nach jeder haben. Voll entwickelt. Natürlich wird es auch dann noch einige wenige geben, die ohne sie geboren werden, ebenso wie jetzt manche taub oder blind oder, so wie Angel, stumm geboren werden.

Es hat Hunderte, ja Tausende von überlieferten Beispielen von Menschen mit ungewöhnlichen Fähigkeiten gegeben. Es kann sich dabei nur um Menschen gehandelt haben, die einen Bruchteil der Gabe zu gebrauchen wussten.

Ich stelle mir vor, dass diejenigen, die wie ich befähigt waren, es darin zu einer gewissen Perfektion zu bringen, das für sich behalten haben.

Meine eigenen Fähigkeiten waren leider ziemlich begrenzt. Ich habe getan, was ich konnte, um sie weiterzuentwickeln, aber es gab keinerlei Anleitung. Es ist ein wenig so, wie wenn einer sich selbst das Klavierspielen beibringt und weder über ein musikalisches Gehör verfügt, noch Noten lesen kann.« Er lächelte über seinen Vergleich.

Tim bewegte sich vorsichtig die Gasse hinunter und blickte nervös in die Runde. Die einzigen Geräusche der Nacht waren das Zirpen der Grillen und das ferne Bellen eines Hundes. Plötzlich war ein neues Geräusch da, ein schreckliches, schier unerträgliches Geräusch, das ihn erbleichen und sein Blut gefrieren ließ: das Geräusch eines Katzenkampfes in der Gasse weiter unten.

»Es scheint, dass dem Gebrauch der Gabe nur wenig Grenzen gesetzt sind«, fuhr Haverstock fort, »aber ein spezifisches Wissen ist absolut wesentlich. Ich kann beispielsweise einen
Blinddarm weit wirksamer entfernen als ein Chirurg mit seinem Skalpell, aber ohne medizinisches Wissen wäre die Gabe ebenso nutzlos für die Aufgabe, wie das Skalpell ohne eben dieses Wissen. Ich muss gestehen, dass mein Studium der Medizin und Biologie zum Teil aus der Notwendigkeit zur Selbsterhaltung heraus motiviert war.«

Er ruckte herausfordernd mit dem Kopf. »Was schätzen Sie, wie alt ich bin, Miss Bradley?«

»Ich weiß nicht. Auf etwa fünfundvierzig bis fünfzig.«

Er lächelte. »Ich bin zweiundachtzig, fast dreiundachtzig. Ich nehme an, ich könnte es zuwege bringen, so jung auszusehen wie Sie, aber was hätte das für einen Sinn? Jugend bringt manche Nachteile mit sich. Ich glaube, dass die Gabe, wenn sie sich mit dem richtigen Wissen und der richtigen Körperpflege verbindet, unsterblich machen kann.« Er lächelte wieder. »Die Zeit wird darüber entscheiden.«

Er rutschte ein wenig in seinem Sessel hin und her und machte es sich bequemer. »Darauf haben sich meine ersten Experimente konzentriert. Ich habe die Zellstruktur manipuliert, die Gene, die Chromosomen. Es ist unglaublich leicht gegangen. Ich konnte durch Selektion tun, was die Natur gelegentlich durch Zufall tut. Ich habe neue Formen von Leben geschaffen.

Oh, die Erfolge haben sich keineswegs sofort eingestellt. Es hat fast ein Jahr gedauert, bis ich überhaupt Leben erhalten konnte. Meine Versuchstiere hatten Totgeburten, manche davon recht ekelerregend.

Mein erster uneingeschränkter Erfolg war eine riesenhafte, siebenköpfige Schlange. Sie gehörte eine Zeitlang mit zur Vorstellung, bis sie starb. Ich habe noch viele andere Wesen erschaffen. Zwei davon haben Sie gesehen: die Meerjungfrau und die Schlangenfrau. Das waren die letzten«, seufzte er. »Nun sind sie alle fort. Die Schlangenfrau war mein letztes Experiment mit Tieren. Sie war so vollkommen, dass ich das Gefühl hatte, es würde nichts mehr bringen, in diese Richtung noch weiterzuforschen. Es war kein Anreiz mehr da.

Der nächste Schritt war natürlich, mit Menschen zu experimentieren. Ich nahm mir also eine Geliebte.« Er schnitt eine Grimasse. »Ein Mädchen aus der Gosse, aber sie erfüllte ihren Zweck. Es ging alles so leicht, war im Grunde auch nichts anderes, als mit Tieren zu experimentieren. Ich habe nur vier Experimente gemacht, dann habe ich auch darin keinen Sinn mehr gesehen.

Wie haben Ihnen meine Kinder gefallen? Ja, es waren nämlich meine Kinder und auf die... altbewährte Weise gezeugt.« Er lächelte befriedigt. »Ich habe lediglich ihr embryonales Wachstum beeinflusst. Ihre Mutter, fürchte ich, ist wahnsinnig geworden, als die Harpyie geboren wurde. Die haben Sie nicht gesehen. Sie war mein erstes Kind. Ich musste an ihrer Mutter eine Gehirnoperation vornehmen. Sie hat ihre Brauchbarkeit wesentlich verbessert. Ich wünschte nur, mir wäre der Gedanke schon früher gekommen.

Medusa ist ganz gut ausgefallen, obwohl sie geistig zurückgeblieben war. Der Minotaurus war ein Prachtkerl. Ich war wirklich stolz auf ihn, aber seine Intelligenz war beschränkt und er hatte nichts als Sex im Sinn.« Ein Lächeln flackerte über seine Lippen.

»Ich schätze, mein Liebling ist Tim. Er ist wirklich recht aufgeweckt, aber körperlich natürlich stark behindert.«

Tim hielt sich dicht an den Gebäuden, kroch um durcheinanderliegende Gegenstände herum, blieb, so gut es ging, versteckt und schaute nach einem Durchgang zurück zur Straße aus. Hilflosigkeit überkam ihn. Er hatte so lange gebraucht. Es war vielleicht schon zu spät. Und außerdem, was würde es denn nützen? Wenn er den Sheriff hinbrachte, konnte Haverstock ihn mit einem einzigen Blick töten. Das Gefühl von Hilflosigkeit ging schnell in Hoffnungslosigkeit über. Er hätte im Wagen bleiben und versuchen müssen, Haverstock auf die gleiche Weise zu erledigen, wie er Louis erledigt hatte. Aber das war ein glücklicher Zufall gewesen. Es hätte nicht zweimal passieren können. Und Louis hatte nicht die Gabe.

Die Katze trat hinter der Abfalltonne hervor und schaute Tim neugierig an. Sie war gelb und räudig und hatte in irgendeinem vergessenen Kampf die Hälfte ihres Schwanzes verloren. Tims aufgeriebene Nerven rissen. Sein Gehirn steuerte seinen Körper nicht mehr. Er schrie auf und rannte.

Die Katze trabte hinter ihm her und spießte ihn mit einer Pfote auf dem Boden fest. Sie setzte sich auf ihn und stieß ihn spielerisch an. Aber Tim nahm es nicht wahr. Er war in einem roten Nebel bewusstseinsloser Hysterie gefangen. Die Katze hopste herum, rollte das kleine kreischende Ding von einer Seite auf die andere, und ihre Pfote war weich wie Samt.

Eine zweite Katze kam auf leichten Füßen dahergelaufen und sah Tim mit Interesse an. Sie war grau und staubig und auf einem Auge blind. Sie streckte eine Pfote vor und versetzte Tim ein paar rasch aufeinanderfolgende Hiebe. Die gelbe Katze fauchte. Die graue Katze zischte und schlug nach der anderen. Sie fuhren mit Krallen und Zähnen und Wutgeschrei aufeinander los.

Tim taumelte auf die Füße, sein Körper reagierte immer noch unbewusst. Er rannte ein paar Schritte und fiel aufs Gesicht. Die graue Katze machte sich los und stürzte sich auf ihn. Sie hob ihn mit dem Maul auf und trat der gelben gegenüber, die tief in ihrer Kehle knurrte.

Die gelbe sprang die graue an. Sie rollten in einem wirren Knäuel, ihre Hinterbeine pumpten wie Kolben, während sie versuchten, sich gegenseitig die Eingeweide herauszureißen. Tim wurde, alle viere von sich gestreckt, auf den Boden geworfen. Seine Kleider waren zerfetzt, und Blut tropfte aus einem Dutzend Rissen und Kratzern. Er rappelte sich auf die Knie hoch und begann, zu schwach um zu stehen, davonzukriechen.

Er stieß gegen etwas. Es bewegte sich mit einem leisen Klappern. Es war eine Konservendose, eine große, wahrscheinlich aus dem Cafe. Sie war mit einem Dosenöffner geöffnet worden, und der ausgezackte Deckel war aufgebogen. Jäh aufwallende Erleichterung ließ ihn fast ohnmächtig werden. Er blickte über die Schulter auf die schreienden Katzen. Sie waren immer noch ineinander verbissen. Er krabbelte zu der Dose und zwängte sich hinein. Sie war klebrig und stank fürchterlich, aber es war ihm einerlei. Er packte den ausgezackten Deckelrand mit beiden Händen und zog. Der Deckel ging halb zu und sprang dann zurück. Er spürte neues Blut auf seinen Händen. Er stemmte sich fester ab und griff von neuem nach dem Deckel. Das Metall knackte und bog sich so schnell um, dass er auf den Boden der Dose schlug und keine Luft bekam. Er arbeitete sich vor und packte den Deckel noch einmal, und zog ihn weit genug hinein, dass die Katzen ihn nicht mit ihren Krallen wieder aufbiegen konnten. Dann stemmte er seine Füße dagegen, damit sie ihn nicht eindrücken konnten. Plötzlich fing er an zu lachen und konnte nicht mehr aufhören.

»Natürlich habe ich es danach für klug befunden, ziemlich schnell aus der Stadt zu verschwinden«, fuhr Haverstock fort. »Aber ich wollte meine Kinder und anderen Geschöpfe nicht vernichten. Da traf ich zufällig auf Mr. Carl Haverstock und seine miese Sammlung von Zwergen, Mongoliden, Schwachsinnigen und anderen Irrtümern der Natur.« Er lächelte. »Mein Name ist natürlich nicht Haverstock. Ich habe ihm meine Kinder gezeigt, und wir sind Partner geworden. Ich konnte nicht nur meine Geschöpfe behalten, sie brachten mir jetzt auch noch Geld ein. Ich konnte meine Studien fortsetzen und war nie lang genug in ein und derselben Stadt, um übermäßiges Interesse zu erregen. Es war eine ideale Situation.

Mr. Haverstock wurde mir natürlich schnell lästig, und ich... nun ja, sagen wir, ich habe mich von ihm... getrennt.« Er lächelte.

»Und nun kommt der Teil, den Sie hören wollten, Miss Bradley. Wir haben in irgendeiner Provinzstadt in Ohio oder Indiana oder sonst irgendwo gespielt. Ich kann mich heute nicht einmal mehr daran erinnern, und es spielt auch keine Rolle. Zu dieser Zeit war mein Anteil an der Vorstellung eine ziemlich konventionelle Zaubernummer. Natürlich konnte ich durch meine Fähigkeit, so begrenzt sie auch war, eine ganze Reihe von Dingen tun, mit denen ich das Publikum verblüffte - Dinge, die die Leute noch nie jemanden hatten tun sehen.

Dann, an einem Abend, als ich meine Nummer vorführte, begannen sich merkwürdige Dinge zu ereignen. Dinge, die nicht ich verursachte. Ich bin sicher, Sie können sich meine Verblüffung vorstellen. Dann habe ich ihn gesehen. Er saß in der ersten Reihe. Er lächelte mich aus seinem schmutzigen, verschmierten, kleinen Engelsgesicht an, beobachtete mich aus seinen kleinen roten Augen. Er kann nicht älter als fünf gewesen sein.

Ich habe sofort gewusst, dass er es war. Nach der Vorstellung habe ich mich nach ihm erkundigt. Jedermann in der Stadt schien ihn zu kennen. Er war an dem Ort fast ein Original und der einzige Albino, den die meisten dort in ihrem Leben gesehen hatten. Er kam aus dem Bezirkswaisenhaus. Er war davongelaufen, um sich den Zirkus anzusehen.

Nach einer kleinen Weile kam eine streng aussehende Frauensperson in Schwarz, um ihn zurückzuholen. Ich habe mit ihr gesprochen. Sie war sichtlich froh, sich über ihn auslassen zu können. Wie es schien, war er für alle nur eine Plage gewesen, ein Stachel in ihrem Fleisch, wie sie sich ausdrückte, seit er mit etwa zwei Jahren an der Schwelle des Waisenhauses ausgesetzt worden war. Von Eltern, die wahrscheinlich glaubten, einen Wechselbalg aufgezogen zu haben. Kein Wunder, wenn er in dem Alter die Gabe gebraucht hat.

Die Leute im Waisenhaus konnten da nicht mithalten. Ihn einzusperren, hatte keinen Sinn. Er kam immer heraus. Ihn zu schlagen, hatte keinen Sinn. Er schien es kaum zu spüren. Und dazu war er noch stumm, und sie konnten sich nicht mit ihm verständigen, konnten ihn nicht seinen Katechismus aufsagen lassen. Er lief ständig weg, wenn es irgendetwas Interessantes zu sehen gab. Aber er kam auch immer wieder zurück.«

Er zuckte die Achseln. »Wenn sie ihn in Ruhe gelassen hätten, dann hätte es keine Probleme gegeben, aber wie alle bürokratischen Typen sahen sie ihre Autorität in Frage gestellt. Angel und ich waren von Anfang an verwandte Seelen. Und die Folge davon war, dass ich ihn, fürchte ich, in nicht wiedergutzumachender Weise verwöhnt habe.

Als ich mich anbot, ihn zu nehmen, waren sie nur zu froh, ihn loszuwerden. Später entdeckte ich, dass Angels Fähigkeit fast voll entwickelt war. Er wusste nicht, wie er sie gebrauchen sollte, ja er wusste eigentlich gar nicht, dass er sie hatte. Stellen Sie sich vor, Miss Bradley, Sie wären der einzige Mensch, der der Sprache mächtig ist. Sie würden Ihre Fähigkeit nicht gebrauchen können, weil es keine Möglichkeit gäbe, es zu lernen. Sie könnten unartikulierte Laute hervorbringen, die die Schweigenden um Sie herum verblüffen und verwirren und erschrecken würden, aber Sie könnten nie wirklich sprechen.

Und genau das hat Angel getan: unartikulierte Laute hervorgebracht. So habe ich angefangen, ihm beizubringen, seine Fähigkeit zu gebrauchen, und gleichzeitig, meine eigene zu entwickeln. Sie verstehen, dass ich um meiner eigenen Sicherheit willen seine Fähigkeit vor ihm verheimlichen musste. Deshalb habe ich mit ihm immer unter Hypnose gearbeitet. Es ging langsamer - aber es war sicherer. Und natürlich musste ich ihn lesen und schreiben lehren, um mich überhaupt mit ihm verständigen zu können. Er ist sehr gescheit. Bei weitem zu gescheit, fürchte ich.

Nun, Miss Bradley, dank Ihres Eingreifens ist diese Phase zu Ende. Ich bin sicher, es gäbe noch mehr, was ich von Angel lernen könnte, aber das ist das Risiko nicht mehr wert. Er hat sich neulich geweigert, sich meinem Willen unterzuordnen, und ich weiß nicht, was für Unheil Sie gestiftet haben.«

Er setzte sich an den Rand des Stuhles und rieb die Hände gegeneinander. »Nun, ich glaube, ich habe Ihnen alles gesagt, was Sie wissen wollten, nicht wahr?«

»Nein«, antwortete sie ihm. »Was haben Sie jetzt vor zu tun?«

Er schaute sie mit leicht befremdetem Gesichtsausdruck an, als habe er diese Frage nicht in Betracht gezogen. »Nun, alles, x was ich will. Alles, was nur möglich ist, Miss Bradley. Alles. Vielleicht werde ich die Welt regieren - falls ich eines Morgens aufwachen und mir danach sein sollte, die Welt zu regieren. Ich habe alles vor mir. Es hat keine Eile, gar keine Eile. Ich werde es mir einfach gut gehen lassen.«

»Wirklich?«

»Aber ganz sicher. Ach, Sie sehen mich mit einem derart bürgerlichen Missfallen an. Was würden Sie denn tun, wenn Sie die Gabe hätten? Würden Sie eine große Heilerin der Kranken werden, Lahme gehen machen? Die Welt mit noch mehr kleinen Geistern füllen, die nichts tun, als Platz wegnehmen? Sie würden Sie dafür hassen, Miss Bradley, Sie verabscheuen, Sie fürchten. Sie würden nicht ruhen, bis sie Sie vernichtet hätten.«

Er stand auf. »Nun habe ich Sie lange genug unterhalten. Es hat keinen Sinn, das Unangenehme noch weiter hinauszuschieben, und es hat keinen Sinn, dass Sie ihre Verzögerungstaktik weiter anwenden. Hilfe kommt keine. Es tut mir wirklich leid, dass das geschehen muss. Ich habe Angel sehr lieb gewonnen, sehr lieb. Wir haben viele angenehme Nachmittage miteinander verbracht.« Er seufzte. »Ich habe allerdings gewusst, dass es eines Tages sein muss. Der Zeitpunkt ist nur früher eingetreten, als ich erwartet hatte. Ich möchte nur, dass Sie eines verstehen, Miss Bradley: Ich tue es ohne Bosheit. Es ist eine reine Frage des Überlebens.

Nun, ich habe keine Zeit mehr zu verlieren. Ich muss zu Ihrem schönen Versteck zurück und mich um Louis und Henry kümmern. Ich werde Louis vermissen. Er war mir ein Labsal. Aber die Welt ist voll von jungen Männern. Und dann ist da noch die Angelegenheit Tim.

Und Sie, Miss Bradley. Ich kann Sie nicht einfach verschwinden lassen wie die anderen. Das würde Nachforschungen und lästige Komplikationen auslösen. Ein Herzanfall?« Er schüttelte den Kopf. »Nein. Zu phantasielos. Ich sagte schon, ich bin ein Sklave theatralischer Effekte. Wir brauchen etwas Dramatischeres. Ich weiß - man wird Sie ertrunken im Fluss finden. Ein höchst tragischer Unglücksfall, aber nichts Mysteriöses.«

Er lächelte sie mit spöttisch gespitzten Lippen an. »Ach, Sie sehen aber so nett zusammen aus. Das weckt den Künstler in mir. Wenn Sie wollen, können Sie zusammen ertrinken. Man wird Sie eng umschlungen im Wasser treibend finden. Sehr lyrisch, finden Sie nicht auch? Wie Tristan und Isolde, Romeo und Julia. Kein Auge wird trocken bleiben. Gehen wir?«

Haverstock blickte auf das Wasser des Crooked Creek und lächelte. »Das passt.« Er wandte sich Angel und Evelyn zu.

Evelyn versuchte, sich in Angels Brust hinein zu verkriechen. Seine Arme hielten sie fest umschlossen. Ihr Hirn war benommen, narkotisiert. Es war so ungerecht, so hoffnungslos ungerecht!

Angels Geist war wie in Watte gepackt. Er stieß hinein, riss daran, versuchte durchzubrechen, versuchte seine eingehüllten Sinne zu befreien. Aber jeder Riss schloss sich ebenso schnell, wie er ihn geöffnet hatte, und er fiel hilflos zurück.

»Bis morgen Mittag dürften Sie es bis zur Stadt geschafft haben«, fuhr Haverstock fort. »Die Strömung ist ziemlich träge.«

Ein unwillkürliches Wimmern entrang sich Evelyns Kehle.

»Also, Miss Bradley«, mahnte eh »Sie sind bis jetzt sehr tapfer gewesen. Brechen Sie jetzt nicht zusammen! Es würde uns allen nur Kummer machen. Denken Sie daran, wie schlimm das für den armen Angel wäre. Er weiß doch, dass er nichts tun kann, um Sie zu beschützen.«

Ein feuchter Dunst begann sich um Angel und Evelyn herum zu bilden. Dann wurde ein Nebel daraus, der immer dichter wurde, bis er zu einer Wasserkugel verschmolz, wie der, die Angel gemacht hatte, als sie im Sand saßen. Aber diese hier war größer, sie umschloss ihre Köpfe und Schultern. Evelyn schlug danach mit ihren Händen, aber sie gingen hindurch und verspritzten nur ein paar Tropfen. Sie legte ihre Hände flach auf ihr Gesicht, aber nichts konnte das Wasser wegschieben. Sie ertrank. Sie würde ihren Atem nicht mehr lange halten können.

Angel riss an der Isolierung, die seinen Geist umschloss. Aber es geschah nichts. Die Risse versiegelten sich genauso schnell, wie er sie machte. Dann stieg eine Raserei gemischt aus Verzweiflung, Furcht und Hass in ihm auf. Er durchbrach das dämpfende Feld und hielt es offen. Ein kalter Hauch eisigen Ekels vertrieb die letzten Fetzen.

Das Wasser explodierte von ihnen ab und durchnässte Haverstock. Evelyn hustete und rang nach Luft. Angel befreite sie und trat beiseite.

»Beweg dich nicht!«, flüsterte seine Stimme in ihrem Ohr.

Haverstock wischte sich das Wasser aus dem Gesicht und sah Angel bestürzt an. Er traf auf Granataugen, die ihm die Haut abzuziehen schienen. Er fühlte einen Augenblick lang einen Eisklumpen in seinem Leib, aber das Gefühl verging wieder.

»Du meine Güte, du musst aber eine Menge angestellt haben!« Seine Stimme war unverschämt vor Siegesgewissheit. Er schoss einen Strahl blauer Energie auf Angel ab. Er knisterte und zischte durch die Luft. Angel wurde von den Beinen gerissen und schlug einen Purzelbaum. Keuchend lag er da.

Haverstock schleuderte einen ebensolchen Strahl auf Evelyn, aber er zerspritzte an dem Schild, den Angel um sie errichtet hatte. Evelyn schrie und zitterte. Sie hatte den verzweifelten Impuls, wegzulaufen, aber Angel hatte ihr ja gesagt, sie solle sich nicht bewegen. Haverstocks Augenbrauen hoben sich. Er sah beide forschend an. Angel kam mühsam auf die Beine.

»Bravo«, rief Haverstock. »Gut gemacht.«

Angel schickte einen Flammenfluss zu Haverstock, aber Haverstock lenkte ihn spielend ab.

Haverstock lächelte. »Das wird dir nichts nützen.«

Angel konzentrierte sich. Er musste es ganz genau schaffen. Er musste Haverstock glauben machen, dass er wirklich sprach und nicht in irgendeiner Form seine Gabe gebrauchte. »Wir werden sehen«, sagte er und stimmte die

Vibrationen von Haverstocks Trommelfell genau auf seine Lippenbewegungen ab und erweckte so den Eindruck, dass die Töne aus seinem Mund kamen.

Haverstocks Augen weiteten sich entsetzt, dann lächelte er. »Du warst ein fleißiges, kleines Kerlchen, nicht wahr? Wie ist dir das gelungen? Du musst es mir sagen.«

»Warum sollte ich?«, fragte Angel.

Haverstock schaute beleidigt. »Mein lieber Junge, habe ich dir nicht auch alle meine Geheimnisse verraten?«

Angel lächelte. »Es ist Zauberei«, sagte er.

Haverstock schoss einen zweiten Strahl Energie ab, aber Angel war darauf gefasst und fegte ihn beiseite. Er schlug in den Boden ein, und das trockene Büffelgras entzündete sich. Plötzlich tat sich zwischen Angels Füßen die Erde auf. Er purzelte hinein, und die Erde schloss sich mit donnerndem Krachen.

Haverstock wandte sich Evelyn zu und lächelte. Er zuckte die Achseln und tat Angel wie ein geringfügiges Ärgernis ab. Evelyn sah durch einen Schleier der Panik hindurch, wie er auf sie zukam.

Sie schrie auf, als zu seinen Füßen ein Flammenstrahl hervorschoss. Er taumelte rückwärts, sein Haar war versengt. Angel stand im Mittelpunkt der Flamme. Sie kam flackernd zum Erlöschen, und die beiden Männer standen einander gegenüber. Ein Ausdruck leichter Besorgnis erschien kurz auf Haverstocks Gesicht.

Der Himmel über ihnen verdunkelte sich. Die Sterne wurden langsam schwächer und verschwanden zwischen schwarz quellenden, von Blitzen durchzuckten Wolken. Angel blickte hinauf; er war etwas verunsichert und fragte sich, was der andere wohl vorhabe.

Er schoss einen Energiestrahl auf Haverstock ab, löste aber nur einen weiteren Grasbrand aus. Er ließ eine ganze Salve von Strahlen in schneller Folge los, aber der alte Mann lenkte sie alle ab. Feuer brannten überall um sie herum. Rauchschwaden hüllten sie ein, stachen Angel in die Augen und brannten in seiner Nase. Er löschte die Feuer und blies die Schwaden weg. Er beobachtete Haverstock wachsam.

Die Wolken wurden ständig dichter, und Blitze spielten in ihnen fast ununterbrochen. Angel war gewappnet, als der erste Strahl herunterfuhr. Er scheute vor Angel zurück und sprengte einen rauchenden Krater in die Erde.

Sie behielten sich gegenseitig im Auge.

»Noch mehr Theaterdonner?«, fragte Angel.

Haverstock zuckte die Achseln, aber auf seinem Gesicht hielt sich nur ein etwas angespannter Ausdruck. »Ich fürchte, ich bin ein Gewohnheitstier geworden. Nun, mein Junge, es sieht langsam so aus, als seien wir in eine Sackgasse geraten. Wir erreichen nichts, wenn wir uns sozusagen gegenseitig mit Steinen bewerfen. Wir sind beide, Verzeihung, alle drei, von einem Schild umgeben, so dass uns keine Kraft von außen erreichen kann. Du magst vielleicht etwas stärker sein als ich - oh, ja, das gebe ich offen zu, aber du hast vergessen, was ich vorhin gesagt habe. Die Gabe ist nutzlos ohne das Wissen um ihren richtigen Gebrauch. Dein Schild, verstehst du, reicht vollkommen aus, um Materielles abzuhalten, aber meinen Geist kann er nicht abhalten.«

Angel spürte einen furchtbaren Schmerz in seiner Brust und wusste, dass sein Herz stehengeblieben war. Er kämpfte gegen den Schmerz und die herankriechende

Dunkelheit an und zwang sein Herz mit seinem Willen in Bewegung. Er fühlte, wie es erzitterte und zögernd wieder zu schlagen anfing. Er war stärker als Haverstock, aber der Schmerz war fast mehr, als er ertragen konnte. Haverstock hatte Recht; er konnte Angels Körper Stück um Stück zerstören, schneller, als er ihn wiederherstellen konnte, falls er überhaupt das Wissen parat haben würde, um ihn wiederherzustellen. Bald würde er zu schwach sein, um Widerstand zu leisten, und es würde vorbei sein.

Es musste eine andere Art von Schild geben, einen, der den Geist eines anderen fernhalten konnte. Er war imstande gewesen, andere Dinge zu tun, einfach dadurch, dass er sie tun wollte, ohne eigentlich zu wissen wie. Er bezog dann sein Wissen aus seinem Unterbewusstsein und begriff gar nicht, was er tat.

Er sammelte seine Willenskraft und stellte sich einen umschließenden Spiegel vor, der alles zurückwarf. Er baute ihn, verstärkte ihn, stützte ihn ab, wo er nachgab, und der Druck auf sein Herz hörte auf. Es schlug wieder kräftig, und er holte gierig Luft. Aber er konnte nicht genug bekommen; er konnte nichts sehen, und seine Ohren klingelten. Er hatte alles ausgeschlossen, selbst Licht und Schall und Luft.

Er öffnete schnell den Schild, vergrößerte ihn, nahm Evelyn mit hinein und schloss ihn wieder. Sie keuchte und wimmerte angesichts der plötzlichen Dunkelheit. Er nahm sie in die Arme.

»Hab keine Angst«, sagte er. Er fühlte ihr Nicken an seiner Brust.

Er experimentierte mit dem Schild, vorsichtig, ließ Luft und Licht herein, aber auch nur Luft und Licht. Er spürte, wie Haverstocks Geist leise anstieß, aber er schloss ihn aus. Dann sondierte er selbst, konnte aber auch nicht durch den Schild hindurchdringen. Er passte ihn den Bedürfnissen an, machte ihn abweisend an der Außenseite und durchlässig an der Innenseite.

Er sandte wieder eine Sonde zu Haverstock aus und begegnete sich selbst.

Haverstock lächelte. »Es scheint, dass du im Laufe der Jahre mehr aufgeschnappt hast, als ich dachte«, sagte er. »Und wir kommen wieder nicht weiter.«

Angel drückte gegen Haverstocks Schild. Wenn er stärker war, dann musste er diese Stärke bald einsetzen, bevor Haverstock etwas auftische, womit er nicht umgehen konnte. Er versuchte mit seiner Willenskraft, den Schild des anderen wegzudrücken, aber er hielt stand. Er tat es noch einmal mit allen Kräften, die er aufbieten konnte. Es geschah nichts, aber er hatte das Gefühl, dass sich etwas verändert hatte. Er tastete den Schild ab und fand die Ursache: eine undichte Stelle. Er drang ein, vorsichtig, sehr vorsichtig, um zu verhindern, dass Haverstock ihn entdeckte. Er brauchte nicht viel dazu, nur einen winzigen Bruchteil seiner selbst. Langsam schlängelte er sich durch ein Labyrinth aus Spiegeln, zog sich wieder zurück, wenn er in eine Sackgasse geriet, achtete darauf, dass er nirgendwo anstieß.

Dann war er hindurch. Er berührte Haverstocks Trommelfell.

»Vielleicht hast du recht«, sagte er, »aber ich glaube es nicht...«

Angels Stimme schwoll zu einem Kreischen von hoher Frequenz an. Haverstocks Trommelfell platzte. Er schrie auf und presste die Hände auf die Ohren, aber der Ton entstand im Inneren seines Kopfes und nicht außerhalb. Blutgefäße platzten. Im Nervengewebe entstanden durch die Überbelastung Kurzschlüsse.

Haverstocks Schild geriet ins Wanken, Angel zerschmetterte ihn, schleuderte ihn beiseite. Er brauchte kein besonderes Wissen, um zu zerreißen und zu zerfetzen.

Haverstocks Augen quollen hervor. Ein Schrei gurgelte in seiner Kehle. Ein Blutschwall quoll aus seinem Mund. Der Schrei dauerte tonlos fort.

Angel ging ein paar Schritte von Evelyn weg, ließ seinen eigenen Schild fallen. Er blickte zu den elektrizitätsgeladenen Wolken über sich auf und hob die zu Fäusten geballten Hände über seinen Kopf. Wutentbrannt ließ er seine Arme niedersausen. Blitze fuhren aus den Wolken herab und trafen Haverstock. Er fiel in sich zusammen wie eine kaputte Marionette. Seine Kleider schwelten und sein Fleisch war versengt.

Angel ließ seine Arme immer wieder niedergehen. Blitze zerfetzten den alten Mann, ein krachender Strahl folgte dem anderen. Sein Fleisch wurde geschwärzt, geröstet, zerrissen und pulverisiert. Angel ließ noch einmal die Arme niedergehen und hob sie nicht mehr. Es bestand kein Grund mehr für die Bewegung seiner Arme, außer der Muskelentspannung, die sie ihm brachte. Der letzte Blitzstrahl fuhr ätzend in den Krater und hinterließ nichts als rauchende, nackte Erde.

Evelyn hatte ihre Augen bedeckt. Sie konnte weder Haverstocks Vernichtung, noch Angels Raserei mitansehen. Kaltes Entsetzen durchfuhr sie, aber sie erinnerte sich an das, was Angel gesagt hatte: »Hab niemals Angst vor mir oder dem, was ich tun kann.« Seine Stimme war zärtlich und liebevoll gewesen, aber das war nicht wichtig. Schon verlangte ihr Fleisch schmerzhaft nach dem seinen.

Sie blickte auf, als plötzlich Stille eintrat. Angel ging vor Erschöpfung in die Knie. Sein Kopf fiel nach hinten; seine Augen schlossen sich; sein offener Mund sog tief die Luft ein.

Es regnete. Die schwarzen Wolken waren so stark angeschwollen, dass sie den Regen freigeben mussten. Evelyn ging auf Angel zu, dann rannten sie fort. Der Regen war kühl; er spülte den Schmutz und den Ruß fort. Sie ließ sich neben ihm auf die Knie nieder und zog seinen Kopf an ihre Brust. Er klammerte sich an sie.

Eine Weile später sah er sie an; sein regennasses Haar hing in Strähnen herunter. »Bin ich anders als er?«, fragte er, ohne die Lippen zu bewegen.

»Ja«, sagte sie. »Ganz anders.«

»Ich habe nichts getan außer töten, seit ich gelernt habe, die Gabe zu gebrauchen. Töten und mich wie ein verantwortungsloses Kind zu gebärden. Haverstock und der arme Henry und Tim...« Er hielt inne. »Wir müssen Tim finden. Er ist ganz allein draußen im Dunkeln.«

»Wir werden ihn finden. Und dann gehen wir nach Hause. Meine Eltern...« Schmerz steckte wie ein Klumpen in ihrer Kehle. »Meine Eltern werden sich Sorgen um mich machen.«

Sie half ihm auf die Füße, und sie machten sich auf in Richtung Stadt.

Zweiunddreißigstes Kapitel

Der alte, schwarze Ford stand neben dem bemalten Zirkuswagen in der reglosen Hitze des späten August. Der Unrat, der von dem abgebrannten Zirkus übriggeblieben war, war weggekehrt worden, aber das Gras war noch nicht nachgewachsen. Die Leute von Hawley bemerkten den Wagen und das Auto kaum noch. Sie gehörten schon zur Landschaft - Merkwürdigkeiten, die zu etwas Alltäglichem geworden sind.

Phineas Bowen und Jack Spain überquerten eilig die Straße, indem sie auf dem blasenbrennenden Pflaster nur die Seiten ihrer bloßen Füße gebrauchten. Sie hopsten erleichtert in das Bermudagras der alten Miss Sullivan und spähten nachdenklich zurück über die Straße.

»Ich frage mich, was sie damit machen werden«, sinnierte Finney.

»Ich habe gehört, wie mein Papa gesagt hat, dass der Sheriff sie zur Auktion anmelden will«, sagte Jack. »Er hat gesagt, dass eine Menge wertvoller Bücher in dem Wagen sind.«

»Ja?«, sagte Finney mit erwachendem Interesse. »Warum Angel die nicht gewollt hat?«

»Ich schätze ein Zirkuswagen hat auf einer Farm nicht viel verloren.«

»Heh!« piepste Finney. »Vielleicht könnte ich meinen Paps dazu bringen, ihn mir zu kaufen!«

Jack runzelte die Stirn. »Wofür willst du ihn denn? Die Schule fängt nächste Woche an, und der Sommer ist vorbei. Zirkuswagen passen zum Sommer. Sie sind zu nichts mehr gut, wenn die Schule erst einmal angefangen hat.«

»Ja, ich schätze, du hast Recht.« Finney seufzte. »Es war schon ein guter Sommer, nicht wahr?«

Jack grinste. »Da kannst du Gift drauf nehmen.«

Sie rannten zum Crooked Creek, lachten und schubsten sich gegenseitig und hüpften schnell über die heißen Stellen.

»Der beste Sommer meines Lebens!«, schrie Finney. »Ein phantasmagorischer Sommer! Immer was los!«

Ein Lastauto fuhr an ihnen vorüber und hielt am Bahnhof. Eine Frau in dunkler Reisekleidung stieg aus. Sie setzte ihren Hut auf und steckte ihn fest, dann nahm sie ein Strohköfferchen von der Ladefläche des Autos. Sie sagte etwas zu dem Fahrer und ging in den Bahnhof hinein. Das Lastauto wendete und fuhr dann den Weg zurück, den es gekommen war.

»Da geht Miz Gardner«, sagte Jack. »Wieder ab nach Kansas City. Mama sagt, Miz Gardners Schwester ist siech.«

»Was bedeutet denn das?«

Jack zuckte die Achseln, dann blieb er stehen. »Schau, da ist Rosie und ihre Mama. Was machen die denn da?«

Finney reckte seine Nase hoch in die Luft. »Du weißt doch, Mamsell Willet liebt es nicht, wenn man sie Rosie« nennt.«

Jack kicherte.

»Mama hat gesagt, Rosie fährt nach St. Louis, die Schwester des Richters besuchen. Sie hat gesagt, dass sie erst nächstes Jahr zurückkommt«, sagte Finney.

»Wem macht das schon was?«

»Warum hast du gefragt?« Finney gab Jack einen Rippenstoß und grinste plötzlich. »Warte bis nächsten Sommer. Da kommt noch was Besseres als Haverstocks alte Wunderschau.«

»Klar«, lachte Jack. »Jeder Sommer ist besser als der davor.«

Sie rannten über die Brücke und die Uferböschung hinunter. Sie warfen ihre Hüllen ab und sprangen spritzend und lachend ins Wasser.

ENDE

Tanith Lee:
ZEICHEN IM WASSER
Erzählungen
Apex-Verlag

E-Book – 321 Seiten
ISBN: 978-3-7438-7870-9

Paperback – 444 Seiten
ISBN: 978-3-746755-84-7

ZEICHEN IM WASSER

Fantasy- und SF-Erzählungen
von Tanith Lee

Jetzt als E-Book und Paperback!

APEX: DER KULT-VERLAG FÜR E-BOOKS UND PAPERBACKS

ISBN 978-3-7485-5672-5

www.epubli.com

Printed in Poland
by Amazon Fulfillment
Poland Sp. z o.o., Wrocław